박문수, 구전과 기록 사이

어린이책 역사인물이야기의 진실을 찾아서

박문수, 구전과 기록 사이

어린이책 역사인물이야기의
진실을 찾아서

김명옥

책륜

머리말_

역사는 어떻게 허구의 이야기가 되는가?

박문수는 암행어사 대명사로 누구나 알고 있다. 그러나 그의 업적이 무엇이냐고 물으면 대부분 머뭇거린다. 그러니까 박문수는 가장 잘 알려진 인물이지만, 잘 모르는 인물이기도 하다. 왜 그럴까? 전승 과정에서 오류가 생긴 것은 아닐까 하는 궁금증이 이 글의 동기가 되었다.

박문수는 다양한 모습으로 전승된다. 민중이 전하는 이야기 속 박문수는 영웅이다. 지배계급의 억압과 핍박에서 구원해 주는 메시아였다. 반면 글깨나 읽는 선비들이 남긴 문헌설화에서는 사기꾼에 온갖 비리를 저지르는 비윤리적인 인물이다. 국가공식기록인 왕조실록에서도 극과 극으로 나뉜다. 영조는 '백성들이 나라가 있음을 알게 한 사람'이라고 평가한 반면에 백성을 구제할 쌀을 착복한 파렴치한으로 고발되기도 했다. 오늘날 아이들에게 읽히는 박문수 이야기는 더 충격적이다. 놀랍게도 어린이책에서 박문수는 한갓 탐정에 지나지 않았다.

도대체 왜 이런 일이 생긴 걸까? 이 글은 이런 궁금증에서 비롯됐다. 왜 민중은 그를 영웅으로 생각하고, 문헌설화는 사기꾼으로 묘사하고 실록은 극과 극으로 박문수를 평가하는 것일까. 어린이책은 왜 기록도 설화도 전승하지 않고 그를 탐정으로 만들어서 전승하는 것일까? 언제부터 잘못 전승되었을까? 이 글은 이런 궁금증을 풀어가는 과정이자 역사가 어떻게 허구이야기가 됐는가에 대한 의문의 여정이다.

현재에서 과거로 고구마 줄기처럼 뻗은 의문의 줄기를 따라가다 보니 역사인물이야기 장르가 생기기 시작한 때부터였음을 알게 되었다. 오늘날 우리가 말하는 위인전은 일제강점 직전 애국계몽기 때부터 출판되기 시작했다. 물론 전통 전傳양식이 있었지만, 그 양식을 빌려 인물이야기를 널리 소개한 때는 1905년부터 1907년 사이에 가장 많았다.

나라가 망할 위기에 처하자 유학자들은 그 원인이 어디에 있을까를 고민했다. 강대국은 왜 강대국이고 약소국은 왜 약소국인가를 찾다보니 그 원인은 역사에 있었다. 그들은 역사가 민족정신이고 역사를 바로 아는 민족이 강하다는 사실을 깨달았다. 해서 우리 역사에서 큰 업적을 남긴 위대한 인물들을 찾아 민중에 알리기 시작했다. 민족의 자긍심을 높이기 위한 것이었다. 위인전이 탄생부터가 계몽성을 띠게 된 이유다.

그러나 일제가 보고만 있을 리 만무했다. 일제는 출판 및 언론법으로 위인전 발행을 억압했다. 경술국치로 입이 있으나 말을 할 수 없었고, 손이 있으나 글을 쓸 수 없었다. 그러나 어떻게 해서든 민중에게 우리 민족의 찬란한 역사와 인물들을 알려 주려고 했다. 그들의 고민은 여기에 있었다. 인물의 업적을 알리되 검열에 걸리지 않고 소개할 방법을 찾아야만 했다. 그들이 찾은 방법은 흥밋거리였고 그렇게 출현한 위인전은 위인의 업적을 가린 채 흥밋거리 위주로 서술되었다.

그런데 박문수 이야기는 어린이책에서 또 한 번의 큰 변화를 겪는다. 어린이책은 한국전쟁과 1960년대 군사정권과 국가재건 시대를 거치면서 대중문화 정책에 편승했다. 작품성보다는 흥미 위주의 책들이 아이들 손에 쥐어졌다. 탐정소설이나 학원물 같은 흥밋거리 책들은 거리에 넘쳐났다. 줄거리는 같고 주인공 이름만 바뀌었다고 해도 과언이 아니었다.

박문수 이야기도 다르지 않았다. 1960년대 책 속 박문수는 도둑과 살인마를 잡는 탐정에 지나지 않았다. 허문녕이 쓴 박문수 이야기는 오늘날 어린이책 박문수인물이야기의 대부분을 차지한다. 문제는 허문녕이 쓴 이야기가 팩트로 전승되고 있다는 사실이다.

박문수역사기록을 다룬 책도 문제가 있기는 마찬가지다. 박문수가 활동할 당시 조선은 당쟁이 극심한 시대였다. 어느 당이 정권을 잡느냐에 따라 인물에 대한 평가가 달라졌다. 해서 실록은 역사기록과 그 담당자인 사관의 평으로 나눠서 살펴야 한다. 사관이 노론이면 박문수에 대한 평가는 박하기 그지없다. 그런데 오늘날 어린이책에서는 이런 사실을 간과하고 있다. 사관의 평을 그대로 싣고 있는데, 이는 당대 정치를 간과하고 전승한 결과다.

이는 작가의 성실성 문제로 귀결되는데, 한 작가가 팩트로 잘못 알고 쓴 글을 다른 작가가 그대로 베끼면서 악화되었다. 그들의 작품에서 자료를 찾아보려는 흔적이나 노력은 보이지 않는다. 오늘날에는 인터넷이 발달해서 조금만 수고하면 원하는 자료를 넘치도록 찾아 볼 수 있다. 그런데도 기본적인 인물 사실관계조차 확인하지 않고 오류를 사실인 양 그대로 베껴 쓰고 있었다. 어린이 역사인물이야기는 사료에 근거해서 써야 한다.

작가는 자기만의 문체와 색깔이 있어서 같은 얘기라도 열 명이면 열 명 다 다른 맛이 나야한다. 인물에 대한 생각과 그 인물이 했음직한 행동에 대한 고민은 작가마다 다 다를 것이다. 해서 사실과 사실 사이에 난 빈틈을 작가의 상상력으로 메우는데, 인물이야기에서 작가의 문학성이 발휘되는 부분이다. 그런데 어린이 역사인물이야기에서 만큼은 그런 맛을 느낄 수 없다.

어린이 역사인물이야기 책에서 문학성은 매우 중요하다. 작가가 발휘한 역사적 상상력은 어린이들에게 인물이 살았던 시대를 체험하게 한다. 조선시대에 살지 않았지만, 인물과 함께 마치 그 시대를 산 것처럼 느껴야 한다. 인물과 동화되어 인물의 눈으로 그 시대를 보고 느껴야 한다. 이것이 역사적 상상력 힘이다. 해서 역사적 상상력은 어린이 역사인물을 읽을 때 중요한 기준이 되어야 한다.

나는 사실을 전달하되 역사적 상상력이 발휘된 박문수 이야기를 기대한다. 아니 모든 역사인물이야기가 작가의 냉철한 이성과 따뜻한 감수성으로 인물이야기를 전승했으면 좋겠다.

이 책은 박사학위논문 「역사인물동화 연구-박문수를 중심으로」를 대중이 읽기 편하게 다시 쓴 글이다. 지도 교수이신 박혜숙 교수님이 아니었다면 역사인물이야기에 관심을 갖지 못했을 것이다. 이 자리를 빌려 감사드린다. 자유로운 학문의 세계로 이끌어 주시고 지도해 주신 이성훈 교수님, 이우학 교수님, 이수경 교수님, 미약한 글을 논문이 되게 이끌어 주신 원종찬 교수님, 최원호 교수님께도 머리 숙여 감사드린다. 글의 부족한 점은 모두 필자의 역량 탓이다.

이 글은 역사와 인물의 삶에 대한 글이다. 역사를 바라보는 관점은 한가람역사문화연구소 이덕일 소장님의 가르침을 받았다. 옛이야기 속 삶에 지혜를 찾는 법은 김환희 선생님께 배웠다. 두 분은 나의 사표다. 그분들의 학문에 대한 열정과 자세는 내게 학문이라는 망망대해의 등대다.

비가 오나 눈이 오나 365일 새벽 매일 같은 시간에 일어나 기도

해 주신 어머니 손정자 여사님은 내 정신적 지주다. 형제자매들이 아니었다면 나는 공부를 포기했을지 모른다. 정신적 물질적 지원을 아끼지 않은 둘째 형부 황진주를 비롯해 오빠 김희권, 언니 맹희·명순, 동생 명숙·근혜의 응원이 있어서 공부를 할 수 있었다. 이 책이 나오기까지 꼼꼼히 읽어주고 조언을 해준 동학 김영순, 김재복, 이미정 선생님들께 감사하다. 든든히 옆에 있어준 상현, 소희, 의준이도 힘이 되었다. 마지막으로 채륜 김승민 편집자는 대중과 소통하는 방법들을 조언해줬다. 감사하다. 지면을 빌려 한두 줄의 헌사로 감사한 마음을 표현한 것을 미안하게 생각한다.

2018년 8월 15일

김명옥

| 차례 |

1부

누구나 알지만
아무도 모르는 박문수

-삶과 정치를 보다

박문수의 발자취를 찾아서

「박문수초상」(朴文秀 肖像), 대한민국 보물 제1189-1호, 100㎝ x 165.3㎝, 비단에 채색, 충남 천안시 소재, 문화재청

강감찬 귀주대첩, 을지문덕 살수대첩, 세종대왕 한글처럼 똑 떨어지지 않는 게 박문수 업적이다. 김홍도는 풍속화를 남겨 당대의 삶을 전하고, 문익점은 목화씨를 가져와 백성들 겨울을 따뜻하게 했다. '이쯤 돼야 훌륭한 인물이지'라며 고개를 끄덕일 수 있을 것 같다. 이들에 비하면 박문수는 어떤 업적을 남겼는지 애매해진다.

이쯤 되면 독자들은 이렇게 물을 것이다. "암행어사 아닌가요?" "탐관오리를 척결하고 백성들을 구원해 주지 않았나요?" 그러면 나는 이렇게 되묻겠다. "기록이 있나요?"

기록을 샅샅이 뒤졌지만, 그가 가장 활발히 활동한 영조시대 『영조실록』에서 조차 찾을 수 없었다. 그런데 어떻게 그는 암행어사의 대명사가 되었을까?

이유는 간단하다. 백성들이 입에서 입으로 전해준 이야기 때문이다. 박문수는 1970년대 말 80년대 초에 전국의 이야기를 채록한 『한국구비문학대계』에 가장 많이 전승되는 인물 중 한 명이다. 그 내용은 박문수가 암행을 나가서 누구를 도와주고, 어떻게 문제를 해결하는지 등 암행어사 행적에 관한 것들이다.

기록이 없다면 박문수가 암행어사였다는 말은 거짓인가? 그렇지 않다. 암행어사의 임무는 조정에서 멀리 있는 지방관들이 업무를 제대로 수행하고 있는지 몰래 시찰하는 것이기 때문에 철저하게 비밀로 유지된다. 어느 날 임금으로부터 받은 한 장의 봉서가 암행어사의 발령장이다. 봉서에는 암행어사로서의 발령과 감찰해야할 곳이 쓰여 있다. 봉서를 받으면 그 길로 남대문 밖으로 가서 뜯어보고 암행지로 바로 떠나야 한다. 집에 들러 짐을 챙기거나 해서 암행어사 발령 사실이 누출되면 지방관들이 대비책을 세울 수 있기 때문이다.

그러면 후대인 우리는 정약용丁若鏞이나 이광덕李匡德이 암행어사였다는 사실을 어떻게 알 수 있을까? 암행어사가 암행을 다녀온 후 왕에게 보고서를 제출하고, 지방관에 상과 벌을 주는 과정에서 밝혀진다. 그러나 박문수만큼은 예외다. 암행을 다녀온 기록은 없고 안집어사로 감찰을 다녀온 기록만 있을 뿐이다. 다만 『임하필기』에 암행어사가 주어진 일을 잘 수행하려면 자신을 신분을 잘 감춰야

박문수묘, 충청남도 천안시 동남구 북면 은지리 산 1-1 소재, 문화재청

하는데, 가장 잘 하는 이가 이종성李宗城과 박문수 등 몇몇뿐이었다는 기록과 『청구야담』에 '어사질을 잘했다'는 평이 있을 뿐이다.

박문수는 경종 3년에 정계에 입문해 영조 때 가장 활발히 활동했다. 그의 공적 활동은 『영조실록』에, 사적인 것은 당대 사대부들이 편찬한 문헌에 기록되어 있다. 그런데 기록을 볼 때는 당대의 사회 문화적 조건을 같이 살펴야 한다. 누가 어떤 관점으로 기록했냐가 중요하기 때문이다. 조선시대 숙종부터 영조까지는 당쟁이 가장 심한 때이다. 해서 어떤 당파가 정권을 잡고 있느냐에 따라 기록 대상의 평가가 달라진다. 그 예는 본문에서 수없이 볼 텐데 우선 맛보기로 보기로 하자.

> (박문수는)헛된 비용을 절감했으므로 백성들에게 약간의 칭예稱譽를 얻었다. 근세에 권이진權以鎭이 판조版曹에 있으면서 재화財貨를 잘 다스렸다는 것으로 최고의 칭예稱譽를 얻었는데, 박문수가 조금 그의 뒤를 잇기는 했으나 (중략) 권이진權以鎭에게 미치지 못하였다.[1]

사관의 평가대로라면, 권이진은 돈을 잘 다스려 당대 최고 칭찬을 받았다. 그런데 우리는 아까 기록을 볼 때 당대 사회 문화적 조건을 살피면서 봐야 된다고 했다. 권이진은 당시 집권당 노론의 거두였던 송시열宋時烈의 외손자이다. 권이진(1668~1734)은 재화를 다루는 데 최고의 칭찬을 받은 반면, 『탁지정례』로 궁중의 불필요한 경비 낭비를 막고, 진휼전문가로서 진휼 대책을 세운 박문수는 권이진 만 못하다고 평가 한다. 그런데 왜 권이진이 암행어사의 대명사가 아닐까? 민중은 박문수를 왜 그들의 구원자로 생각하고 기릴까? 이

물음의 답 중 하나는 재화를 잘 다스렸다고 해서 암행어사의 대명사가 되는 건 아니라는 거다.

암행어사 하면 가장 먼저 떠오르는 것이 "암행어사 출두요"다. 이 말은 백성들이 탐관오리로부터 억압에서 해방을 상징한다. 지방관에게 온갖 수탈과 억울한 일을 당한 백성들은 자신들 대신 탐관오리를 척결하는 암행어사를 보면서 카타르시스를 경험했다. 암행어사는 억압당한 백성의 구세주였다. 그러니까 암행어사는 민중의 희망을 상징한 셈이다. 그렇다면 박문수는 어떻게 그들의 희망이 되었을까? 뚜렷한 족적도 없고, 남들보다 뛰어나게 재화를 잘 다스린 것도 아닌데 민중은 왜 박문수를 암행어사로 기억하고 좋아하는 것일까. 누구나 알고 있지만 제대로 알지 못한 박문수, 이제 그의 삶을 추적해 보자.

애민사상은 어떻게 생겨났나?

박문수가 외종제 이종성과 문벌 자랑을 한 일화를 보자. 이종성과 함께 외숙인 이태좌에게 배울 때다. 이 일화로 우리는 박문수가 어떤 성격인지 그리고 장차 어떤 삶을 살지를 알 수 있다.

> 일찍이 병풍 뒤에서 서로 다투어 따지고 있기에 아곡이 가만히 들어 보니 서로 문벌을 비교하는 중에 오천이 말하기를, "너희 집안에 구천 이세필 선생 같은 분이 있는가?" 하니, 영성이 말하기를, "우리 할아버지 구당공 박장원이 계신다." 하였고, 오천이 또 말하기를, "백사 선생 같은 분이 있는가?"

하니, 영성이 답하기를, "이는 내가 그렇게 될 것이다."고 하였다. 이에 아곡은 영성의 머리를 쓰다듬어 주면서 칭찬하기를 "너는 반드시 백사의 사업을 할 것이다." 하였다.[2]

"백사 선생 같은 분이 있는가?" 이종성 질문은 집안에 대한 대단한 자부심이 깔려있다. 이종성이 어린 치기에 문벌을 자랑하는 것이겠지만 어린 마음에도 박문수는 속이 상했다. 그의 집안에는 그것을 이끌어갈 남자 어른이 없었다. 할아버지 박선과 큰아버지 그리고 아버지를 일찍 여의였다. 그의 나이 열 살이 채 안 되었을 때다. 문수 어머니 이씨 부인은 문수 형제 교육을 위해 가산을 정리해 친정이 있는 용산으로 이사를 했다. 그의 어머니는 이항복 손자 이세필의 딸이다. 그러니까 박문수 외가는 백사 이항복을 비롯해 정승을 줄줄이 배출한 대표적 명문가란 말이다.

박문수가 학문을 배운 이광좌는 경종 때 우의정을 이태좌는 영조 때 좌의정을, 동문수학한 외종제 이종성도 영조 때 영의정을 지낸다. 이종성이 문벌을 자랑할 만도 하다. 그러나 박문수는 결코 기죽지 않았다. "내가 장차 그렇게 될 것이다."고 말한 것처럼 박문수는 정치로 일가를 이룰 꿈을 가지고 있었다. 그리고 그 꿈은 이루어졌다.

그런데 그의 꿈은 성공만을 위한 입신출세가 아니었다. 영조가 "백성들로 하여금 국가가 있음을 알게 하는 사람"으로 평가하듯 그의 정치활동은 '평생 백성들 삶을 보다 편안하고 살기 좋게 하는 데에 힘썼다'로 정리 된다. 애민사상 실천자인데 어떻게 그럴 수 있었는지 그의 학맥을 통해서 알아보자.

재이를 없애고 백성을 구제하는 방법에 대해 진달하고 중간 에는 인재를 수습하는 도리에 대해 기술하고, 마지막에는 보필할 사람을 구하기에 힘쓰는 공효로 권면하였는데, 애쓴 정성이 간절하여 넉넉히 임금의 마음을 감동시킬 만하였다.[3]

위 글은 박문수 할아버지 박장원朴長遠이 병중에 작성한 상소를 올리지 못하고 세상을 떠나자 아들 박빈朴鑌이 대신 올린 상소를 보고 사관이 평한 글이다. 효종, 현종 때 명신으로 『선조수정실록』 편찬에 참여한 박장원은 백성의 삶을 개선하는 데에 힘쓴 목민관이었다. 백성을 구제하는 방법을 간구하고 인재 등용에 대한 충정어린 간언을 서슴지 않았다. 후술하겠지만 또 다른 박문수를 보는 듯하다. 박문수가 당을 떠난 인재 등용을 영조에게 권하는 것도, 진휼 전문가가 된 것도 가풍과 학맥의 영향 때문이었다.

박문수 학문적 뿌리는 명재 윤증尹拯과 닿아있다. 박문수의 증조부인 심과 진 그리고 백부와 부친은 윤증 문하에서 수학했다. 윤증은 평생 초야에 묻혀 학문에만 정진한 학자다. 윤증은 그럴 만한 사정이 있었다. 그의 아버지 윤선거尹宣擧 때문이다. 윤선거는 강화도 사건으로 스스로 부끄러워 모든 관직을 사양하고 초야에 묻혀 지냈다. 강화도 사건이란 병자호란 당시 김익겸金益兼·권순

「윤증 초상」, 보물 제1495호(장경주필), 가로101cm x 세로190.1cm, 윤ㅇㅇㅇ, 문화재청

장權順長과 강화도에 들어가 일이 급하게 되면 죽기로 맹세했는데, 윤선거만 약속을 지키지 못했다. 나량좌羅良佐는 그 이유를 효종의 명으로 진원군 세완이 남한산성에 봉사로 나가면서 종자로 윤선거를 데려갔는데 남한산성에 들어가지 못하고 돌아와 효종 행중에 들어갔기 때문이라고 한다.[4]

윤선거는 사우들과 강화도에 순절하기로 한 약속을 지키지 못해서 스스로 부끄러워 벼슬을 마다하고 고향에 칩거해 학문에 정진했었다. 강화도 사건은 훗날에 노론과 소론 사이의 회니시비의 소재가 된다. 회니시비란 의리론으로 송시열과 윤증이 사는 곳 앞 자를 따라서 만든 말이다. 송시열은 회덕에 윤증은 이성(지금의 논산)에 살았다.

「송시열 초상」(宋時烈肖像),국보 제239호, 188.0x79.0cm(전체), 89.7x67.6cm(그림), 국립중앙박물관

윤증은 이성에서 벼슬에 뜻을 두지 않고 학문에만 정진했는데 그의 학문은 입지立志와 무실務實로 설명된다. 성실하게 뜻을 세우고 그것을 삶 속에서 구체적으로 발휘하는 실천적 인간학이다. 윤증이 쓴 『명재 유고明齋遺稿』를 보자.

> 읽은 책은 읽는 대로 일일이 연구하여 처음부터 끝까지 한 글자라도 소홀히 지나치지 말아서 사소한 것도 내 것으로 만들고 큰 것도 내 것으로 만들어야 합니다. 그런 연후에야 지식은 날로 더욱 진보하고 행동은 날로 더욱 견고해져 안

팎으로 모두 이루어질 것이니, 늦게 깨달아 성취하기 어렵다는 탄식이 없을 것입니다.[5]

윤증은 한 글자라도 지나치지 말고 사소한 것도 내 것으로 만들 때 지식은 진보해지고 행동은 견고해진다고 한다. 윤증에게 학문은 "지식[知]과 행동[行] 두 가지의 길"뿐이었다. 이것은 "공경을 지키고 이치를 궁리하는"것이기도 했다. "공경을 지킨다는 것은 단지 몸과 마음을 수렴하는 것일 뿐이고, 이치를 궁리한다는 것은 날마다 일을 만나고 사물을 접할 때에 매사를 천리天理에 합당하게 되도록 하는 것"이다. 다시 말해 학문은 실천인데, 앎을 통해 행동으로 옮긴다는 것이다. 윤증에게 학문은 실천을 위한 것으로 학문과 실천이 다르지 않았다. 그런데 '천리에 합당하게 되도록 하는 것' 즉 실천 대상이 어디에 있냐가 중요하다. 다음 말을 들어보자.

지출을 절제한 뒤에 백성을 사랑할 수 있으니, 이는 실로 성인의 가르침입니다. 목민관의 직임은 백성을 사랑하는 것으로 근본을 삼습니다. 무슨 일이건 어디에서건 엄히 성찰하여 사적인 일로 공적인 일을 해치지 않으면 백성들에게 반드시 도움이 될 것입니다. 간곡히 당부하건대 더욱 마음을 써서 배운 바를 저버리지 마십시오. 이것이 저의 바람입니다.[6]

윤증의 학문은 백성을 구제하는 데에 있다. 구체적인 방법도 제시한다. 공과 사를 분명히 할 것 그리고 공공비용의 절감이 그것이다. 아들 행교에게 보낸 편지에도 흉년으로 인해 고통당하는 "백성을 구제하는 일이 제일 급선무"라며 "불필요한 비용을 절약하는 것이 가장 중요하다"고 강조한다. 세금으로 운영되는 관아 비용을 절감하는 것만이 백성을 구제하는 일이라고 본 윤증 애민사상은 박문수 행정실무로 이어졌다.

공공비용은 백성이 낸 세금으로 운영되는데 비용을 절감하면 백성의 부담이 줄어든다. 공공비용 부담 절감은 곧 백성의 삶을 좀 더 살기 좋게 만드는 것이고 이것이 백성을 사랑하는 방법이란 말이다. 윤증 위민사상은 박문수 백부인 박태한, 부친인 박항한으로 이어져 박문수 정치활동에 많은 영향을 미쳤다.

학문은 실천이어야 한다는 생각은 박문수도 마찬가지였다. 박문수와 영조와의 대화에서 박문수가 학문을 어떻게 생각했는지 살펴보자.

임금이 말하기를,
"경은 자품姿稟이 매우 좋은데 모자란 것은 학문일 뿐이다. 나 역시 그런 병통이 있으니, 군신君臣이 서로 힘써야 한다."
하니, 박문수가 말하기를,
"신도 학문이 좋은 것임을 모르는 바 아니나, 만약 잘 배우지 못하면 도리어 부모가 주신 진성眞性을 잃게 됩니다. 지금의 학문은 한갓 문식文飾으로 돌아가고 있으니, 하

「영조어진」(英祖御眞), 보물 제932호, 68cm x 110cm, 국립고궁박물관

지 않은 것만 못합니다. 오직 충성되고 간사함을 감별鑑別하고자 합니다."

하고, 임금이 말하기를,

"미움을 받는다는 말 역시 어찌 학문이 부족한 소치가 아니겠는가?"

하니, 박문수가 말하기를,

"비록 공성孔聖으로 하여금 지금 세상에 살게 하더라도 미움받는 것을 면치 못할 것입니다."[7]

박문수가 활동할 당시 학문은 정계진출의 발판이 되는 과거시험에 맞춰있었다. 시를 논하고 글을 짓는 것 모두 과거시험에 대비해서였다. 세상의 일에 합당하게 궁리하는 학문이 아니라, 입신출세를 위한 글짓기였다. 해서 박문수는 그런 학문은 인간의 본성까지 잃게 만들뿐 아니라 유학자들이 성인으로 떠받드는 공자가 그 시대에 살고 있더라도 미움을 받을 것이라고 한다. 공자는 평생 삶 속에서 학문을 실천하고자 했기 때문이다.

또 이 말은 학문의 다양한 해석을 인정하지 않은 유학자들에 대한 일갈이기도 했다. 선조와 숙종 때 주름잡은 노론 영수 송시열의 말을 들어보자.

하늘이 공자에 이어 주자를 내셨으니 참으로 만세萬世의 도통道統이다. 주자 이후로는 일리一理도 밝혀지지 않은 것이 없고 일서一書도 명확해지지 않은 것이 없는데, 윤휴가 감히 자신의 견해를 내세워 가슴속의 억지를 늘어 놓으니, 윤휴尹鑴는 진실로 사문난적이다.[8]

송시열은 주희가 경전을 명확하게 해석해 놨으니 다른 해석이 있을 리 없다는 주장이다. 송시열 이후 주자학이 조선유교 사회를 주름잡았으니 유교경전은 주자학 해석만 있는 셈이다. 그러니 주자학 해석 외에 모든 해석은 사문난적이 될 수밖에 없다. "'사문난적'은 성리학을 어지럽히는 적자賊子라는 뜻"이니 송시열 말대로라면 윤휴는 성리학을 근본부터 흩뜨려 놓은 사람이다. 그런데 정말 그럴까? 윤휴의 말도 들어보자.

> 천하의 많은 이치를 어찌 주자만 알고 나는 모르겠는가? 이제 주자는 그만 덮어두고 오직 진리만을 연구해야 한다. 주자가 다시 살아난다면 내 말이 틀렸다고 하겠지만, 자사子思(공자의 손자, 중용 저자로 전함)가 살아난다면 내 말이 옳다고 할 것이다.[9]

주자도 하나의 해석일 뿐이라는 말이다. 주자의 견해와 다르다고 해서 그것이 틀렸다는 말이 아니다. 진리는 하나만 존재하는 것이 아니라는 말인데, 오늘의 관점에서도 윤휴 말에 고개를 끄덕일 수밖에 없다. 아무튼 송시열은 학문의 절대성을, 윤유는 학문과 사상의 유연성을 주장한 말인데, 윤휴는 사문난적으로 몰려 죽음에 이르니 이쯤 되면 학문은 권력이다.

학문이 오로지 하나로 해석되는 일은 어느 나라에서도 찾을 수 없는 일이며, 주류세력과 다른 해석을 했다고 학자를 죽이는 일은 더더욱 없는 일이다. 박문수가 학문이 '한갓 문식文飾으로 돌아가고' 있다는 말은 학문이 진리탐구에서 한참 벗어나 겉만 그럴듯하게 보이는 거짓이라는 말이다. 해서 박문수 말은 정권을 유지하기 위한 학문은 학문이 아니며 본래 타고난 성품까지 바꿔버린 학문이 오늘날(영조시대)학문이므로 무식하단 소리를 들을지언정 그런 학문을 쫓지 않겠다는 뜻이었다. 학문의 절대성이야말로 경계해야 하는 대상이었다.

박문수는 영조나 같은 소론계 이종성에게서조차 무식하다는 평을 자주 들었으나 그는 개의치 않았다. 당대의 학문이 공허하다고 판단했고, 자신의 학문에 소신이 있었다. 그가 생각하는 학문은 백성을 편안하게 하는 것이었다. 백성들이 배고프지 않고, 착취당하지 않게 하는 방법을 간구하는 것, 그것이 그가 생각하는 학문이었다. 박문수가 수재나 가뭄으로 고통 받는 민중을 구제하는 방법을 찾는 진휼전문가로서, 국가 의례지출 기준인 『탁지정례』를 만들어 불필요한 비용을 절약한 업적은 학문에 대한 소신의 결과였다. 애민사상의 실현이었다. 그의 정계 진출과정을 보자.

당론이냐 우정이냐?

박문수는 경종 3년(1723) 서른두 살에 증광과 병과에 급제하여 관리 생활을 시작했다. 경종 3년은 경종 2년(1722)에 목호령睦虎龍의 고변으로 일어난 임인옥사 이후 경종이 과방을 열어 소론을 등용한 해이다. 임인옥사는 노론 대신의 자제들이 남인 장옥경(장희빈)의 아들 경종을 삼급수로 죽이려 했다는 목호룡의 고변으로 일어난 옥사다. 목호룡의 고변을 들어보자.

> "역적逆賊으로서 성상聖上을 시해弑害하려는 자가 있어 혹

은 칼이나 독약毒藥으로 한다고 하며, 또 폐출廢黜을 모의한다고 하니, 나라가 생긴 이래 없었던 역적입니다. 청컨대 급히 역적을 토벌하여 종사宗社를 안정시키소서."

(중략)

이른바 '혹은 칼로써 한다.'는 것은 김용택이 보검寶劍을 백망에게 주어 선왕의 국애國哀 때 담장을 넘어서 궁궐로 들어가 대급수大急手를 행하려고 하는 것이고, '혹 약藥으로써 한다.'는 것은 이기지·정인중·이희지·김용택·이천기·홍의인·홍철인洪哲人이 은銀을 지 상궁池尙宮에게 주고, 그로 하여금 약藥을 타게 하여 흉악한 일을 행하는 것이니, 이것은 경자년에 반 년 동안 경영한 일이었습니다. 이른바 소급수小急手란 폐출廢黜을 모의하는 것으로서 이희지가 언문諺文으로 가사歌詞를 지어 궁중宮中에 유입流入시키려 하였는데, 모두 성궁聖躬을 무고하고 헐뜯는 말이었습니다. 또 교조矯詔를 초草하여 나인[內人] 지열池烈과 환관宦官 장세상張世相을 시켜서 국상國喪 때 곧 내리려고 하였는데, 그 조서詔書를 많이 기억하지는 못하나, 첫머리에, '불곡첨위不穀忝位' 등의 글자가 있었고, 중간에는 '세자世子 모某를 폐위시켜 덕양군德讓君으로 삼는다. [廢世子某爲德讓君]'는 말이 있었습니다.[10]

삼급수는 대급수, 소급수, 평지수를 일컫는데 대급수는 자객을 궁중에 투입시켜 왕을 시해하는 것이며, 소급수는 임금이 먹을 음식에 독약을 쓰는 것이다. 평지수는 숙종의 유조를 위조해 경종을 폐위시키려는 것을 말한다. 이 사건으로 노론은 실권했으며 임인옥

안 판결문에 역적의 수괴로 경종의 의붓동생인 세저 영인군(영조)이 등재되어 있다. 목호룡이 고변을 할 때 노론 4대신의 자제들과 백망이란 자가 더불어 경종시혜를 도모했는데, 백망은 스스로 "나는 곧 연잉군延礽君의 첩妾의 조카이다."라고 밝혔다. 목호룡의 고변으로 노론이 대거 실권한 이듬해에 박문수는 과거에 급제했던 것이다.

박문수와 영조, 이 둘의 관계는 매우 복잡하다. 박문수는 소론이고 영조는 노론이다. 영조는 경종을 독살하려했다는 노론의 수괴로 등재돼 있다. 박문수는 노론으로부터 경종을 지켜야 하는 사람이었다. 그러나 이 둘은 정치적 노선이 달라도 평생을 서로 의지하는 관계로 발전한다.

그 인연의 시작은 박문수가 세제시강원 설서로 임명되면서 부터다. 둘의 만남은 1724년 4월 박문수가 세제인 영인군에게 경서와 도의를 강론하면서 시작된다. 영조가 같은 해 8월 말에 즉위했으니 4~5개월 사이에 정치적 노선을 넘어선 신뢰와 평생의 친구로 지낼 관계가 형성되었다고 해도 지나친 말이 아닐 것이다.

정치적 노선이 달랐기에 아이러니한 상황도 발생했다. 소론 강경파인 이인좌李麟佐가 상여에 무기를 싣고, 청주성을 나서 서울로 향했다. 일명 무신난(1728년)이다. 무신난은 임인옥사와 연결되어 있는데, 경종이 즉위 4년 만에 승하하자 경종이 노론에 독살되었다는 설이 광범위하게 퍼져 나갔다. 경종의 죽음은 석연치 않았는데, 노론이 실제로 소급수를 쓴 적이 있었다.

> 장역관이 약을 사왔는데 김상궁과 같이 모의해서 일차 사용했더니, 곧 황수를 토했다고 말했습니다. 황수를 쏟은 것을 장역관이 약을 가져와서라고 하나 장씨성을 가진 그 사

람은 처음부터 없었습니다. 이로 말할 것 같으면 이이명이 약을 사가지고 와서 황수를 쏟은 것입니다. 경자년 겨울에 이이명이 사신으로 가서 신축년 봄에 돌아왔습니다. 성절초에 또 말하길 '황수를 쏟은 후에 그 무리들이 비교해 보고는 "약이 독하지 않아 마땅히 다시 은을 모아 다른 약을 샀다"고 했다.' 그 시기는 부부연에 따르고 이에 실패했다.[11]

노론이 소급수를 썼다고 한 날에 경종은 황수(누른 물)를 쏟았던 것이다. 그런데 어선에 독을 넣은 일을 조사 하던 중에 경종이 병석에 눕게 된다. 이에 대비 인원왕후 김씨가 게장과 생감을 보냈고, 어의는 게장과 생감은 어가에서 꺼리는 음식이라 올리지 말라고 권유한다. 그러자 영인군(영조)이 어의들의 반발을 누르고 생감과 게장을 올린다. 경종은 이를 맛있게 먹었으나 밤에 심한 복통과 설사를 앓으면서 정신을 잃었고 경종의 상태가 호전되지 않은 상태에서 어의의 반대를 무릎 쓰고 영인군은 생감과 게장과 상극이라는 인삼과 부자를 쓰도록 한다. 경종은 영인군이 올린 인삼을 먹고 다시는 일어나지 못했다.

무신난은 경종이 노론에 독살되었다고 여긴 소론 강경파들이 일으킨 난이다. 반란 소식을 접한 영조는 소론 온건파인 박문수를 조현명趙顯命과 함께 오명항吳命恒의 종사관으로 임명해 소론을 진압하게 했다. 박문수는 당론과 임금인 영조 사이에서 갈등했을 것이다. 그의 선택은 영조였다. 소론인 그가 정치적 노선이 같은 이인좌를 진압하려 나선 아이러니가 발생한 것이다.

박문수는 난이 진압 된 후 백성을 안정시키는 일에 나섰다. 어쩔 수 없이 난에 가담한 이들도 있을 터였다. 그들은 처벌이 두려워 깊은 산으로 숨어들었다. 민심은 흉흉하고 소요는 좀체 가라앉을 기미가 보이지 않자 박문수는 무기를 해제하고 홀로 산속으로 들어갔다. 군대를 믿지 못하던 백성들은 박문수가 단신으로 산속으로 들어와 단순 가담자와 어쩔 수 없이 연루된 자들은 처벌하지 않겠다는 그의 말에 일상으로 돌아왔다. 용서하는 정책으로 민심을 안정시켰던 것이다. 이때의 공로로 박문수는 영성군으로 봉해지고 다음해에 경상도 관찰사가 된다. 이때 일은 구활자본 소설 『어ᄉᆞ 박문슈젼』 소재가 된다. 이 소설은 역사가 어떻게 허구가 되는지 보여주는 사례다. '박문수는 어떻게 동화가 되었나'장에서 다룬다.

사직상소를 올리다

정치적인 노선이 달라서 어쩔 수 없을 때도 있었다. 영조 즉위년 12월에 나학천羅學天이 고변을 했다. 영조의 즉위와 함께 실권을 장악한 노론은 정계에 남아 있는 소론을 축출하기에 바빴다. 가장 확실한 방법은 그들을 등용한 과거 시험에 문제를 제기하는 것이었다. 나학천이 총대를 멨다. 그는 "신축년(1721년, 경종1) 이후로 공도가 더욱 없어져 크고 작은 방안은 모두 형세가의 것이고, 조정에 가득한 청금으로서 남의 손가락질을 받지 않는 사람이 몇이나 되겠습니까?"라며 상소를 올렸다. 소론계 인사들을 끌어내리기 위한 공세였다.

임인옥사가 일어나기 전 경종 1~2년에는 노론이 정계의 실권을 잡고 있었기 때문에 문제가 되지 않았다. 그러나 목호룡의 고변으로 일어난 임인옥사 이후 노론이 추출되고 소론이 대거 등용한 과방이

1723년이다. 나학천이 신축년 이후 과거는 공도가 문란해졌다고 지적한 이유는 1723년 과거시험으로 대거 등용된 소론을 추출하기 위한 것이었다. 노론의 공세는 날로 세졌다. 목호룡의 고변은 소론 김일경金一鏡이 날조한 것이라고 했다. 김창집金昌集·이이명李頤命·이건명李健命·조태채趙泰采가 역모로 몰렸기 때문에 그들의 신원은 복원되어야 하고 임인옥사 이후에 열린 과방科榜도 취소해야 한다고 주장했다. 1723년에 치른 과방이 토역과討逆科이기 때문이다. 토역과는 역적을 치고 그것을 기념해 열린 과방이라는 뜻인데, 여기서 역적은 노론을 가리킨다. 해서 노론은 자신을 역적으로 규정하고 치른 과방 자체를 삭제하고 싶었다.

이 논의는 1725년 3월 15일 소결에서 나온 말이다. 민진원, 홍치중, 이휘진 등 노론계 인사들의 과방 삭제 주장은 그 과방에서 소론이 대거 등용되었기 때문이다. 소론인 박문수는 이들 주장에서 자유롭지 못했다. 박문수가 급제한 과방이 민진원이 토역과라고 일컫는 과방科榜이었다.

영조 즉위로 소론에 대한 노론의 정치적 보복이 시작되었다. 영조는 임인년에 국청에 있던 신하들 관작을 삭탈하고 문외 출송시키라고 명령했다. 그러자 이휘진은 "삭탈하는 것으로 그들의 죄를 징계할 수 있겠습니까?"라고 했다. 삭탈로는 그들의 죄를 물을 수 없는 솜방망이 처벌이라는 것이다. 그는 김일경은 하나의 사령使令일 뿐 흉당의 괴수는 아니라고 했는데 여기서 흉당은 당연히 소론이다. 그가 겨눈 칼끝은 소론영수이고 그것은 소론 전체였다.

소론에 대한 그들의 보복은 여기서 그친 게 아니다. 홍현보洪鉉輔는 임인년 옥사와 관계한 소론 인사에 처벌이 약하다며 후세 사람들이 목호룡 고변이 사실이 아닌가라는 의심을 하게 될 것이라고 했다. 그들은 목호룡의 고변이 거짓이 되어야 했다. 노론은 경종을 독살하려고 시도한 적이 없으며 경종은 자연사가 되어야 했다. 그러려면 소론은 영원히 정계에 진출하면 안 됐다. 권력을 독식하는 것, 이것이 그들의 생각이었다. 흉당 소론과 한 하늘 아래 살 수 없다는 홍현보의 말은 이런 뜻이다.

그들에게 임인옥사는 치명적인 그리고 다시는 일어나서는 안 되는 실수였다. 그래서 영조는 즉위 16년에 삼수역안을 고치라고 명하는데 조현명趙顯命은 그 역안을 삭제하는 것만이 논쟁을 종식시키는 일이라고 주장한다. 이병상李秉常도 태워서 없애버리자고 한다. 윤양래尹陽來도 이병상의 의견에 동조해 임인옥안을 삭제하라는 성교를 내리라고 부추긴다. 임인옥사가 소론에 의해 조작된 사건이라면 굳이 기록까지 삭제하라고 건의하지 않았을 것이다.

노론은 소론 인사가 정치에 참여하고 있는 한 정치적 보복 불씨를 끌어안고 있다고 했다. 해서 영조의 집권 후 임인옥사를 바로잡는다는 이유로 정적인 소론을 축출하고, 소론 인사를 제거하기 위해 경종 3년 별시 과방을 파방해야 한다고 주장한 것이다. 나학천이 신축년 이후의 공도는 문란하다고 올린 상소는 이러한 정치적 맥락에서 이루어졌다. 노론의 주장에 박문수는 "발인하는 첫길에 광명하여 부끄러움이 없는 뒤에야 천지 사이에 스스로 설 수 있는데" 처음부터 의심을 받는다면 그 "의혹을 밝히기 어렵고 누는 씻기 어려워서" 사직하고자 한다는 상소문을 올리고 모든 관직에서 물러났다.

백성이 굶어 죽는데 체면은 차려서 무엇하나

그가 다시 정계로 돌아 온 계기는 1727년에 영남지방에 든 큰 흉년 때문이었다. 좌의정 조택억은 구제민들에게 곡식이 제대로 전달되는지 혹여 지방관들이 착복을 하지 않는지 가장 잘 관리 감독할 자로 박문수를 추천했다. 그의 추천처럼 박문수는 첫 안집어사로서 임무를 훌륭히 해냈다.

박문수는 감찰 결과를 다음과 같이 보고 했다. 당해의 환곡을 미리 받아 백성을 살리는 밑천으로 삼을 것과 각 고을에서 수령들이 환곡 받을 때 곡식이 축날 것을 대비해 미리 받은 모곡을 모두 진휼미에 보태야 한다고 주장했다.

폐해를 알리고 그것의 대책도 세워 함께 보고했다. 탐관오리의 죄를 엄단하고 작은 마을에라도 명망 있는 관리를 파견할 것을 청원했는데, 권문귀족 출신(음서제도에 의한) 지방관들이 어사의 통제에 따르지 않아 일을 원활하게 풀지 못했다. 지방관들은 중앙 벼슬아치들의 추천으로 가능했는데, 이때 바치는 뇌물은 다스리는 지방 백성의 수탈로 채우는 경우가 허다했다. 해서 박문수는 바닷가의 작은 마을이라도 권문출신이나 음서제도에 의한 지방관 파견이 아닌 명망있는 관리 파견을 주장했던 것이다. 그의 주장은 타당했다. 그것이 바로 탐관오리를 뿌리부터 뽑는 일이며 백성들의 삶을 편안하게 하는 것이라 여겼다. 또 그는 양역인 노역과 군역의 폐해와 절수 그러니까 지방관들이 봉록으로 받은 토지세 폐해에 대해서도 대책을 세워 보고했다.

이때 영남지방에서 겪은 흉년은 그가 평생 흉년이나 홍수로 인해 굶주린 백성들을 어떻게 구제할 것인가에 화두가 되었다. 구제의 기준은 백성들이 하루라도 빨리 굶주림의 고통에서 벗어나게 하는 것이었다. 1729년의 일이었다. 박문수가 경상도 관찰사로 재직 중이었는데 하루는 울산 앞바다에 물건들이 둥둥 떠내려 왔다. 그것을 보고 관북지역에 수재가 발생한 것을 깨닫고 즉시 제민식 삼천석을 실어 함경도로 보냈다. 그와 동시에 중앙에 파발을 띄웠다.

지방에서 구휼미를 사용할 때에는 반드시 중앙의 허락을 먼저 받아야 했다. 선 결제 후 실행이 원칙이었고, 선 실행 후 결제는 개인 착복으로 간주되었다. 조선시대는 뇌물을 받았거나 비리에 연루되었다는 소문만 나도 3대가 과거시험을 볼 수 없었다. 그러나 박문수는 착복했다는 누명보다 백성들의 목숨이 더 중요했다. 백사 이항복과 같은 정치가로서의 꿈을 펼치기는커녕 이 일로 그의 앞날은 장담할 수 없었다. 자신뿐 아니라 집안의 명운을 걸었던 셈이다.

울산에서 장계를 가지고 서울로 올라가는 동안, 중앙에서 결재가 나기까지 회의 하는 시간, 결재를 받고 내려오는 날짜와 관북지역으로 쌀을 보내는 기간을 감안한다면 아무리 빨라도 족히 두세 달은 걸릴 것이다. 그 사이 백성들은 굶주림에 허덕이거나 기아로 죽게 된다. 지금은 전화 한 통으로 해결할 수 있는 일이지만, 당시는 사람이 오고 가야 하는 길이었다.

박문수는 결정했다. 먼저 쌀을 실어 관북지방에 보내는 한편, 한양에 장계를 올렸다. 장계의 도착과 함께 때마침 관북지방에서 수재를 알리는 장계가 올라왔다. 노론이 장악하고 있는 조정에서 소론인 박문수는 자칫 착복했다는 누명을 쓸 수 도 있는 일이었다. 이 일로 관북의 백성들은 박문수를 기리는 송덕비를 세웠다. 탐관오리들은 백성을 착취해 자신의 업적을 기리는 비를 세우게 했는데, 백성들 스스로 세운 송덕비는 그리 흔치 않다. 게다가 그 지역의 관리가 아닌 벼슬아치의 업적을 기리는 일은 매우 드문 일이다.

홍수와 흉년은 자주도 찾아왔다. 1731년 그의 나이 41세, 형조 참판이었을 때다. 삼남에 근고에 없는 흉년이 들었다. 개천이 뒤집혀 모래가 땅을 덮었다. 가뭄이 심해지자 영조는 대신들을 모아 진휼할 대책은 논의했는데 그들은 돈을 만들자는 한 가지 제안 밖에 내지 못했다. 이때 박문수는 대동미 일부를 면죄할 것을 건의 했다. 가뭄이 들어도 홍수가 나도 관청에서는 백골에 군포를 징수하고 환곡 납부를 독촉하니 민중의 삶은 고통 그 자체였다. 공물 대신 쌀로 납세한 대동법이 시행되고 있었으므로 가뭄으로 곡식 값은 천정부지 기로 오르자 일부에서는 이익을 목적으로 곡식을 매점매석했다.

영조는 급히 이광덕李匡德과 박문수를 관찰사로 파견해 백성들을 진휼케 했다. 그러자 송징계는 별도의 관찰사는 필요없으며 돈만 낭비할 것이라는 상소를 올렸다. 박문수는 지방의 실정을 누구보다도 잘 알고 있었다. 그는 자신의 곡식을 풀어서 백성을 구휼하는데 모범을 보이는 한편 관내의 중신과 재상들을 찾아다니며 비축한 곡식을 백성들을 위해 풀 것을 권했다.

그러자 송징계宋徵啓는 그렇게 해서 얻은 것은 적고 잃은 것은 매우 클 것이라며 곡식을 나눠주는 권분은 중지되어야 한다고 상소를 올렸다. 권분을 하면 백성들이 도덕적으로 해이 해져 소요만 일으킬 것이란 게 그 이유였다. 도덕적 해이란 말은 오늘날에도 많이 듣는 말이다. 사회복지를 확대하는 정책을 세우면 일부 정당 또는 정치인들이 들고 나온 말이 도덕적 해이다. 송징계는 굶주린 백성보다 중신과 재상들의 반발이 더 우려스러웠기 때문 권분을 반대했다. 그러나 호서지방민들은 박문수 덕분에 아사를 면했다.

1741년 북도에 연이어 큰 흉년이 들었다. 박문수는 영남의 곡물을 북으로 이송해 백성을 진휼코자 했다. 그러나 때는 겨울이라 곡물 운반이 제때에 이루어지지 못했다. 박문수는 발만 동동거리고 있을 수 없어 직접 현장으로 달려가 곡식 운반을 감독 하려고 했다. 이때 영조는 "진휼사가 어찌 곡물을 찾아 직접 가겠냐"며 말렸다. 관리자가 체면이 있어야 하지 않겠냐는 뜻이었다. 그러자 박문수는 "진정 백성에게 이롭다면 어찌 구구하게 일의 체모를 논하겠습니까"라고 한다. 백성을 이롭게 하는 일에 체면은 차려서 무엇하겠냐는 거다.

박문수는 진휼 하는 데에 살피고 궁리해서 일거양득이 되게 했다. 진휼미를 실어 나를 배를 건조하여 각 고을에 나눠주고 진휼미를 나르지 않을 때에는 그 배로 생업을 잇게 했다. 1749년에 북도에 또다시 큰 흉년이 들자 영조는 김약로와 함께 박문수에게 북도 6진의 백성을 구할 방책을 구하라고 한다. 재해가 발생하면 영조는 언제나 박문수를 찾았다. 『국조보감』에서는 그가 진휼로 나서면 "굶어죽은 백성이 한 사람도 없었"기 때문이라고 한다.

진휼은 사람이 하는 일이다. 믿고 맡길 사람이 중요했다. 영조는 그것을 잘 알고 있었다. 영조와 대신들이 염철론에 대한 생각을 주고받은 과정을 보자.

> 검토관檢討官 조명겸趙明謙이 아뢰기를,
> "당唐나라의 염철은 의도가 국가를 이롭게 하는 데 있었으며, 우리나라에서의 염철은 의도가 백성을 이롭게 하는 데 있었습니다."
> 하고, 참찬관參贊官 정언섭鄭彥燮도 아뢰기를,
> "백성들의 원망이 일어나느냐 여부는 오직 일을 주간하는

자가 어떠하냐에 달려 있을 뿐입니다."

하니, 서종옥徐宗玉이 아뢰기를,

"신이 그윽이 우려하는 것은 다른 날에 있으니, 이익이 국가에 돌아가게 되면 피해가 반드시 백성들에게 있기 때문입니다."

하자, 임금이 말하기를,

"그 의도가 〈국가에서〉 전매하는 데 있으면 잘못이고 의도가 백성에게 있으면 옳은데, 이것은 적당한 사람을 얻는데 달려 있다. 여태까지는 내가 영성靈城을 믿고서 맡겼었다. 그러나 후세의 인군人君이 만약 영성과 같은 이를 얻지 못한다면 반드시 피해가 있을 것이다."

하였다.[12]

영조가 박문수를 얼마나 신뢰하고 있는지 알 수 있다. 모든 제도는 사람이 시행하는데, 그 담당자가 어떤 사람이냐에 따라 제도의 성공여부가 결정된다. 영조는 그것을 잘 알고 있어서 "여태까지는 내가 영성(박문수)을 믿고 맡겼었다. 그러나 후세의 인군人君이 만약 영성과 같은 이를 얻지 못하면 반드시 피해가 있을 것"이라고 했다. 영조는 백성을 사랑하는 박문수의 마음을 잘 알고 있었던 것이다.

백성을 살리는 길, 세금을 줄이자

박문수는 진휼전문가만이 아니었다. 탁월한 정책입안자요 행정실무가이자 개혁가였다. 1730년 박문수는 20, 30살이 넘도록 혼인을 못하는 노총각 노처녀를 혼인시켜줄 것을 영조에게 건의했다. 그가 보기에 혼인을 하지 못한 남녀들은 가난해서 혼인비용이 없었기 때문이다. 영조는 박문수의 건의를 받아들여 감사와 수령이 혼수를 갖춰주어 혼인 시기를 놓치는 일이 없도록 하라고 지시했다. 이 일은 지식인들 사에서 전하는 문헌설화나 민중 사이에서 회자되어 이야기로 전해지고 있다. 다음 장에서 자세히 살펴본다.

그는 행정 실무에도 탁월했는데, 1748년에 호조판서로 임명되자 『탁지정례』를 만들었다. 이것은 궁중의 의례에 드는 항목과 비용의 기준을 정한 것이다. 『탁지정례』로 사신 접대비용은 물론 국혼 등의 의례에서 비용의 절반이 절약되었다.

일은 사람이 한다. 아무리 좋은 제도와 기준을 가지고 있더라도 어떤 사람이 책임자로 있는가에 따라 달라진다. 정조의 말을 들어보자.

> 어제 탁지 정례度支定例를 보건대, 박문수朴文秀가 이 정례를 만든 것이 갑술년(1754년 영조 30년) 무렵에 있었던 것으로 10년이 되지 않는 일이었는데, 새어 나가는 폐단이 한 가지만이 아니니 이는 오로지 호조 판서가 법대로 지켜가지 못하는 소치에 연유된 것이다. 이른바 원공元貢 내용에 허다한 명목名目들도 이정釐正하지 않을 수 없는 것이 많이 있었다. 만일에 수거修擧하려고 한다면 어찌 그만한 방도가 없겠느냐마는 오늘날에는 하나도 자신이 나서서 원망을 짊어지려는 사람이 없다. 이런데도 포기抛棄해 둔다면 나라가 나라꼴이 될 수 없을 것이다.[13]

세금이 새어 나가는 폐단은 한두 가지가 아니다. 제도의 문제가 아니라 지출 기준을 제대로 지키지 않은 사람의 문제였다.

박문수는 절수의 폐단도 바로 잡아야 한다고 주장했다. 절수는 일종의 토지세인데, 토지세를 걷어 토지 주인에게 받치는 일을 하는 사람 또는 그런 일을 하는 관리를 도장이라고 한다. 그런데 이 도장의 무리들이 백성들의 토지를 강제로 차지하는 일이 발생하곤 했다. 박문수는 "절수할 때에 도장導掌의 무리들이 엄중한 관문關文을 가지고 각도各道로 내려가 백성들의 토지를 강점强占하거나 혹은 소송에 걸려 있는 토지를 사들여 횡점橫占할 계획을 하는데, 백성들이 문기文記를 가지고 관청에 와서 다투어 송사를 하나 도장導掌에게 굽힘을 당하는 사례가 열이면 여덟아홉"이라면서 절수 폐단을 없애려면 호조에서 관리해야한다고 주장했다.

박문수는 금군 정책이나 사업 지침 등 절목을 편수했고, 돈이 귀한 폐단을 극복하기 위해 청나라에서 돈을 무역해 올 것을 청하는 한편, 유기를 거두어 돈을 주조할 것을 건의했다. 돈을 주조하는데 드는 구리와 주석은 모두 조선에서 얻기 어려우니 구리와 주석 대신 조선에서 생산되는 은을 주조해 돈으로 대신해서 쓸 것을 제안한 것이다.

박문수는 평생 군역 개혁을 주장 하는데, 군역이야말로 백성들을 괴롭히는 가장 큰 원인이기 때문이다. 조선 초에는 양반도 군역의 의무를 치렀다. 그러다 중종 36년에 군적수포제가 실시되면서 양반들은 군역을 면제받았다. 실은 반정에 가담한 양반들에 혜택을 준 셈인데, 군역 의무자가 그만큼 줄어든 것이다. 게다가 부유한 농민들이 공명첩을 사들여 군역을 면제 받았다. 그러나 돈을 써야할 곳은 늘어만 갔다. 임진왜란과 병자호란을 겪으면서 훈련도감이 창설되고 이어 어영창, 총융청, 수어청, 금위영이 설치되면서 군영이 5

개로 늘어났다. 의무자는 줄고, 사용처만 늘어났으니 군역의 의무를 치러야 하는 백성의 삶은 더욱 고단해질 수밖에 없었다.

군역 폐단으로 양역변통론이 제기 되자 박문수는 구전론을 주장했는데, 양반들까지 징병대상으로 삼아 군역세를 받자고 했다. 당시 양역변통론은 유포, 호포, 구전, 결포론 등 네 가지였다. 군역 기피자를 색출하여 군역 의무를 지우자는 유포론, 수로의 기준을 인정(사람)에서 호로 삼아 모든 가호에 군포를 받자는 호포론, 양반들까지 군포를 받자는 구전론, 인정 대신 가호에 군포를 부과하자는 결포론이 있다. 양반이 군역세를 내면 백성들이 내야할 세금이 줄어든다.

그가 세운 행정정책 입안의 기준은 백성들 생활을 보다 편안하게 하는 것이었다. 그리고 그의 마음을 가장 잘 알고 있는 사람이 영조였다. 영조는 박문수가 세상을 떠날 때 "나의 마음을 아는 사람은 영성이며, 영성의 마음을 아는 사람은 나였다"고 슬픔을 표현했다.

나라가 있음을 알게 한 사람

박문수는 32세부터 정계에 진출해 세상을 떠나기 전 66세까지 진휼사로서, 그리고 행정 및 군역 등 행정관리 전문가로 활동했다. 영조의 절대적 신임을 받은 박문수의 정치 생활은 탄탄대로였다고 생각할 수 있다. 개혁적인 정책 입안이나 진휼전문가로서의 그의 업적으로 보면 정승의 자리에 몇 번이나 올랐을 것이다. 그러나 언제나 그렇듯 시대에 불온한 사람은 당대에 제대로 평가 받지 못한다. 박문수도 예외는 아니었다. 당색이 문제였고, 불뚝거리는 그의 성격이 문제였다. 아니 불의에 눈 감지 못한 것 때문이었다. 영조가 감싸주는 것도 한계가 있었다. 게다가 영조의 신임은 노론의 견제를 받기에 충분했다. 그러나 그는 굴복하지 않았다.

노론 세상에서 소론인 박문수는 영조 신임에도 그리 잘 나가지 못했다. 그 이유는 간단했다. 박문수는 임금 앞에서도 소신껏 발언했다. 그리고 그 발언의 배경에는 항상 백성을 사랑하는 마음이 있었다. 그가 건의한 정책이나, 발언 등을 살펴보자.

박문수는 끊임없이 언로를 개방하고 초당적인 입장에서 인재를 등용할 것을 건의했다. 초당적인 인재 등용이야말로 백성을 구제하는 일이라고 여겼다. "탕평이란 이름은 있으나 탕평의 실적은 없"고, "노론·소론의 나라이지 전하의 나라가 아니"라고 했다. 박문수가 보기에 분당이야 말로 사회의 가장 큰 문제였다. 분당 피해는 고스란히 백성에게 돌아간다. 소론과 노론이 배척하고 반목하는 사이에 백성의 삶은 피폐해져갔고 당쟁으로 인한 인사 폐단은 백성들이 감당해야 했다. 당파가 같은 사람을 지방 수령으로 보내면 그 수령은 지방민을 수탈해 대신들에게 상납하고, 상납받은 대신은 그 관리를 더욱 풍요로운 고을로 이직시키는 혜택을 주었다. 분당 정치가 끝나지 않는 한 이 무리들은 두려워 할 것이 없었다. 박문수는 초당적인 인재 등용만이 당대에 직면한 사회문제를 극복할 방법이라고 믿었다.

그러나 영조에게는 사정이 있었다. 그는 임인옥사의 수괴(괴수의 우두머리)로 등재되어 있는 노론의 영수였다. 노론은 그를 임금에 자리에 앉힌 이들이었다. 그러니 박문수를 아끼더라도 소론인 그의 직언을 받아들이는 데에는 한계가 있었다. 영조는 탕평책을 펼친다고 했지만, 정계의 실권 대부분은 노론이었으며 소론은 구색 맞추기에 불과했다. 남인들 정계진출은 막아버렸다.

갑술환국과 무신난으로 정계 진입에 발이 묶인 영남 남인은 자신들이 처한 상황을 타개하고자 했다. 남인의 움직임을 간파한 노론은 김상헌金尙憲의 서원 건립을 통해 영남 세력이 규합되는 것을 막으려고 했다. 위기감을 느낀 영남 남인들은 거세게 반대했다. 박문수는 서원의 폐단을 들어 김상헌 서원 건립을 반대했다. 김상헌 서원 건립 목적이 "향권을 쥐고서 자신과 의견이 다른 사람들을 물리쳐 억제"하려는 데 있다는 게 그 이유다. 또 군역을 피해 서원에 투숙하고, 세금처럼 돈과 쌀을 거두어 실컷 먹고 마시는 등 서원을 향락 장소로 만들어 버린다며 김상헌 서원 건립을 추진하는 노론 세력에 적극 반대했다.

박문수는 반대에서 그치지 않고 영남(남인)의 인재를 등용할 것을 건의했다. 그러자 조중직趙重稷은 박문수를 파직시킬 것을 청한다. 박문수는 체직 당했으나 조현명趙顯命이 "기질과 성정이 불과 같아서 바야흐로 발동할 때에는 스스로 잘못인 줄 알면서도 안주하지 못하는 사람"이라며 상소를 올려 취조는 면했다.

그의 직언은 계속된다. 분당정치가 지속되는 한 지방관에게 수탈당하는 백성의 삶은 지속될 것이었다. 해서 당파 싸움의 원인이 영조 탓이라고 여겼다. 그의 직언을 들어보자.

> 전하께서는 직언直言을 들으려 하지 않으시니, 군신群臣들도 전하의 뜻을 거슬릴까만 두려워하고 있어 상하上下가 서로 도리를 잃고 있습니다. 이렇게 하여 1년, 2년 지나게 되면 나라 일이 장차 어떤 지경에 이르겠습니까?[14]

임금이 충정어린 신하 말을 듣지 않으니 조만간에 나라꼴이 말이 아니게 될 거라는 무서운 말이다. 조정대신들은 탐관오리를 적발해 백성들의 삶을 평안하게 살펴야 하는데 당파 싸움만 하느라 자신들의 일을 제대로 하지 않았다. 이런 까닭에 백성들은 축난 군포세를 보충하려고 이웃의 몫까지 내야 하는 고충을 안고 있는데 벼슬아치들은 이런 사정을 누구 하나 직언하여 잘못을 고치려는 이가 없었다. 임금이 잘못된 정치를 하면 신하는 직언하는 도리를, 임금은 그런 소리를 기꺼이 받아들이는 도리를 잃어버렸기 때문인데 군과 신이 서로 도리를 잃은 원인을 인재를 등용하지 않은 영조 잘못이라고 한 것이다.

박문수는 때와 장소를 가리지 않는 말 때문에 곤혹을 치리기도 했다. 그래서 한현모韓顯謨는 "존엄한 자리에서는 저절로 근신하고 두려워하는 것이 사람의 본성인데 어찌하여 박문수는 유독 이런 본성이 없다"고 상소를 올렸다. 조례에 침묵만 지키고 있는 대신들을 향해 박문수가 "당로자들 아첨해 섬기는 데는 마치 노예와 같다"는 발언 때문이었다. 그러나 이 말의 배경에는 이유가 있었다. 박문수의 항변을 들어보자.

> 신은 기氣가 거칠고 말이 거칠어서 법도 속에 들어가지 못하나 지난번 연석筵席에서의 실언失言은 사유가 있는 것이었습니다. 호남에서 사람이 사람을 구워먹은 변고로 인하여 성상께서 잠을 편안히 못 주무시고 깊은 밤 침전寢殿에서 대신大臣을 불러 접견하시고는 어선御膳을 감손시키고 방공方貢을 정지시켰는데도, 자칭 유신儒臣이라 하면서 높은 자세로 금직禁直하되 코를 골며 양羊처럼 잠만 잘 뿐 끝내 구

> 대求對하지 않았고, 스스로 간신諫臣이라 이름하는 사람은 사실私室에 누운 채 굶주린 까마귀처럼 입을 다물고 있되 또한 대각臺閣에 나아오지 않았습니다. 신이 과연 이로 인해 통렬히 공척하다 보니 결국 실언하기에 이르렀습니다.[15]

흉년이 들어 사람을 구워 먹는 변고가 발생했는데, 대신들은 변고를 수습하고 민생을 안정시킬 방도를 내지 않고 침묵만 고수하자 노예 운운했던 것이다. 박문수의 직언은 그의 거친 성격 때문만이 아니라 백성을 생각하는 마음에서 나온 말이었다.

애민 사상에서 나온 그의 말은 노론 공격의 대상이 되었다. 박문수의 정적들은 임금의 "두터운 위임을 받고 지나친 대우를 받지만, 진실로 그 사람을 논하면 가장 어질지 못하니, 그 정태가 가증스럽고 간범한 자"라고 했다. "생각이 음험하고 의리의 올바름을 현혹시키고, 흉론을 힘써 유지하는 자"라고도 했다. 모사꾼이란 말이다. 그러나 영조는 알고 있었다. 영조의 말을 들어보자.

> ……내가 임어臨御한 지 1기紀에 가까워지니 자못 여러 신하들의 장단점을 알겠다. (중략) 깊이 생각하고 널리 염려하여 일을 맡아 효과効果를 이룩하며, 비록 외임外任에 있어서도 백성들로 하여금 국가가 있음을 알게 하는 사람은 경이 아니고 누구이겠는가? [16]

박문수가 일을 처리함에 있어서 깊이 생각하고 그것이 모두에게 유용한 일이 되도록 정책안을 제시하는 것, 중앙관직이 아니더라도 백성이 국가가 있음을 알게 하는, 백성 편에서 일을 실행하는 박문수 마음을 영조는 알았던 것이다. 그래서 노론이 박문수를 견제할 때마다 감싸줬다.

노론이 박문수를 향해 "임금의 총애를 믿고 기세를 부리는 자", "성질이 허황해서 본래 선비의 단아한 명망이 적다"는 평가를 할 때마다 영조는 "마음에 다른 뜻이 없다."그 마음이 "곧도다"라고 두둔했다.

노론의 평가와는 달리 박문수와 가까운 이광좌는 그를 "사람됨이 도량이 있다.[17]"고 했고 영조는 "지혜가 있으나 혈기가 많다."고 평가한다.

박문수는 자신이 옳다고 여기면 임금 앞에서도 거침없이 말한다. 영조에게 신하를 부리는 도리가 부족하다고 하는가 하면, 영조가 자신이 수괴로 올라가 있는 임인옥안을 불태우라고 할 때도, 죄가 없는 것이라면 바르게 밝혀야 후세에 떳떳이 말할 수 있다며 반대했다.

박문수는 해학적 언어 구사에 뛰어났는데 그 때문에 질타 대상이 되기도 했다. 지평 유최기兪最基는 박문수가 동방삭도 아니면서 해학의 기교를 부리고 우맹의 태도를 모방하여 광변으로 사람들을 기만하고 고관대작까지 능멸한다고 할 정도였다.

박문수는 행정 전문가로서의 능력과 영조의 편애가 있었음에도 벼슬이 정승에는 이르지 못했다. 시시비비를 가리기 위해 망설임 없이 직언하는 꼿꼿함, 경직된 경연장에서의 해학적 언어 구사, 불같은 성격, 타협을 모르는 강직함, 선비의 단아한 명망 부족 등의 성품은 정승의 자리에 맞지 않은 품성이라고 여겼을 것이다.

그러나 무엇보다도 그의 당색이 문제였다. 노론이 주도하는 정국에서 뛰어난 소론 행정 관료인, 게다가 영조의 편애까지 받고 있어서 박문수에 대한 노론의 견제는 심했다. 백성을 구제하는 진휼 행위는 착복으로 호도 되고, 정책 입안은 사사건건 반대에 부딪혔다. 반대를 위한 반대였다. 해서 영조는 "시대의 분위기가 서로 어긋나고 과격해지는 것은 같은 조정에서 벼슬하는 사람들 사이에 서로 알아주지 않는 데에서 말미암은 것이다. 비록 영성군을 가지고 말하더라도 사람들은 모두 그를 광패하다고 하지만 경이 홀로 그를 알 뿐이다."라고 했다.

박문수가 당대에 제대로 평가받지 못한 데에는 심한 노론의 견제가 원인이기도 하다. 그러나 박문수는 노론의 견제에도 굴하지 않았다. 오히려 유머 있는 해학적 언어로 노론의 견제를 받아치며 소신을 밀고 나갔다. 내가 보기에 박문수의 소신 있는 행동은 강직한 성격에서 나왔다. 그는 옳고 그름에 대해서 소신껏 발언하고 행동했다.

성격은 급했다. 학문이 부족하다는 소리를 자주 들었으나 진짜 무식했던 것은 아니다. 학문의 다양성을 인정하지 않고, 주자학만을 숭상하는 사회적 분위기가 잘못된 것이라고 봤다. 그가 보기에 주자학은 인간의 본성을 해치는 학문이었다. 사람을 이롭게 하는 학문이 아니라 관념에만 몰두하는 쓸 데 없는 학문이었다.

박문수는 절수의 폐단을 언급하고, 군정과 진전의 혁파를 주장하였으며, 국고의 낭비를 막아 백성의 세금을 덜어주고, 기근에 시달리는 백성을 구휼했다. 위정자들에게 이 정도의 업적은 업적도 아니다. 그러나 그가 다른 위정자들과의 차이점이 있다면 그것은 단 하나다. '이 일이 백성에게 가장 이로운 일인가'라는 기준을 가지고 있었다. "백성들로 하여금 나라가 있음을 알게 한 자"라는 평가는 그냥 나온 말이 아니었다. 하나부터 끝까지 박문수 일처리 기준은 백성이고 백성을 위한 것이었다. 해서 당대 사대부들의 증오에 가까운 견제에도 민중은 그를 구원자로 여겼다. 민중 의식 속에 암행어사로서의 상징은 그냥 된 것이 아니란 말이다. 박문수는 누구보다 백성을 사랑한 시대를 앞선 개성적인 사람이었다.

그렇다면 당대인들은 박문수를 어떤 인물로 생각했을까?

2부

역사에서 허구로

-암행어사에서 탐정으로

1장 설화 속 주인공이 되다

1절

문헌설화 속 박문수

늙은 처녀 총각 결혼시킨 중매쟁이

시대인물 행적은 정사 기록을 제외하면 글로 전승되거나 말로 전승된다. 글로 전승되는 이야기를 문헌설화라고 하는데, 인물, 배경, 사건 등 역사에다 허구를 더해 마치 역사인물에 대한 전기·일화의 성격을 띤다. 편찬자는 대부분 글을 아는 사대부다. 그들은 그들 사이에 전승되는 이야기를 기록하기도 하고, 전대의 문헌에서 수록된 작품을 그대로 옮기기도 한다. 또 항간에 떠도는 이야기들을 수집하고 그것을 선별해서 실었는데 인물에 대한 당대 평가가 들어가 있고, 이야기를 선별한다는 점에서 기록자 관점이 들어가 있다. 문헌설화를 보면 당대인들이 박문수를 어떻게 생각했는지 알 수 있다.

문헌설화로 전해진 박문수의 이야기는 20여 편이다. 이야기는 짤막한 일화도 있고, 문학적 형상화를 더해 이야기 완결성을 가진 설화도 있다. 『송천필담』에는 박문수 이야기가 모두 6편이 실려 있는데, 3편은 일화이고 3편은 설화다. 3편의 일화에는 박문수가 뛰어난 언술로 현실 문제를 풍자하는 해학적인 모습에 관한 것이고 '사채놀이한 중을 처벌한 이야기', '긍박동령성주혼', '단신인 최석정을 박문수가 놀린 이야기'는 설화다. 세 편의 이야기는 박문수의 긍정적인 모습을 보여주고 있는데 '긍박동령성주혼'은 가난한 총각을 장가보내는 내용으로 박문수가 영조에게 건의해 처녀총각을 혼인시킨 사실이 이야기로 만들어진 것이다. 『청구야담』, 『계서야담』, 『기문총화』, 『송천필담』, 『동야휘집』에 실린 이야기를 요약해 보자.

> 박문수가 암행을 다니다가 늦도록 밥을 먹지 못하고 어느 집에 이르렀다. 밥을 청했더니 15, 6세 된 소년이 쌀이 없다며 망설이다 벽에 걸린 종이주머니를 풀어 밥을 지어 대접했다. 알고보니 부친 제사 때 쓰려고 굶어가며 남겨놓은 쌀이었다. 박문수가 소년과 이야기를 나누고 있을 때, 좌수 하인이 박도령을 부르러 왔다. 박문수가 까닭을 물으니, 좌수에게 딸이 있어 소년이 청혼을 하였더니 누차 그를 잡아다가 욕을 보인다는 것이다. 소년의 사정을 들은 박문수는 자신이 소년 숙부라며 하인을 따라가 마패를 보이고 좌수에게 권력만 믿고 횡포를 부린다며 꾸짖는다. 좌수가 자신의 딸과 소년을 결혼시키겠다고 하자 박문수는 읍내 관아로 들어가 본관에게 혼례 준비를 부탁하고 이웃 수령들을 청하여 혼례를 치른 후 좌수 재산 절반을 소년에게 나눠주게 해 그것을 문서로 남기고 다른 고을로 떠난다.

이야기 집 마다 약간씩 내용은 달라도 기본 골격은 총각이 스무살이 넘도록 장가를 들지 못하는데, 가난이 원인이다. 박문수는 관아에 출두해 그 비용을 대게 한다. 가난해서 혼인을 못한 처녀 총각들의 혼인 비용을 박문수가 나라에 건의해 실행된 사실이 이야기로 만들어진 것이다. 그러니까 혼인정책을 건의한 사실에다 소년과 좌수라는 허구적 인물을 넣어 만든 이야기다. 역사 사실에 상상력을 가미한 이야기인데, 팩트는 박문수가 혼인정책을 건의한 것과 암행어사였다는 점이다. 상상력은 가난한 소년이 좌수의 딸에게 청혼했다는 이유로 고초를 겪는다는 사건이다.

그런데 이야기를 잘 보면 박문수는 박도령의 혼인만 시켜준 것이 아니다. 장인의 재산 절반을 소년에게 나눠주도록 한다. 이러한 설정은 민중이 박문수를 자신들을 잘 살게 돌봐주는 생활 밀착형 관리나 그들의 원조자로 생각 한다는 뜻이다. 허면 문헌설화인데 어떻게 민중의 관점에서 이야기가 쓰여 질 수 있냐는 의문이 생길 터다. 답은 『동야휘집』에 있다.

『동야휘집』 편찬자는 서문에서 『어우야담』과 『기문총화』에서 좋은 이야기나 전거로 삼을 만한 증명할 수 있는 옛날 일과 다른 책에서 쓸 만한 것을 다시 수록했고, 민간에 떠도는 옛날부터 전하여 오는 재미있는 이야기도 썼다고 했다. 그러니까 이 이야기는 민중 사이에 인기 있는 이야기일 가능성이 높다. 구전설화에 같은 이야기가 13편 채록되었는데, '긍박동령성주혼' 이야기는 소년을 결혼시킨 반면, 구전설화는 남매를 각각 짝지어준다. 구전설화 '남매 결혼시켜준 이야기'도 같이 보자.

> 박문수가 경상도 어느 땅을 시찰하던 중 비가 내리자 조그만 집 처마 밑에서 비가 그치길 기다렸다. 마침 저녁때여서 십칠팔 세 된 처녀가 물을 길러 가면서 형색이 남루한 박문수를 보고 자기 집에 가서 비를 피하라고 한다. 초라하기 그지 없는 집에는 늙은 어머니가 있었다. 가난한 집에 앉아 있기도 미안한데 처녀는 보리밥에 소찬이나마(제사 쌀) 정성껏 지어다 주었다. 조금 있으려니 총각이 와서 잔치 음식이라며 어머니에게 주었다. 어머니는 눈물을 흘리며 음식을 넘길 수 없으니 손님에게 주라고 한다. 박문수가 그 사연을 묻자,

건넌 마을에 큰 부잣집이 있는데, 그 집 딸은 어릴적 총각의 약혼녀이며 내일 혼인한다고 한다. 총각 집이 망해서 부잣집 딸이 다른 곳으로 혼인하게 되었다. 총각은 약혼자였던 처녀 집에서 머슴을 살고 있기 때문에 잔치 음식을 가져온 것이다. 박문수는 총각에게 편지 한 장을 써서 원님의 답을 듣고 오라며 밤중에 심부름을 보낸다. 편지를 받은 원님은 총각을 혼례복장을 시켜서 잔칫집으로 데려오고 박문수는 거지 차림으로 잔칫집으로 간다. 잔칫집은 신랑이 둘이라 이러지도 저러지도 못한다. 이때 박문수는 신분을 밝혀 가난한 총각을 신부와 맺어주고, 혼인하기로 한 총각을 총각 여동생과 맺어준다. 박문수는 신부 집과 여동생에게 장가든 총각 집에서 각각 재산의 절반씩을 가난한 총각에게 떼어주게 한다.

혼기를 넘긴 남매는 결혼도 못하고 파혼 당한다. 가난 때문이다. 이야기에 박문수는 오누이를 결혼 시키려고 적극적으로 나선다. 백성의 원조자적인 모습이다. 옛이야기는 사실을 과장하거나 허구를 전제로 만들어진 것이라 할지라도 진실과 현실의 문제를 말하기 마련이다. 실제로 박문수는 돈이 없어 혼기를 놓친 노처녀 노총각들의 혼인을 추진했다. 이 이야기는 실제 이야기를 재구성해서 전승하고 있는데, 민중의 삶을 밀착해서 살핀다는 의식이 반영돼 있다.

1975년 이은상이 이 이야기를 다시 썼는데 총각이 이방 딸에게 청혼해 거절당한다. 총각이 무신난과 연류 된 역적의 자손이기 때문이다. 구전설화나 문헌설화에서 좌수가 자신의 딸에게 청혼한 총각을 핍박한 이유는 가난 때문이었다. 그러나 이은상은 이인좌의 난과 연루된 역적이기 때문에 이방이 결혼을 반대한 것으로 이야기를 바꿨다.

사기꾼이 되다

'단신인 최석정을 놀린 이야기'는 박문수보다 최석정의 인품에 초점이 맞춰져 있다. 약관의 나이인 박문수가 몸집이 유난히 작은 최석정을 놀리기 위해 그가 탄 가마 앞을 막았다. 이 이야기에서 최석정은 아량이 넘치는 인물로, 박문수는 버릇없는 청년으로 그려져 있다. 그런데 부정적인 이미지로 그려진 이야기 정도로만 보자면 이 정도는 애교다. 그는 도덕과 관습을 무시한 트릭스터다. 판서인 박사수의 급한 성격을 이용해 거짓말로 밀화패영(호박으로 만든 갓끈)을 빼앗는다. 『조선조문헌설화집요』의 이야기를 보자.

> 판서 박사수에게 값이 천금이나 나가는 밀화패영이 있는데 박문수가 그것을 빼앗으려고 계획을 세운다. 박문수는 집에 기르던 백학 털에 치자 물을 들여 황학처럼 꾸며 숨겨둔 다음 학을 좋아한 박사수를 불러 그 학을 보게 한다. 박사수가 그 학을 자기 패영과 바꾸자고 청하자 박문수는 짐짓 못 이기는 척 허락을 한다. 며칠 후 큰비가 와서 황학이 백학으로 변하자 박사수는 그때서야 속은 것을 깨닫고 한탄한다.

이야기 속 박문수는 수단과 방법을 가리지 않고 갖고 싶은 것을 가지는 인물이다. 또 무능한 관리이자 역적과 내통하기도 한다. 이태중李台重이 갑산부사로 좌천 되었을 때, 관찰사였던 박문수가 이태중을 맞이한다. 노론인 이태중은 박문수에게 '하관이 박문수를 보고 역적이라고 이르더라'고 한다. 그 이유는 박문수가 삼남을 살핀 지 3년이나 되도록 이인좌가 난을 도모한 것을 몰랐냐며 몰랐다면 직무 유기고 알면서도 이인좌를 처형하지 않았다면 같은 역적이라는 것이다. 이에 박문수가 흙빛이 되었다는 내용이다. 박문수가 관리로서 무능했거나 무신난을 일으킬 것을 알고도 같은 소론이기 때문에 덮었다는 말이다.

이 이야기는 『계서야담』에 실렸는데, 저자가 노론 관점에서 쓴 것을 알 수 있다. 1980년대부터 야담 연구가 본격화되고 그 저자에 연구도 진일보 했는데, 『계서야담』 저자는 이희준李羲準과 이희평李羲平 이라는 견해로 나눠진다. 그런데 이희준과 이희평은 형제다. 이들은 노론명문가로 이희평의 고조인 이준의 둘째 사위가 혜경궁 홍씨 아버지인 홍봉한洪鳳漢이다. 당시는 같은 당파끼리 혼인했고, 소론과 노론은 옷 주름 방향도 달랐다.

이희평과 혜경궁 홍씨는 외6촌간이다. 홍봉한은 노론의 영수로 정치적 노선이 달랐던 사위 사도세자를 제거할 정도로 비정한 인물이다. 당론보다 우선한 것은 없었다. 노론인 이희평이나 이희준이 『계서야담』의 찬자라는 사실은 소론 박문수가 부정적으로 그려진 이유다. '아니면 말고' 식의 막말을 던지고 보는 현대 정치인들의 막말 행태 뿌리를 보는 듯하다.

'평향유 박생등과'라는 이야기는 박문수 과거급제 이야기다. 깜냥이 안 되는 박문수가 수단과 방법을 가리지 않고 과거에 급제한다는 내용이다. 박문수는 학식이 부족하고 관리로서 부도덕한 인물로 그려진다. 설화를 보자.

문필이 부족한 박문수 형제는 요행히 감시, 초시에 합격했다. 형이 회시를 걱정하자, 시험장 문필이 모두 자기 형제들의 문필이니 염려할 것 없다고 박문수가 안심시킨다. 형제는 거벽과 서수를 파악하고는 시험 날, 그들에게 법을 어긴 죄를 고발하겠다고 위협해 글을 짓게 해 급제한다. 회시를 걱정한 영성군은 호서의 한 선비가 서울에 왔다는 소식을 듣고는 그를 찾아간다. 박문수는 글을 짓지는 못해도 외우는 재주가 있어서 다른 사람의 글을 외워 내보이니, 그 선비는 영성군을 문재가 뛰어난 사람으로 믿는다. 4~5일이 지나자 박문수 집 하인이 찾아와 부인이 발병났다고 거짓말 하자 박문수는 부인이 한 번 발병하면 낫기까지 10여 일이 걸린다고 급히 떠나며 회시 날 함께 과장에 들어가자고 한다. 시험 당일에 박문수가 선비를 모른 척 하자 그 선비는 자신을 따돌리는 이유가 무엇이냐고 묻자 박문수는 내심으로 선비가 같이 입장하지 않을까 봐서 걱정이면서도 마지못해 허락하는 듯이 같이 입장해 한 자리에 앉는다. 시험이 반쯤 진행되었을 때 박문수는 선비가 지은 글을 모두 외워버리고는 소변이 급하다며 자리를 피한 후 그 선비 글과 다른 선비 글 반을 메워 넣어 급제한다.

『청구야담』에 실린 이 이야기는 박문수가 초시에서 거벽巨擘과 서수書手들을 협박해서 합격하고, 회시에서는 다른 사람의 글을 외워서 급제한다는 내용이다. 책 편자는 말미에 박문수를 평생 권모술수가 많았고, 익살을 좋아했으며 어사 노릇을 잘해서 이름을 얻었다고 평한다. 야담의 편자는 쓰는 인물이 자기의 세계관과 맞지 않으면 글 말미에 평을 통해 변명을 한다. 그러나 『청구야담』 편자는 박문수에 대한 변명이 아니라 그가 권모술수에 능한 사람이라고 다시 한 번 상기한다. 문헌설화는 낙학천의 상소를 기정사실화 한 셈인데, 박문수가 부정한 방법으로 정계에 진출했다고 언론을 형성한 것이다. 언론을 조작하고 가짜 뉴스를 생산해 알 권리가 있는 민중의 귀와 눈을 막아버리는 언론 행태가 이때부터였는지도 모른다.

팩트체크 들어가 보자. '평향유박생등과' 이야기와 달리 박문수는 실제 문란해진 과거장을 세게 비판했다. 조선후기 과거시험 폐단은 조정에서조차 잘 알고 있었다. 권세가의 자제들은 거벽이나 대필을 시킬 서수를 사서 과거시험 보는 일을 일종의 관례로 여겼다. 이러한 과거제도의 폐해를 누구보다도 잘 알고 있던 박문수는 그것의 개혁을 주장했다. 재상가들이 자기 세력만 믿고 세력이 없는 문장가들에게 자녀 시험을 대신 보게 해 급제시킨 후, 좋은 자리만 골라서 역임시킨다며 그들의 부정행위를 근절시킬 것을 영조에게 건의했다.

그러자 영조는 신하들의 추한 모습을 차마 볼 수 없다고 난색을 표한다. 이에 박문수는 "전하께서는 동궁東宮에 계실 때부터 성품이 나약하다는 것을 알고 있었으나 근래에는 연세가 높아지면서 더욱 나약하십니다. 한결같이 허물을 쓸어 덮어둔다면 어찌 임금이 세상을 독려하는 도리이겠습니까?"라고 직언한다. 영조가 언짢아 할 정도였다.

언론 조작의 예는 얼마든지 있다. 하나만 더 보자. 당시 양역의 폐단이 날로 심해졌다. 양역은 16세부터 60세까지 양인 장정들에게 부과된 공역으로 군역과 요역을 말한다. 요역은 노동의무이고 군역은 국방의무다.

하루는 영조가 홍화문弘化門에 나아가 사서인士庶人들에게 양역에 대해서 물었다. 오부의 방민(지금의 동민)과 궁중을 지키는 호위병인 금군 등 50여 명은 모두 호포가 편하다고 답했다. 영조도 집집마다 무명이나 모시로 내는 호포나 논밭 결에 따라 내는 결포가 양역의 폐단을 줄이는 방도라고 생각했다. 결포는 논이나 밭을 많이 가진 자가 세금을 더 내니 요즘말로 치면 부자 증세법인 셈이다. 그런데 사관은 호포가 편하다고 말한 방민과 금군의 말은 모두 박문수가 시켜서 그랬다는 것이다. 『영조실록』을 보자.

> 박문수는 먼저 사람을 시켜 방민에게 신칙하기를, '호포의 논의는 임금의 뜻이니, 자기 소견을 말하지 말고 호포로 대답하라. 그렇지 않으면 죄가 있으리라.' 하였다. 박문수는 호조 판서로 경장更張의 일을 맡고 있으니 임금의 신임이 매우 두터웁다 하겠는데, 그가 먼저 임금의 뜻에 아부하여 속이고 가릴 계획을 꾸몄다. 아! 도하都下의 백성은 양역과는 관계가 없는데, 어떻게 한번의 효유에 쉽사리 감동되어 시골 백성을 대신하여 호포를 내기를 소원할 이치가 있겠는가? 다만 박문수가 시켜서 그러한 것이다.[1]

박문수가 사람들에게 임금이 양역에 대해서 물을 때, 호포라고 말하지 않으면 죄를 준다고 하니, 모두 호포라고 대답했다는 것이다. 영조가 양역을 호포로 걷는 것을 좋아하기 때문에 임금에게 아부하기 위해서 일부러 방민에게 호포로 내는 것이 좋겠다고 말하라고 했다는 것이다. 또 임금의 신임이 두터운 것도 속을 가리고 아부해서 얻은 것이라고 한다. 박문수 같은 아첨꾼들 때문에 양역의 부

작용과 실패는 당연하다는 뜻이다. 사관의 언론조작방법은 오늘날 가짜뉴스를 생산하는 언론인들이 배워야 할 정도다. 이정도면 꽤 수준 있는 작품이다.

문헌설화뿐 아니라 국가공식기록에서 사관은 박문수가 학식이 부족할 뿐 아니라 권모술수에 능하다고 평가한다. 기록자의 당론이 개입되어 있기 때문인데 영조가 보기에도 박문수에 대한 노론의 견제는 대단했다. 심지어 진휼 곡식을 착복했다는 모함까지 한다. 다소 길지만 『영조실록』을 보자.

> 박문수朴文秀가 일찍이 북번北藩을 안찰按察했을 때의 탐욕스럽고 불법不法했던 정상은 낱낱이 열거하기 어려울 정도입니다. 경신년의 농사는 본디 흉참凶慘하지 않았는데도 장황하게 논계論啓하여 재물과 곡식을 넉넉히 타내었으며, 또 어염魚鹽의 이익을 도거리하여 일도一道의 재화財貨를 모두 농단하였던 것입니다. 그래서 그 갖춘 바를 통틀어 계산해 보면 5만여 민緡의 돈이 충분히 되는데도 마침내 백성에게 들어간 것은 아주 적었으니, 그 귀속처가 없는 것이 4만여 냥이란 많은 수에 이르게 되었습니다. 그리고 그가 체직되어 돌아올 때에는 때마침 막 수재水災를 겪어 큰 흉년이 들 것이 판연한지라 인심을 수습하는 데 급급하여 뒷날을 생각할 겨를도 없이 진휼하고 남은 곡물을 마치 물처럼 썼으니, 수십 석의 쌀이 향촌의 호우豪右에게 두루 미쳤고, 6백 포包의 곡식이 영청營廳에 체하帖下 되었습니다. 이외에도 수만 냥을 싸서 서울로 보냈다는 설이 또한 낭자한데, 그 부서簿書를 모두 없애 그 자취를 덮어버렸습니다.

(중략)

박문수가 도道를 안찰하던 날 총애와 신임을 가장 많이 받아 간사한 짓과 폐단이 심히 많았었는데, 전 감사 민형수閔亨洙가 순행巡行하며 지나갈 때 장살杖殺하니, 북도의 사람들이 모두를 시원하게 여겼습니다. 가장 통탄스런 일은, 스스로 반드시 의논이 있을 줄 알았으므로 미봉하는 계책을 꾸미려고 한 것이니, 함흥咸興의 반자半刺에 흠이 있자 그의 외형外兄에게 권하여 차임差任되기를 구했고, 본도本道의 방백方伯 자리가 비자 사우死友를 보내려고 도모해 옮겨 차임했던 것입니다.[2]

홍계희洪啓禧가 올린 상소내용이다. 내용만 보면 박문수는 진휼미를 개인 재산을 쓰듯 쓰고, 관아의 기생을 사랑해서 수만 냥의 혈세를 낭비했다. 뇌물을 받아 챙기는 것은 기본이고 백성의 재물을 빼앗는 탐관오리 그 자체다. 진휼미를 착복했다는 투서가 올라 왔으니 영조는 북도로 사람을 보내 사건의 전말을 알아오라고 한다. 수사 진행 과정에서도 홍계희는 계속 박문수의 비리를 알리는 상소를 올렸는데, 결과부터 말하자면 모두 거짓이었다.

홍계희는 박문수가 비리를 저질렀다는 증거로 민형수의 증언을 제시하는데 민형수는 정미환국으로 밀려난 노론 민진원의 아들이다. 민진원은 노론의 거두로 소론을 제거하려다 소론인 이광좌에게 밀려났다. 민진원에게는 아들이 둘 있었는데, 형수와 통수다. 형제는 아버지의 신원회복을 위해 이광좌를 제거하려는 일에 평생을 힘썼다. 이광좌는 소론의 거두이자 박문수 친척이다.

민형수는 1741년 북도의 국경선을 순방하다 괴한에게 목숨을 잃었는데, 홍계희가 민형수 증언으로 상소를 올린 해는 1743년이다. 홍계희는 1~2년 전에 죽은 이를 증인으로 내세워 박문수를 제거하려는 꼼수를 부린 것이다. 그는 거짓으로 박문수를 탄핵하려다가 '당론에서 이런 말이 나왔다'며 되레 관직을 삭탈당한다. 솜방망이 처벌인데 얼마 지나지 않아 복직된 그는 20여 년 후에 친소론 성향을 지닌 사도세자를 죽게 한 계기를 만든다.

당쟁시대는 당 이익이라면 무엇이든지 할 수 있고 해야만 했다. 당 이익을 위해 거짓으로 임금과 백성을 우롱하는 일은 문제 될게 없었다. 잠시 관직을 삭탈당해서 쉬고 있으면 그만이었다. 노론이 조정을 장악하고 있으니 다시 등용되는 일은 시간 문제였다. 당론이라고 하지만 결국, 기득권을 지키기 위한 당론이었다. 어쩌면 정치인들이란 과거나 현재나 당 이익이보다 우선한 것은 없어 보인다. 당이익이 개인의 이익이라는 점은 두말 할 나위없다. 그러면 그 피해는 오롯이 백성들의 몫이다. 앞에서 얘기 했듯 지방관은 중앙 집권당에 연줄로 파견된다. 파견된 지방관은 중앙 관리에게 바친 뇌물을 채우려고 백성들을 착취한다. 착취한 재물을 중앙 관리에 바치고 더 좋은 곳으로 파견된다. 박문수가 소론 노론 남인 등 당을 떠나 인재 등용할 것을 건의한 이유는 이런 폐단을 막고자 한 것이었다.

노론이 장악한 조정에 소론인, 특히 백성의 지지와 임금의 총애를 받는 그를 노론들이 그대로 둘리 만무하다. 탕평을 건의하고 양반도 세금을 내자고 하고, 사대부들의 곡식창고를 풀어 백성들을 살리자고 주장하는 박문수가 눈엣가시였을 것이다. 홍계희가 총대를 멨지만 이는 그만의 독단으로 움직인 것은 아니다. 그래서 '당론에서 이런 말이 나왔다'는 말이 나온 것이다.

박문수는 노론이 주도하는 정국에서 몇 안 되는 소론 대신이었다. 게다가 영조의 신임과, 백성들의 지지를 받고 있었다. 문헌설화에 박문수가 비도덕적인 인물로 묘사되어 있는 이야기 생성과 유포는 노론에 의해 이루어졌을 가능성이 매우 높다. 그들이 이러한 이야기를 만들어 퍼트린 이유는 간단하다. 이야기는 힘이 세기 때문이다. 그런데 이보다 더 힘센 이야기가 있다. 바로 백성이 만든 이야기다.

2절

구전설화 속 박문수

인간적인 너무나 인간적인

1970년대 말 1980년대 초 민중 사이에 전해온 옛이야기를 채록한 책이 『한국구비문학대계』다. 모두 85권이고, 북한을 제외한 전국의 이야기를 채록했다. 이 책에 박문수 이야기는 271편이 실렸는데, 단일 인물이야기로는 가장 많은 편수다.[3] 그런데 이야기 대부분은 암행어사로 활약한 이야기다. 민중이 암행어사를 어떻게 생각했는지 『한국구비문학대계』의 구연자 생각을 들어보자.

> 그 어사가 [제보자가 담배를 한 모금 빨아 들이키면서] 대개 어사 할 것 같으면 인제 그 어느 지방을 댕기민서 억울한 일, 그 혹은 양반 세력가들이 그 억울하게 그 빈한한 사람은 참, 무참하게 벌을 줘 가지구 토색질 하구 이랜기 많잖아요. 그런 걸 이젠 그 참, 막으러 댕기구 처벌하러 댕기구(다니고) 인

제 이래지.[4]

민중은 암행어사를 그들을 괴롭히는 세력가들을 처벌하는 사람, 억울함을 풀어준 사람으로 생각하고 있다. 실제 암행어사로서의 자질은 도량이 넓고 청렴해야 하며 지혜로서 차분히 일을 처리 할 뿐 아니라 융통성이 있어야 했다. 특히 청렴과 강직함은 암행어사가 꼭 갖춰야 할 덕목이다. 감찰자가 그 대상과 학연이나 지연으로 얽혀 있을 때 곧은 성품이 아니면 제대로 감찰 할 수 없기 때문이다.

민중이 만들어 전파한 박문수 이야기는 '인재양성과 등용에 힘쓴 관리', '하늘이 인격을 길러준 관리', '신령의 대리자', '생활밀착형 관리', '정의의 실현자', '융통성 있는 관리' 등 뿐 아니라 '본능에 충실한 인물'로 그리고 있다. 이런 이야기들은 민중이 박문수를 '어떻게 보고 있었는가' 또는 '생각하고 있었는가'를 나타낸다.

우선 인재양성과 등용에 힘쓴 관리 유형을 보자. 가장 많이 채록된 이야기 유형이다. 어린아이가 등장하고 박문수는 아이보다 지혜나 지략이 좀 떨어진다. 해서 위기에 처한 박문수를 아이가 지혜로 구해준다. 『한국구비문학대계』 21편에 실려 있는 내용을 보자.

> 박문수가 비를 피하려고 어느 집 처마 밑으로 들어간다. 그 집에는 아이가 강아지랑 놀고 있는데, 아이 엄마가 방아를 찧으며 아이에게 빗자루를 가져오라고 하자 아이는 강아지 허리에다 빗자루를 묶더니 강아지를 부르게 해 빗자루를 가져다준다. 박문수는 아이의 지혜가 뛰어난 것을 알고 부모의 허락을 받아 동행한다. 둘은 어느 집에서 묵게 되었다. 남편은 출타하였고 부인만 있는데 박문수는 한번주(날

봐, 씹돌이, 좇바라, 시돌이)라며 부인을 유혹한다. 부인은 남편이 귀가하자 이 같은 사실을 말한다. 남편은 박문수를 죽이려고 칼을 갈고, 다급해진 박문수는 아이에게 의논한다. 아이는 자신을 한번주(날봐, 씹돌이, 좇바라, 시돌이)라고 부르게 하여 위기에 처한 박문수를 구해준다. ①박문수는 아이를 한양으로 데리고 와서 공부를 시키고 아이는 대과에 급제해서 벼슬을 산다. ②중국에서 조선에 인재가 많다는 소리를 듣고 그것을 알아보려고 문제를 낸다. 그림 속 노인의 나이를 맞혀보라는 것이다. 아무도 아는 이가 없었는데, 아이만 노인의 나이를 알아맞힌다.

박문수가 영리한 아이를 만나고 아이는 위기를 자처한 박문수를 구해준다. 이야기는 두 가지 결말이 있다. 하나는 낸 어려운 문제를 아이가 해결하고 이후 벼슬을 한다는 내용이다. 다른 하나는 이야기 말미에 아이의 도움으로 위기에서 벗어난 박문수는 아이를 데리고 상경해 공부를 시켜 나라의 인재로 만든다.

열녀문의 허상을 무너뜨린 이야기도 전해지는 데, 이야기 주인공도 소년이다. 집주인인 소년은 문중회의 등의 이유로 출타하고 박문수는 간부와 내통하는 소년의 형수를 보게 된다. 소년은 간부와 형수를 죽인 뒤, 형수의 열녀문을 세워주고는 하인의 실수로 가장해서 열녀문을 태워버린다. 소년은 집안의 명예를 지키면서 부정한 형수의 열녀문을 태워버린 지혜를 발휘한 것이다. 박문수는 소년의 지혜를 보고 서울로 불러들여 나랏일을 시킨다. 상황 대처하는 능력을 보고 노파를 국가에 등용시킨 이야기와 처녀의 뛰어난 지혜를 보고 왕후로 천거하는 이야기는 여성 등용에 관한 것이다.

이야기는 박문수가 남녀노소를 불문하고 뛰어난 지략과 지혜로운 인물을 인재로 쓴다는 내용이다. 박문수는 평생 탕평책을 건의했고, 초당적인 인재 등용을 간언했다. 이 이야기 유형은 박문수가 얼마나 인재등용에 힘썼는가를 상징적으로 나타낸다. '하늘이 인격을 길러준 관리'를 보자.

> 박문수가 길을 가는데 아이가(여인, 초립동, 처녀) 급하게 달려와서 숨겨달라고 하자 아이를 콩밭(보리밭, 숲속, 수수밭, 밀밭, 덤불)에 숨겨 준다. 조금 있다 남자가 비수를 겨누며 쫓아와 아이 있는 곳을 말하라고 한다. 박문수는 할 수 없이 아이가 숨어 있는 콩밭을 알려준다. 남자가 아이를 죽인다(끌고 간다). ①박문수는 후회하며 마을의 서당으로 간다. 서당에는 어사놀이를 하는 아이들만 있는데, 박문수가 어사 역할을 한 아이에게 낮에 있었던 일을 말하자 아이는 작대기를 짚고 눈만 감았으면 그 아이를 살릴 수 있었을 것이라고 한다. 크게 깨닫은 박문수는 아이를 서울로 데려와 공부를 시켜서 정승까지 오르게 한다.
> ②얼마쯤 가다 보니 애들이 길을 가로막고 있었다. 박문수가 길을 비켜달라고 하자 아이들은 사람 하나 죽이고 온 사람이 길을 비켜달라고 하냐며 비켜주지 않는다. 박문수가 비켜가자 아이들은 지팡이로 뚝딱거리면서 "나는 못 봐서 그런다 하면 만사가 해결될 것을"이라고 한다. 그 말을 듣고 박문수가 뒤돌아보니 아이들은 사라지고 없었다.[5]

이야기에서 박문수는 살인의 동조자이거나 방관자다. 인간이기 때문에 갖는 한계일 텐데, "자기를 죽인다고 허니께 죽는 것이 싫었어. 할 수 없이 갈쳐" 줘서 자신의 목숨을 구하는 것이다. 이 이야기는 박문수가 잘난 인물이지만 "실수하여 백성에게 폐를 끼치는"면도 있고, 박문수와 같은 잘난 인물조차 어린아이 혹은 이름 없는 백성에게서 배울 점이 있다는 것을 시사한다.

①로 끝나는 이야기는 인재 양성으로 ②로 끝나는 이야기는 "하늘에서 내려보내서 인저 그 인격을 길러주기" 위해 하늘이 그러한 기회를 만들었다는 것이다. 하늘이 시련을 통해 박문수를 정의의 실현자로서 거듭나게 했다는 민중 의식이 담겨있다. 박문수는 민중보다 자신의 목숨을 소중히 여기는 지극히 인간다운 면모다. 그는 자신의 약한 모습과 마주하고 나서 정의의 실현자로 거듭나기 위한 자기성찰로 이어진다. '봉변을 면한 박문수'도 보자.

> 깊은 산중에 홀로 사는 여인 집에 박문수가 하룻밤을 묵게 된다. 방이 하나밖에 없어서 여인은 냉수를 떠다 가운데에다 놓고 그것을 경계삼아 자자고 한다. 박문수가 자는 척하며 여인에게 다리 하나를 올리자 여인은 다리를 내려놨다. 세 번을 반복하자 여인은 회초리로 박문수를 때린다. 박문수가 새벽에 잠을 깨어 보니 돌(아무것도 없거나) 위였다. 박문수가 길을 가다 날이 저물자 주막에 이르렀는데 방이 하나밖에 없어서 주인 여자와 같이 자게 되었는데 여자가 박문수에게 다리를 올린다. 박문수는 종아리채로 여인을 때리며 가르친다. 그때 마루 밑에서 비수를 품은 여인의 남편이 나온다. 남편은 여인을 감시하고 있었다.[6]

전반부의 내용은 후반부에 닥칠 봉변을 대비시킨 이야기다. 여인을 유혹해 종아리를 맞은 박문수가 잠에서 깨어보니 돌 위라는 설정은 큰 깨달음으로 이어진다. 신령이 자신을 가르치기 위해 현신했다는 것이다. 이런 깨달음으로 박문수는 목숨을 건지게 된다. 박문수를 때린 (선녀, 노인)은 그가 "그런 일을 당할 줄 알고 미리 가르"쳐 "죽지 마라고, 그런 대인을 죽을 고삐에 죽어도 안 죽게크름" 하기 위해서였다. 민중은 박문수가 백성을 위해 여러 일을 할 수 있도록 하늘이 그를 돌봐준다고 생각했다.

이 이야기는 1927년 11월 6일부터 14일까지 7일간 「중외일보」에 연재되는데 내용과 주제가 바뀐다. 노성산인이 개작한 이야기는 구전설화와 달리 현실적이다. 구전설화에서 박문수를 개도하는 여인은 신성한 존재이나 야담에서는 현실 존재다. 개도하는 존재 차이는 주제 차이다.

> 박문수는 가는 곳마다 주막을 찾다가 적지 않은 낭패를 보기 때문에 날이 저물면 아무 집이나 찾아 들어가 주인을 부르곤 했다. 그날은 산속에서 날이 저물어서 처음 찾은 집에 들어가 주인을 찾으니 남편은 출타중이고 여인만 있다. 노씨인 여인은 산중이라 다른 집을 찾을 수 없을 것이라며 재워준다. 단칸방이라 누우니 어깨가 맞닿았다. 박문수는 여인이 보통내기가 아니라고 생각하고 그녀를 시험해보기로 한다. 잠버릇처럼 노씨에게 발을 올렸다. 여인이 발을 내려놓았다. 4~6번이 반복되다 노씨가 일어나 박문수를 꾸짖는다. 박문수는 장난삼아 여성의 정조를 시험하였으나 여성의 행동이 범상치 않아 계속해서 시험하기로 하고 왜 잠자

는 사람을 깨우냐고 한다. 여인은 점잖은 사람 같아 남편도 없는 집에 재워줬더니 고약한 행동을 한다면서 회초리로 박문수를 때린다. 날이 밝자 여인의 남편인 정평국이 돌아왔다. 박문수는 정평국에게 간밤에 있었던 일을 자세히 말하고 사과한다. 정평국은 아무 일 없는 듯하다 별안간 망태에다 박문수를 넣고 배나무에 매달아 놓고 총을 쏘아 망태 끈을 맞춘다. 정평국은 박문수의 얼굴에 난 땀을 보고 대인배까지는 못되겠다고 말한다. 정평국은 박문수의 장난을 꿰뚫었고 박문수도 정평국이 장난으로 한 짓임을 알고 있었지만, 총을 쏘았기 때문에 얼굴에 땀이 난 것이다. 박문수는 후일을 기약하고 그 집을 떠났다.

다음날 박문수는 우홍범 집에서 하룻밤을 자게 된다. 우홍범은 초시를 준비하다 그만두고 무예를 익히는 중이다. 우홍범은 박문수와 몇 마디 나누고 밖에 일이 있다며 나간다. 박문수는 홍범의 부인과 단 둘이 자게 되는데 부인이 박문수에게 발과 팔을 올린다. 여러 번 반복하자 박문수가 부인을 깨워 회초리로 때리며 훈계하자 부인은 진심으로 후회한다. 밖에서 지켜보던 홍범은 자신의 아내가 부정하다는 것을 알고 죽일 기회를 기다렸는데, 뜻밖에 박문수의 훈계로 아내가 후회하자 박문수에게 감사해 한다. 이후 박문수는 관아에 들어가서 정평국을 잡아오라고 해 그를 망태에 넣어서 나무에 매달아 놓고 총을 쏘나 그는 눈 하나 깜짝하지 않는다. 그 이유를 물으니 잘못한 것이 없기 때문이라고 한다. 박문수는 정평국과 우홍범에게 벼슬을 주고, 그 부인들에게는 표창을 한다.[7]

박문수 유혹을 물리친 첫 번째 여인 노씨는 현실 여인이다. 산속에 사나 인간 도리를 아는 정숙한 여인이다. 여인 정조를 시험한 박문수에게 잘못을 잊지 말라며 회초리를 때린다. 또다시 여인에게 수작을 걸고 싶어질 때 자신의 회초리를 떠올리라는 당부와 함께 말이다. 노씨는 바람직한 여인상으로 나타난다.

반면, 우홍범의 아내 민씨는 정숙한 여인과는 거리가 멀다. 정조관념보다는 자신의 욕망에 충실한 인물이다. 박문수는 민씨가 자신을 유혹하는 것을 보고 "정절이란 것은 여자의 생명이나 조금도 다를 것이 없다. 더구나 남편이 있는 여자로서 그런 추행을 감히 한다면 그것은 사람이 아니오. 따라서 용서할 수 없는 일이다. 금수와 같은 그 따위 것은 죽인대도 아까울 것이 없고 불쌍할 것도 없다."고 한다. 정조는 여인의 생명이기 때문에 그것을 지키지 않으면 금수와 같아서 죽여도 된다는 논리다. 구전설화가 야담으로 개작되면서 하늘이 민중을 위해, 박문수의 인격을 길러주는 이야기에서 정조를 강조하는 이야기로 변개되었다.

'하늘이 인격을 길러준 관리' 이야기에서는 어사도 법이 미치지 못한 곳에서는 힘없는 방관자다. 민중의 현실은 법이 미치지 못한 숲과 같다. 법이 있으되 보호 받지 못한다. 이 이야기는 국가로부터 보호받지 못한 민중의 현실을 반영하며 자신들을 보호해줄 관리의 출현에 대한 소망이 반영돼 있다. 한편으로는 본능 때문에 죽을 위기에 처한 박문수를 신성한 존재가 그것을 다스리는 법을 가르친다. 본능을 잘 다스린 관리가 좋은 관리이며 이는 하늘이 민중 자신들을 위해 박문수를 가르쳐 보냈다는 인식이다.

민중은 박문수를 '신령의 대리자'로 생각한다. '신령의 대리자 박문수' 이야기는 30편이 채록되었고, 내용은 다음과 같다.

주막(길, 정자 등)에서 만난 노인(대사, 장승같은 사람, 암서방)이 박문수에게 동행을 청한다. 둘이 길을 가다 옥식각신하는 사람들을 만난다. 샘을 파도 물이 안 나오니 잘못을 서로 미룬 것이다. 노인이 정자나무를 베고 그곳에다 샘을 파라고 하자 물이 나와 천 냥을 받고 길을 떠났다. 얼마쯤 가다 묘 쓰는 사람들을 만난다. 노인이 물구덩이에다 묘를 쓴다고 알려줘서 천 냥을 받았다. 일행은 부잣집에서 하룻밤 묵게 된다. 하인이 나와서 일곱 살 먹은 3대 독자 아이가 죽게 되었다고 하자 아이를 살려 천 냥을 받고 길을 떠난다. 노인이 박문수에게 집으로 간다며 헤어지자고 한다. 박문수는 노인이 가는 데로 갔더니 미륵 앞에 처녀(부인)가 아버지(남편)를 살려달라고 빌고 있다. 이방인 아버지가 공금 삼천 냥을 축내서 내일 죽게 되었다는 것이다. 다음날 박문수는 삼천 냥을 갚고 이방을 석방시켜준다.[8]

이 이야기는 '지성이면 감천'이라는 민중 의식이 반영돼 있다. 간절한 바람과 지극한 정성은 신령한 존재를 움직이게 한다는 믿음이다. 신령한 존재가 노인(대사)으로 현신하여 공금을 횡령한 아버지를 구하거나, 남편을 구하기 위해 지성을 드리는 처녀(아내)를 도우려고 박문수를 데리고 다닌다. 그런데 왜 박문수일까? 민중은 "다른 사람끼리 허야 소용이 없신게" "박문수가 아니면 그걸 처숙을 할 사람이" 없기 때문이라고 믿었다.

신령한 존재가 돈을 버는 방법도 민중의 삶과 밀접하다. 노인이 민중에게 준 첫 번째 도움은 샘 자리다. 샘은 사람이 살아가는 생명수이다. 두 번째로 조상의 묘 자리로 조상숭배 사상이다. 우리 조상은 조상의 묘를 잘 써야 후손이 잘 된다고 믿었다. 세 번째는 아이를 살려준다. 아이는 후손이다. 물은 인간이 존재하기에 가장 중요한 조건이지만 조상과 후손은 우리의 존재 이유이기도 하다. '신령의 대리자인 박문수 이야기'에는 이러한 것을 상징적으로 담고 있다.

민중은 자신의 억울함을 풀어줄 '정의의 심판자'로 박문수를 지목한다. 정의의 심판자로서 박문수는 그가 어사가 되어야만 하는 이유이기도 하다. 이 이야기 유형은 '간부징치 이야기'와 '살인 누명을 쓴 시아버지 이야기'가 있는데 전자는 억울하게 죽은 초립동이 나타나 과거시험 답안지를 알려준다. 박문수는 초립동이 알려준 글에다 마지막 한 줄은 자신이 쓴 글로 마무리한다. 과거 급제한 박문수는 초립동을 죽인 범인을 잡는다. 후자는 살인 누명을 쓴 이의 억울함을 풀어준다.

민중은 박문수를 "늘 잘못된 거 글린 거 이런 거" 가려주러 다니는 사람으로 생각했다. 실제 박문수는 억울한 백성들의 일을 가장 우선으로 처리할 정도였다. 1731년, 박문수는 영남의 별견어사로 파견되어 영조에게 하직 인사를 하러 갔다. 당시 박문수는 형조 참판이었는데, 별견어사로 파견되면서 미처 처리하지 못한 일을 영조에게 부탁한다. 자신의 세도만을 믿고 백성의 땅을 강제로 빼앗다시피 한 이정박이 형관을 사주하여 윤명과 그 아우, 그리고 조카까지 가두고 형벌을 가하게 한 사건이다.

죄목은 사대부 능욕이다. 윤명이 형벌을 받다 옥중에서 사망하자 이정박은 윤명의 아우를 유배시키고 윤명의 일족에게 그 돈을 징수했다. 박문수는 이 사건을 영조에게 조사해달라고 한 것이다. 자신이 별견어사로 떠나면 윤명과 그 아우의 억울함이 묻혀버리기 때문인데, 구전설화에서 억울한 일을 해결해주는 박문수의 상은 이러한 일화 하나하나가 전해지면서 만들어졌을 것이다.

'융통성 있는 관리'를 상징한 얘기에는 조선후기 사회현실이 반영돼있다. '가짜 당숙 이야기'인데, 백정이 박문수의 당숙이라며 양반행세를 하는 이야기다. 이 소식을 접한 박문수가 어떻게 행동하는지 보자.

> 부자인 백정이 가난한 좌수(이방)에게 이자도 없이 돈을 빌려준다. 많은 도움을 받은 좌수가 백정에게 소원이 무엇인지 묻자 그는 양반이 되는 거라고 한다. 좌수가 백정에게 향장을 시키자 양반들이 반대한다. 백정은 전 재산을 정리해서 아무도 모르는 곳에 정착을 했으나 그 고을에서도 근본을 모르는 양반이라고 상종을 해주지 않는다. 그러자 백정은 박문수가 자기 당질이라고 하고 그 말이 퍼져서 박문수에게까지 전해진다. 박문수는 백정의 집에 찾아가 사연을 듣고 백정에게 자신이 시킨대로 하라며 양반들을 초대하게 한다. 초대에 응한 양반들은 백정과 박문수가 같이 있는 것을 보고 백정이 양반임을 믿는다. 박문수가 순행을 마치고 집에 와보니 집에 재물이 쌓여 있는데 동생은 박문수에게 어사 나가서 돈 뺏어왔냐며 따진다. 박문수가 동생에게 사실을 말하자 동생은 백정이 당숙인 게 가당찮다며 백정의 집으로 달려간다. 백정은 동생을 보고 광기를 아직 못 고쳤다며 가두고 며칠을 굶긴다. 배고픈 동생은 백정을 당숙으로 인정한다.[9]

구연자에 따라 이야기의 시작은 다르지만, 박문수가 백정을 당숙으로 인정하는 데에는 자신의 과거급제를 치성으로 비는 백정 부인을 봤기 때문이다. 해서 박문수는 급제가 자신의 능력만으로 된 것이 아님을 알게 된다. 치성을 드리는 부인의 기원은 박문수와 같은 관리들이 나타나 "지방을 댕기민서 억울한 일"을 해결해 주고 토색질 하는 관리를 "막으러 댕기구 처벌"해주길 바라는 기원이 담겨 있다.

한편, 이 이야기는 신분 질서가 붕괴되고 경제력 있는 중인 이하 계급이 공명첩으로 양반이 되는 사회 현상을 말한다. 조선의 신분제는 임진왜란 이후 급속히 무너져 양반이 60%에 육박하였다. 납속수직제도, 면천첩, 대구속신제 등의 제도는 신분제 사회가 동요되었음을 시사한다. 돈만 있으면 노비도 면천첩을 사서 양민이 되었고, 납속수직제도를 통해 곡식을 바치고 벼슬을 얻었다. '가짜 당숙 이야기'에서 박문수의 동생은 신분 질서가 무너지는 현실을 받아들이지 못하는 양반을 상징한 반면, 민중은 박문수를 사회 모순을 인정하는, 아니 그 너머 신분제 자체를 부정하는 사람으로 박문수를 기억한다.

구전설화는 박문수를 본능에 충실한 인물이라고 말한다. 박문수는 성욕 때문에 위기를 자처하고 신성한 존재로부터 성욕을 다스리는 가르침을 받기도 한다. 박문수가 아들을 얻는 이야기도 이와 다르지 않다. 같이 들어 보자.

> 박문수가 암행을 다니다가 비를 만난다. 오두막이 있어서 들어갔더니 처녀(과부)가 비를 피하고 있었다. 처녀를 본 박문수는 음심이 일어 처녀와 동침을 하고는 비가 그치자 통성명도 하지 않은 채 헤어진다. 얼마 후 처녀는 아들을 낳았

> 다. 아들이 장성하여 서당에 다니는데 아이들이 애비도 없는 놈이라고 놀리자 어머니에게 왜 자신은 아버지가 없냐고 따진다. 여인이 아이에게 사실대로 말하자 아이는 아버지를 찾아가겠다며 서울로 상경해 점쟁이에게 아버지를 찾으러 왔다고 한다. 점쟁이는 조금만 가면 봉사가 걸어올텐데, 봉사의 지팡이를 부러뜨리면 결판이 날 것이라고 한다. 점쟁이가 알려준 대로 하자 봉사는 화가 나서 박문수 아들이라고 한다. 아들이 박문수를 만나서 아들임을 확인한다.[10]

박문수와 김씨 부인 사이에는 자식이 없고, 『정조실록』에 서자의 기록만 있다. '서자 박만영'은 정조가 현릉원 행차를 기념해 치른 과거 시험 중 무과에 합격한다. 정조는 그것을 매우 기뻐하며 "충헌공忠憲公 영성군의 집에 승지를 보내어 합격자 발표일에 제사를 지내주도록 하라."는 교지를 내린다.

이 이야기는 박문수가 아들을 갖게 된 이야기이지만, 직접적 배경에는 박문수의 성본능이 자리하고 있다. 이성보다는 본능에 충실한 인물이다. 서자만 있는 역사적 사실에다 인간의 성본능을 결합시켜 지극히 인간적인 박문수를 전승한 것이다. 지금까지 박문수의 삶과 문헌설화 그리고 구전설화에서 민중이 박문수를 어떻게 생각하는지를 살폈다.

3절

근대야담과 역사소설 속 박문수

주석을 단 역사이야기, 야담

야담은 역사에서 소재를 취하고 대중이 재미를 느끼기 위해 소설로 쓴 것을 말한다. 그렇다면 소재, 인물이 겪었을 법한 사건을 상상력으로 채워 넣는 것을 야담이라고 불러도 무방할 것 같다. 인물은 실존인물이지만 인물이 겪는 사건은 사실이 아닐 수도 있다는 점은 기억해 두자.

박문수 이야기는 근대야담에서 두 가지다. 하나는 문헌 및 구전설화를 소설로 쓴 것이며 다른 하나는 박문수를 주인공으로 한 창작 소설이다. 현대에 전승되는 야담집에는 문헌설화나 구전설화를 소설화하여 수록한 이야기도 있지만, 출처가 없는 이야기도 많다. 이런 이야기를 창작 소설로 보자.

근대야담은 일제강점기라는 시대적 산물이다. 애국계몽기 역사·전기 서사물처럼 직접적인 계몽성을 담을 수 없었던 작가들은 일제 식민지라는 현실과 "대중에게 보다 쉽게 접근하기 위해 전대의 양식과 역사를 활용"한 것이라고 이승윤은 말한다. 우리가 익히 알고 있는 구활자본 소설 또는 육전소설이다. 육전소설은 책 값이 육전라고 해서 붙여진 이름이다.

이 시기에 나타난 군담소설과 영웅소설은 크게 두 가지다. 역사 실존인물을 소재로 한 작품과 역사적 사건만을 취하고 허구적인 인물을 등장시킨 경우다. 역사의 실존인물이 주인공이면 인물과 관련된 설화 등을 넣어 실존 인물보다 과장해서 묘사했다.

구활자본 소설은 3·1운동을 전후하여 잠깐 침체기를 겪었으나 1927년까지 독자들의 사랑을 받았다. 구활자본 소설 인기가 수그러지자 김진구 등 몇 명이 '조선야담사'를 설립하여 야담부흥운동을 전개한다.

1927년 11월 23일 서울 계동 김진구 숙소에서 김진구, 이종원, 민효식, 김익환, 신중현은 '조선야담사'를 창립하고 12월 10일에 천도교 기념관에서 야담을 공연한다. 이때 최남선, 민태원, 양건식, 차상찬, 이윤재, 방정환 등이 고문으로 참여한다. 그런데 이들이 추구하는 야담부흥운동은 기존 야담과 다른 이른바 전략적 차별화를 시도한다. 그들의 말을 들어보자.

> 야담이라는 술어가 옛날 조선에도 없는 것은 아니다. 청구야담靑邱野談 어우야담於于野談 같은 것이 그것이다. 그러나 그런 것은 어디 별로 근거도 없는 것을 엉터리로 적어 놓은 서책書冊이라는 것을 의미하는 것이었다. 그러나 이것은 절대로 그런 것이 아니라 일본의 강담講談과 중국의 설서說書를 절충하야 조선적으로 또 현대적으로 새민중예술新民衆藝術을 건설한 것이다. 일본과 중국서는 벌써 몇 백 년 몇 천 년이라는 장구한 역사를 겪어 내려오면서 글로 또 말로 이것을 전문으로 연구해 내려왔는 고로 완전한 그 토대가 서 있다. 중국에 있어서는 삼국지연의三國志演義 수당연의隨唐演義 수호지水湖志 같은 것이 그것이며 일본에 있어서는 대강정담大綱政談 ……이 그것이다. 조선에 있어서도 책으로는 빈약하나마 이런 것이 없지 않았다. 임경업전林慶業傳 박

> 문수전朴文秀傳 홍길동전洪吉童傳 같은 것이 그것이다.
>
> 야담은 절대로 이렇게 허무맹랑한 소리나 진부한 그런 것이 아니라 적어도 역사적사실歷史的事實=역사중에도 재래의 역사, 다시 말하면 어떠한 특권계급特權階級의 독점적역사獨占的歷史 그것이 아니라 민중적역사民衆的歷史=특권계급의 손으로 된 모든 추태를 은폐陰蔽한 재래의 역사를 홀쩍 뒤집어 놓은 이면사裏面史 즉 야사野史 속에서 그 재료를 뽑아낸 만큼 민중적이오 현대적 오락물娛樂物의 하나이라는 것을 여기 단언한다.[11]

야담부흥운동가들은 지배계층이 은폐시킨 이면 역사, 다시 말해 야사에서 재료를 뽑아내 만든 현대적 오락물이라고 한다. 그래서 야사는 민중을 위한 오락물이자 역사라는 것이다. 그들이 생각한 야담은 역사를 이야기 식으로 엮어낸 중국 『삼국지연의』나 일본에도 시대 초기에 형성된 문학 양식으로 일본의 전쟁 이야기를 쉽게 풀어서 설명하거나 해석해서 들려주는 강담과 같다. 이승윤의 말처럼 "역사를 소재로 대중들 앞에서 해석 혹은 주석을 단 역사 이야기, 역사 강의"라는 것인데 민중이 역사를 알기 쉽게 해석한 게 '조선의 야담'이다. 임경업전, 박문수전, 홍길동전은 중국 설서와 일본 강담과 같은 종류 책이라는 게 그들 설명이다.

김진구 말대로라면 야담은 '역사의 다른 표현'이다. 김진구는 국가와 민족성을 논할 때 바로 그것이 역사이며 민족정신의 양식이라고 한다. 그는 우리나라가 조선 400~500년 동안 남의 역사와 문화로 밥을 짓고 집을 만들어 상전으로 받드는 것을 넘어 노예가 되었다고 한다. 중국 주자학을 받드는 유학자들을 견제 하면서 민중 역사를 부흥하려는 의도가 숨어 있다. 신채호, 박은식 등의 역사관을 계승한 것이다. 야담에 대한 김진구의 생각을 들어보자.

> 중국中國의 설서說書와 일본日本의 강담講談, 그 중中에도 신강담新講談을 끌어다가 그 장長을 취取하고 단短을 보補하야 그 위에 조선적朝鮮的 정신精神을 집어넣어서 절대絶對로 조선화朝鮮化시킨 그것을 창설創說해 놓은 것이 즉卽 야담野談이 그것이다.[12]

중국 설서와 강담에서 형식만을 취하고 내용은 조선의 정신을 넣어서 민중에게 우리 역사 이야기를 들려주겠다는 뜻이다. 단지 그 형식은 대중에게 보다 친근한 양식과 표현으로 포장하여 야담이라고 한 말이다. 이러한 점으로 볼 때, 야담부흥운동은 저항운동이며 새로운 민족운동의 모색이다. 객관적 사회의 여러 조건이 야담을 출현하게 했다는 김진구 말은 야담부흥운동이 일제의 극단적 탄압에서 민족을 지키기 위해 선택한 역사 보급 운동이었음을 확인해준다.

야담은 애국계몽기 역사·전기 서사물이 지닌 의미를 계승하는 한편, 1910년대에 구활자본 고소설이 흥미로 독자층을 확보한 방식으로 대중을 확보해 간다. 그 방법은 '입으로 붓으로'인데 입은 단상壇上을 붓은 지상紙上을 뜻한다. 강연과 인쇄매체로 야담 부흥운동을 실천하겠단 말이다. 그 첫 번 기획이 1927년 12월 10일에 천도교기념관에서 열린 신춘야담대회新春野談大會였고, 「조선일보」에 '계월향'을 연재한 것이다.

박문수이야기는 이보다 앞서 「중외일보」에 연재되었다. 1927년 노성산인은 8월 1일부터 박문수 이야기를 연재하다 같은 해 12월

16일부터 며칠 중단했다. 같은 달 28일부터 다시 연재해 3회를 더 쓰고 12월 30일 134회로 상권을 끝낸다.

노성산인은 박문수 어린 시절부터 다루고 있으나 역사기록이 아닌 작가 상상력으로 일화를 그려냈다. 편모슬하에서 가난하게 자랐고 의협심과 동정심이 많았으며 경종 3년 증광문과에 합격해 벼슬길에 오른다. 이후 이야기들은 암행어사를 다니면서 겪은 이야기인 것처럼 쓴다. 예를 들면 구전설화에서 '회초리 맞은 박문수'를 사실인 양 쓴 이야기다. 앞에서 살폈듯이 구전설화 '회초리 맞은 박문수' 에서 박문수는 하늘이 장차 그에게 큰일을 시키려고 목숨을 구해준다.

그러나 박문수를 메시아로 여긴 민중 생각을 노성산인은 여성의 정절을 강조하는 이야기로 개작했다. 유학생과 신여성의 등장 그리고 자유연애 등이 화제였던 시절에 남성의 관점에서 구전설화로 여성을 가르치려는 의도다. 이성이 강조된 시대에 신이한 존재가 큰일을 맡기려고 박문수 인격을 수양하게 했다는 의미가 합리적이지 못하다는 생각도 개작 이유 중 하나일 것이다. 그러나 구전설화에서 여성은 매우 지혜롭고, 상황판단이 빠르며 오히려 남성을 가르치는 것으로 등장한다. 여성관이 근대보다 훨씬 진취적이다.

구전설화에서 '미륵이 준 삼백냥'은 30여 편이 넘게 채록 되는데, 박문수가 미륵의 대리인으로 나온다. 이 이야기는 '지성이면 감천'이라는 우리 민족의 의식이 담겨 있다. 공금을 횡령한 아버지를 위해 지극정성으로 백일 동안 기도를 한 처녀를 위해 신령이(노인, 암서방) 나타나서 박문수와 동행한다. 신령한 존재는 박문수와 동행하여 아이를 구해주고, 조상의 묘 자리를 봐줘서 번 돈을 박문수에게 맡기고 사라진다. 박문수는 그 돈으로 처녀의 아버지 대신 공금을 채워넣는다.

야담은 1970~1980년대까지 이어지는데 1976년에 출간된 『문민질고와 미행렴찰』에서 이 이야기는 효를 강조한 이야기로 바뀐다. 처녀의 효성에 정당성을 부여한 것인데 아버지가 공금을 횡령한 것이 아니라, 아버지와 같은 관아에서 일한 김가란 아전이 공금 천 냥을 떼어먹고 달아나자 처녀의 아버지가 대신 그 빚을 갚아야 하는 것으로 이야기가 개작된다. 처녀는 아버지를 위해 백방으로 노력할 뿐 아니라, 지극 정성으로 기도하고 박문수는 그러한 처녀를 돕기 위해 애쓴다. 따라서 구전설화에서 지성이면 하늘도 감동해 박문수를 대리인으로 삼아 그 소원을 들어준다는 주제는 근대야담에서 "하늘이 착한 사람에게 주신 선물"로 표현된다.

1970년대 말 1980년대 초에 채록된 구전설화의 '간부 징치 이야기'는 부인의 간부에 의해 억울하게 죽은 초립동이가 박문수에게 과거시험 시구를 알려 주고 과거에 급제한 박문수가 초립동이를 죽인 범인을 잡는 이야기다.[13] 그러나 『한국대표야담전집』에는 전자와 후자가 바뀌어 은혜 갚은 이야기로 변개되었다. 범인을 먼저 잡고 나중에 과거급제를 한다. 박문수는 과거를 보러 가는 길에 소복을 입은 여인이 무덤에서 통곡하는 소리를 듣고, 필시 사연이 있을 것이라 생각하여 그 여인의 뒤를 따라간다. 여인의 집에서 하룻밤을 유숙하는데 밤에 잠이 오질 않아 밖으로 나왔다가 담을 넘는 사람과 마주친다. 담을 넘은 사람이 놀라 달아나자 박문수가 뒤쫓았더니 절로 들어간다. 본래 여인의 신랑은 절에서 도를 닦다 환속하였는데, 같이 도를 닦던 중들이 신랑의 부인을 보쌈하여 욕보이려고 신랑을 죽였다는 것이다. 이 사실을 안 박문수는 관아에 신고하여 살인 범인을 잡아들이고 과거를 보러 간다. 얼마를 가자 초립동이가 나타나서 과거가 끝났다며 시제로 나온 시를 알려주었다. 박문수는 낙향하려다 올라온 김에 이광좌 집을 방문하였더니 과거일이 지나지 않았다고 한다. 시험을 봤더니 초립동이 알려준 시가 그대로 나와서 과거에 급제했다는 내용이다.

1970년대 말에 채록된 구전설화에서는 박문수가 과거 보러 가는 길에 범인을 알았다가 초립동이의 도움을 받아 급제하고 범인을 잡아 징치하는 이야기로 끝난다. 『한국대표야담전집』의 이야기는 초립동이 은혜 갚는 이야기이다.

박문수 이야기 중에 가장 많이 전승되는 것 중 하나는 '영리한 아이 이야기'다. 이 이야기에서 박문수는 스스로가 난처한 상황을 만들었다가 아이 도움으로 위기를 극복한다. 아이를 모티프로 하는 이야기에는 박문수가 암행어사로서 거듭나기 위해 시련을 겪는 이야기로 나타나기도 한다. 고한승은 이 이야기를 처음으로 다시 썼다. 1925년 9월호 『어린이』잡지에 구전설화 '영리한 아이'를 동화로 개작했는데 줄거리는 그대로 유지하면서 문체만 습니다체로 바꿨을 뿐이다.

1927년 10월 20일자 「동아일보」는 구전설화 '영리한 아이' 이야기를 개작해 실었는데 구전설화와 달리 인재를 육성하는 박문수 면모는 없고 다시 태어난 아이가 복수하는 이야기로 개작되었다. '박문수는 어떻게 동화가 되었나' 장에 후술한다.

"남원총각취처기"는 이은상이 1975년에 문헌설화 '긍박동령성주혼'을 개작한 이야기다. 구전설화나 문헌설화에서 총각이 핍박당한 이유는 가난 때문이었다. 그러나 이은상은 총각이 결혼을 못한 이유를 무신난에 연류된 역적의 자손 때문이라고 개작한다. 민중이 이 이야기를 만들어 전한 이유는 한 가지다. 가난해서 결혼을 못한 처녀총각들의 혼인비용을 국가에서 내도록 건의한 사실이며, 박문수가 그들의 삶을 보살피고 있다는 민중의 믿음에서였다. 옛이야기를 모티프 삼아 새로운 이야기를 만드는 것도 좋지만 이야기가 지닌 본래의 의미를 없애면서까지 바꿀 필요가 있었을까? 특히 '무신난 역적의 후손'이란 표현은 특정한 사관을 비하하고 다른쪽 사관을 옹호하는 것인데, 옛이야기의 가치를 훼손하면서까지 개작해야 할 필요성이 있었는지 의문스럽다.

이야기 개작은 본래의 서사가 시대정신과 부합하지 않을 때, 시대에 맞게 바꿀 때 일어난다. 역사는 지나간 시간이지만 그것을 해석하고 바라보는 것은 지금 현재이기 때문이다. 오늘날의 시각으로 역사 및 설화를 재해석하고, 그에 따라 서사를 바꾼다. 박문수 구전 및 문헌설화를 개작한 근대야담은 박문수의 상을 설화보다 더 진취적이고 시대정신에 맞게 개작하지 못했다. 근대야담은 설화가 지니고 있는 민중의 생각을 제대로 전승하지 못했다. 설화에서 박문수는 인재를 육성하고 등용하는 인물, 민중을 보살피는 인물, 신성한 존재의 대리인, 민중의 억울함을 풀어주는 인물이다. 그러나 근대야담 속 박문수는 즉흥적인 장난으로 여인의 정조를 시험하고, 복수를 즉각적으로 실현하는 인물로 나온다. 또한 저자의 관점은 특정 사관, 노론 사관에 치우쳐 있다.

수사관이 된 박문수

앞장에서 인물은 실존인물이지만 인물이 겪는 사건은 사실이 아닐 수도 있다는 점을 기억해내자. 구전·문헌설화를 다시 쓴 이야기를 제외하고 우리가 알고 있는 박문수 이야기는 충격적이겠지만 대부분은 창작 소설이다. 어른이 된 이들이 어린시절 읽었던 그리고 지금 아이들이 읽고 있는 박문수 책 대부분이 이제부터 소개할 소설들에서 비롯되었다.

『어사 박문수전』(박문서관, 1921)의 소제목은 '신장출도'로 구천동 천씨 부자가 유노인의 부인과 며느리를 빼앗으려 하자 박문수가 재인들을 데리고 신장으로 과장해 천씨 부자를 징벌한 이야기다. 이후 지속적으로 전승된다. 허문녕이 쓴 『암행어사 박문수』(불이출판사, 1962·1967)와 『한국대표야담전집』(삼희사, 1975) 그리고 『문민질고와 미행렴찰』(문광당, 1976)은 탐정소설이다.

'신장출도'는 지금까지 발견된 소설 중 가장 이른 시기에 창작되었다. 『어ᄉᆞ 박문슈젼』에 수록되어 있는데 이 책은 3편으로 구성돼 있다. 그 가운데 1편이 '신장출도' 고, 다른 2편은 박문수와 다른 별개 이야기다. 필자가 분석 대상으로 삼은 판본은 1921년 박문서관에서 출판된 『어ᄉᆞ 박문슈젼』이다. 이 이야기는 1970년대 말 1980년대 초에 한국정신문화연구원에서 채록했을 때 '신장출도' 혹은 '무주구천동 순행 이야기'로 13편이 채록되었다.[14] 이러한 사실은 글로 읽었던 이들이 기억하고 있다가 채록할 때 들려줬을 가능성이 높다. 문집이나 문헌설화에는 이와 같은 이야기가 없기 때문이다. 또 이야기가 설화와 많이 다른데 옛이야기는 인물의 성씨가 나오지 않는다. 그러나 '신장출도'는 유씨 또는 구씨·천씨 등 특정 성씨가 언급된다. 결말도 옛이야기의 문제 해결 방법과 많이 다르다.

구전설화와 달리 이 소설은 서두에 박문수가 이인좌의 난을 진압하고 어사로 발령받은 이야기로 시작한다. 무주에 도착한 박문수는 인륜을 저버린 천씨 부자의 만행을 보고, 법이 아닌 살인으로 징치한다. 그러나 구전설화에서 박문수는 지략이 없거나, 성본능에 충실하거나, 암행어사 임무보다 자기 목숨을 더 소중히 여기는 등 지극히 인간다운 모습을 보이긴 하지만, 살인으로 징치하는 이야기는 없다. 후술하겠지만 이 이야기 속 박문수는 일제 강점기라는 시대 상황에서 민중이 요구하는 새로운 영웅상이다. 해서 악인을 처벌하는 방법은 일제에 억압받은 민중의 감정 해방으로 나타난 것이다.

소설 속 박문수 상 대부분은 수사관이다. 관아에서 살인자, 도둑, 사기꾼 등 범인을 잡지 못하거나 해결하지 못한 어려운 사건들을 해결하는 탐정 내지 수사관이다. '도깨비불' 이야기를 보자. '도깨비불'은 『한국대표야담전집』과 『문민질고와 미행렴찰』에 실린 소설이다.[15] 소설 '도깨비불'은 어린이책 6권에 실렸고, 그 중 김병규가 쓴 『암행어사 박문수』에도 포함돼 있다. 김병규가 쓴 책이 중요한 이유는 1992년부터 현재까지 판을 거듭해 꾸준히 발행되고, 판매량도 매우 많기 때문이다.[16] 게다가 교과서에 실려서 아이들에게 많은 영향을 미치기 때문이다. 소설 '도깨비불'을 요약해 보자.

> 소론이 실각하고 노론이 득세하자 노론은 박문수가 수차례 영남에 감진어사로 내려갔으나 민심을 수습하지 못했다고 하여 관직을 삭탈한다. 어느 날 밤, 내시가 와서 건네준 어찰에는 박문수에게 영남으로 내려가 민정을 살피라는 어명이 적혀 있다. 그러나 이미 영남어사로 이광덕이 파견된 상태였다.
>
> 박문수는 날이 밝자마자 남쪽으로 향하는데 남대문에서 권적을 만난다. 권적은 바른말을 잘하는 사람으로 박문수가 가장 꺼리는 사람이다. 박문수는 노성으로 내려가 산소에

성묘한 후 여러 날을 지나 관터마을에 이르렀다. 관터마을은 불이 하루에도 두세 번씩 일어난다. 사람들은 도깨비불이라며 무당에게 굿을 하자고 하나 이생원이 반대한다.
박문수는 밤에 이생원네 집으로 찾아가 탐문한 결과 해마다 해오던 굿을 흉년이 들어 3년이나 못했다는 사실을 알게 된다. 박문수는 밤에 무당집을 살피다 이광덕을 만나 성주 관아에서 보기로 하고 헤어진다. 다음날 낮에 본 무당집은 한눈에 봐도 빈곤해 보인다. 얼마 후 이생원 집에 불이 난다. 남녀노소 모두 불을 끄는데, 한 남자만이 구경하고 있다.
그것을 본 박문수는 상주 관아로 간다. 관아에는 이미 관터마을 사람들이 끌려와 있었다. 박문수는 이광덕에게 불을 끄지 않은 남자를 취조하게 하자 그 남자는 무당네 박수와 짜고 불을 놓았다고 한다. 박문수는 이광덕에게 관터마을 무당집에 불을 지르게 하고 서울로 향한다.

박수와 무당이 동네 청년과 짜고 굿을 유도하기 위해 불을 지른 이야기다. 이 소설에서 굿은 미신이라는 것을 강조한다.

"무슨 불이 하루에도 몇 번씩 일어나고 있나? 도깨비 장난인가?"
"애들 장난인지도 모르지."
"아마 동네 무당굿을 아니하여 터 귀신이 탈이 난 게지!"
하며 서로 떠들고 있을 때 점잖은 노인이 나서며
"도깨비가 무슨 도깨빈가! 여러 소리 말고 각각 자기 집 어린애를 단속하게. 요새 유황 성냥이 퍼져 애들의 장난이 심해졌네. 성냥개비에 불이 잘 붙는 재미를 보고 애들이 철모르고 하는 짓일세!"

"생원님, 애들이 무슨 장난이 그렇게 심합니까? 엊그제도 원삼이네 윗간에서 일어나고, 어제도 차돌이네 울타리에서 나지 않았습니까? 암만 해도 이상한 불입니다. 어서 동네 어른들이 모여서 공론하시어 당굿을 하도록 주선하십시오."

"이 사람, 굿이 무슨 굿인가! 그런 것 모두 안부인이나 무당들이 하는 소리야. 요사스러운 잡귀는 내가 다 쫓겠네."[17]

이생원은 굿을 부인이나 무당들이 하는 요사스러운 것이라 한다. 이러한 배경을 작품의 창작연대와 관련해서 생각해 보자. 1970년대의 한국 사회는 군부독재와 새마을운동 시대로 특징된다. 군부독재도 그렇지만 새마을운동은 전체주의이자 획일적인 문화운동이라 하겠다. 새마을운동은 전 근대적이라고 여긴 것들을 근대화란 이름으로 모두 제거해 버렸다. 우리민족 신앙인 무속은 일제 강점기에 이어 또 한 번의 수난을 겪어야만 했다. 70년대는 일제강점기 시대의 재현이었다. 우리 민족정신을 말살하려고 무 신앙을 무속으로 폄하하며 억압했던 일제강점기처럼 군부독재는 당집을 부수고 마을을 지키던 수호신을 없애버렸다. 이성으로 설명할 수 없는 굿은 미신으로 치부되었으며 배척해야 할 것 가운데 하나였다. 이은상은 이광덕과 박문수라는 암행어사를 등장시켜 신앙이라고 믿는 것은 사기에 지나지 않는다고 설파한 것이다.

이제 이야기 속으로 들어가 보자. 영조는 이광덕을 영남 감진어사로 보내놓고 마음이 놓이지 않아 박문수를 몰래 파견한다. 둘은 관터마을에서 계속 불이 난 사건을 처리하기 위해 밤에 무당집에 잠입하다가 만난다. 이후 이광덕은 성주읍에 출도하고 박문수는 그 마을에 남았다. 그때 이생원 집에 불이 나고 모두 불을 끄고 있을 때 한 청년만이 불을 끄지 않고 구경하는 것을 박문수가 수상히 여긴다. 박문수는 이광덕이 출도해 있는 성주읍으로 향하고 이광덕이 무당부부를 범인으로 지목하여 벌을 내릴 때, 박문수가 차돌이를 심문하여 공범을 잡는다. 관찰력과 추리력으로 범인을 잡는 것이다. 이야기 말미에 "박문수는 이어사에게 관터말 무당의 집에 불을 지르게 하고 천천히 서울길을 향하여"떠난다. 소설의 서두에 박문수는 아무도 모르게 암행어사로 파견되었다. 따라서 실제로 범인을 잡는 이는 박문수이지만, 범인을 잡은 공로는 이광덕에게로 돌아간 것이다. '도깨비불'소설처럼 많은 사건의 해결 뒤에는 박문수의 공로가 있음을 암시하고 있다.

소설은 억울한 일을 당한 인물들이 옥에 갇혀 있다가 박문수를 통해서 누명을 벗는 것으로 나타는데, 이야기마다 차이는 있지만 송사 소설에 가깝다. 송사 소설은 백성끼리 분쟁이 있을 때, 관부에 호소하여 판결을 구하던 일을 시작부터 끝까지 원리로 삼아 전개되는 소설을 말한다.[18]

'남장여도'는 친구 재산을 모두 빼앗고 그 여식을 내쫓은 이야기다. 억울함을 풀어주는 이야기는 3편이 있는데, 이 가운데 두 편이 재물을 빼앗고 내쫓긴 이야기다. 재물은 인간의 탐욕과 욕망을 드러내는 기능을 하며, 그로 인해 인물 간의 대립을 야기한다. 송사 과정은 억울하게 빼앗긴 자가 억울함을 호소하고 그것을 판결하는 과정으로 이어진다.

'남장여도'는 억울한 누명을 벗겨달라고 송사가 일어난 건 아니다. 박문수가 암행을 나갔다가 우연히 알게 된 사실이고, 그것의 진실을 파헤쳐보려고 마음먹고 있던 차에 감옥에 갇힌 남장을 한 정아영을 만나게 된다. 이때부터 박문수는 송사 사건에 적극적으로 가담해 정아영이 빼앗긴 재물을 되찾아 주고 억울함을 풀어준다. 박문수가 등장하는 송사 사건은 그가 먼저 사건을 우연히 듣고 백성의 억울함을 풀어주는 것으로 마무리한다.

'데릴사위'도 이와 같다. 박문수가 길을 가다 한탄하는 노인을 만나 이야기를 듣게 된다. 내용인즉 이렇다. 이진수는 박양문을 데릴사위로 맞이하여 머슴처럼 부려먹고 재산을 축적했다. 박양문이 군역을 다녀오니 이진수는 그의 재산을 빼앗고 딸도 주지 않겠다는 것이다. 게다가 김장자가 첩을 구한다는 소리를 들은 이진수는 논 한섬지기를 받고 딸을 김장자에게 주기로 한다. 박양문이 관아에 억울함을 호소하자 군수는 이진수를 가둔다. 그러나 이진수 딸을 첩으로 데려가기로 한 김장자가 아전을 통하여 군수에게 뇌물을 먹이고 그를 석방시킨다. 박양문이 항의를 하자 군수는 그를 고문하고 옥에 가둔다.

박양문 송사 사건도 재물 때문이다. 재물에 눈이 먼 이진수가 딸까지 팔려고 한 것이다. 소설은 재물이 송사 사건의 재판 과정에 뇌물로 작용하면서 재판에 영향을 미친다. 박문수가 민중의 억울한 사건을 접하게 된 계기는 지나가는 말을 허투루 듣지 않고, 또 정말로 억울한 일을 당했는지 확인하면서다.

송사이야기는 재물 때문에 억울함을 당하기도 하지만, 명예를 회복해주는 유형도 있다. 결혼 첫날밤에 신부는 처녀가 아니라는 이유로 소박을 맞는다. 신부는 죽으면서 자신의 신방을 그대로 두라는 유언을 남겼다. 흉가가 된 처녀의 집에서 박문수는 녹슨 바늘이 이불에 꽂혀 있는 것을 발견하고서 처녀의 명예를 회복해준다.

이야기를 개작할 때

문헌설화에서 박문수는 욕심이 많아 수단과 방법을 가리지 않고 남의 물건을 빼앗는가 하면 정승을 놀리는 버릇없는 젊은이다. 사람을 속이는 데 능하고 부정으로 과거에 급제하기도 한다. 구전설화와는 달라도 너무 달랐다.

박문수가 당대에 제대로 평가받지 못한 데에는 시대와 맞지 않는 개성적인 성격도 원인이 있지만 노론의 견제가 더 컸다. 노론은 박문수를 직접 견제하는 한편, 박문수가 부정으로 과거에 급제했다는 이야기를 만들어 퍼뜨렸다. 이러한 배경에는 민중이 소론 당파인 박문수를 영웅으로 여겼기 때문에 부정적인 이야기를 생성·유포시켰을 것이다.

노론은 이야기가 지닌 힘을 알고 있었다. 이야기는 전달되면서 듣는 사람의 경험이 되고 기억이 된다. 그래서 발터 벤야민은 이야기를 "세대에서 세대로 계속 전해주는 전통의 연쇄를 만들어" 내는 힘이 있다고 했다. 노론은 이것을 알고 있었기 때문에 박문수의 부정적인 이야기를 만들어 퍼뜨린 것이다.

구전설화에서 민중은 박문수를 자신들을 위해 하늘이 내려준 인물이라고 생각한다. 하지만 박문수도 인간이기 때문에 시련을 겪고 나서야 구원자로 거듭났다는 것이다. 해서 구전설화 속 박문수는 신의 대리자로서 민중이 당한 억울함을 풀어주고, 민중의 생활에 밀착해서 어려움을 보살펴준다. 인재를 발굴해 나라에 공헌하는 한편, 민생을 안정시키는 융통성 있는 관리로서 인식된다. 그릇된 세상에 대한 민중의 간절한 바람이 반영된 것인데, 박문수를 일종의 메시아로 생각한 것이다.

박문수는 노론 세상에서 소론으로서 민중을 위한 정책안을 냈으며, 통치자인 영조와 가까운 인물이다. 박문수 구전설화는 이런 인물을 통해서 사회 정의가 실현되기를 바라는 것으로 해석할 수 있다. 당대 노론 지식인들이 아무리 박문수를 비판해도 박문수에 대한 믿음은 메시아사상으로 승화되었기 때문에 지금까지 내려오고 있는 것이다.

그러나 박문수를 주인공으로 한 소설은 대부분 도둑, 살인범, 사기꾼 등 범인을 잡는 그의 수사관적 능력을 보여준다. 문헌·구전설화가 근대야담으로 개작될 때 서사 변이가 일어나면서 주제도 변한다. 개작한 시대 이데올로기에 따라 여성 정조를 강조하거나 효도를 강조하는 이야기로 변개된다.

문헌 및 구전설화는 시대에 따라 개작되고 시대정신을 반영한다. 개작할 때는 설화에 담긴 민중 정신을 바르게 계승하였는지, 그리고 과거 시대에 비해 개작한 이야기가 진취적인 가치관을 담고 있는지는 올바른 전승의 판단 준거다. 이러한 기준에서 볼 때 근대에 개작된 박문수 야담은 구전설화가 지닌 민중 정신을 제대로 보여주지 못했고 과거보다 더 진취적이라고 보기 어렵다.

그런데 박문수 '역사인물이야기'에서는 이러한 검토 없이 고스란히 전승되고 있다. 박문수 인물이야기가 지속적으로 재생산되고, 많은 아이들이 찾아 읽는 이유는 정서적 해방감 때문이다. 민중을 억압하고 수탈하는 탐관오리는 암행어사인 박문수 앞에서 꼼짝 못하고, 민중은 '암행어사 출도요'라는 한마디 외침에 수탈과 억압에서 해방된다. 박문수는 힘없고 약한 민중의 구원자였다. 아이들은 힘없고 약한 자신들과 민중을 동일시하기 때문에 탐관오리를 징치하는 박문수를 보면서 정서적 해방감을 맛본다. 이러한 점이 아이들을 매료시킨다. 그러나 오늘날 생산되고 있는 박문수 인물이야기는 탐관오리를 척결하고 민중의 삶을 돌보는 어사의 행적보다는 살인사건과 도둑 등의 범인을 잡는 탐정이야기로 변질되었다. 다음 장에서 살펴보자.

2장

박문수는 어떻게 동화가 되었나

1절

1910년대 영웅으로

어린이를 위한 박문수 이야기는 1925년 9월호 『어린이』에 처음 실렸다. '집행이 하나'라는 구전설화를 어린이를 위해 개작한 이 이야기는 구전설화 '하늘이 인격을 길러준 유형'이다. 이후 이 이야기는 1927년에 「동아일보」구강동부鷗江洞夫가, 「중외일보」에 노성산인이 연재했다. 1930년대는 신문과 잡지 등에서 박문수 문헌설화 여러 편이 연재 됐으나 어린이를 염두에 두고 쓴 글은 아니었다. 어린이를 대상으로 박문수 이야기를 쓰기 시작한 때는 1960년대부터다. 그러니까 1925년 이후 어린이만을 위한 박문수 이야기는 40여 년이 지나서 다시 쓰이기 시작했다.

『어린이』, 1925년9월호, 책과인쇄박물관 제공

1962년 허문녕이 쓴 글이 덕수출판사에서 발행 되었고 1967년 불이출판사에서 재발행 되었다. 1963년에 정문출판사가 "소년·소녀 한국기인전집"(전 10권)을 발행 했는데, 그 속에 김영일이 쓴 『어사 박문수』가 있다. 연달아 어린이책 박문수가 발간된 이유는 당시 영화 〈암행어사 박문수〉 흥행 영향이 컸다. 어린이책 박문수 이야기는 1970년대와 1980년대 각각 3권이 출간 되다가 1990년대 11권이 출간되고 2000년대에도 8권이, 2010년대 현재 5권이 발행 되었다.

1970년대 이후 어린이책이 발행된다. 1970년대는 산업화로 경제 사정이 좋아졌고, 교육열이 높아지면서 아동출판물 전집 발행이 늘어났다. 정부가 세금 혜택으로 출판활동에 지원하면서 다양한 분야 출판물이 생산되었다.

1970년대~1980년대에는 "군사독재 시절의 사회적 분위기 속에서 국가 제일주의 가치관과 초인적 능력이 강조된 위인전의 출간" 붐이 일어났다. 심재우에 따르면 "박문수는 국난 극복의 영웅, 정치가들과 더불어 한국을 빛낸 대표적 위인 가운데 하나로 조명" 받으면서 이상적 관리의 대명사로 인식되었다.

1990년대에는 박문수 이야기가 11권으로 가장 많이 출간되었다. 이것은 1992년에 이루어진 제6차 교육과정 개정과 관련이 있다. 그동안 교육과정 개발자나 교과서 편찬자의 관심과 의견에 의해 교과서 인물이 선정되었던 관행에서 벗어나 사회 교과서 속의 인물 선정 기준이 다양해진 것이다. 2000년대에는 초등교과서 『국어 3-1』에 '도련님과 인절미'란 일화로 박문수 이야기가 수록되면서 박문수 인물이야기는 높은 출간 비율을 유지하고 있다. 과거에서 현재(2017년 11월)까지 박문수 인물이야기는 모두 37권이 발행되었다. 이야기 한 편을 한 권으로 발행했든 여러 편을 한 권으로 만든 책이든 단행본으로 발행된 모든 책을 포함했다.

그런데 단행본으로 출판된 어린이 '박문수 인물이야기'에 '진짜' 박문수 이야기는 없다. 박문수의 삶을 다룬 전기나, 민중이 생각하는 박문수 이야기가 아닌 가짜 이야기만 나오고 있다. 일명 '창작 동화'라고 해도 지나친 말이 아니다. 그러니까 주인공만 박문수 일뿐 진짜 박문수 이야기가 아니다. 그러면 어떻게 이런 일이 일어날 수 있을까? 창작자들은 어떤 근거로 글을 썼을까?

결론부터 말하자면 작가들은 대부분 구전설화 '집행이 하나'와 문헌 설화 '긍박동령성주혼' 그리고 구활자본 '신장출도' 및 허문녕 소설을 박문수 이야기로 엮었다. 가장 많이 저본으로 삼은 글은 구활자본소설과 허문녕 소설이다. 허문녕 소설을 엮은 책이 24권, 구활자본 내용을 실은 책이 17권 구전 설화를 개작한 책이 12권, 문헌설화를 포함한 책이 3권이다. 구활자본 소설이나 허문녕 소설이 지니고 있는 탐정 소설의 요소 때문인데 전자는 오방신장의 정체에 대한 궁금증과 사건 해결 방법이, 후자는 범인과 그를 잡게 된 경위에 대한 궁금증이 독자 흥미를 끈다고 여긴 작가들이 어린이책에 그대로 옮긴 것이다.

구활자본 소설 『어ᄉᆞ 박문슈젼』의 확인된 판본 중에서 가장 이른 판본은 1915년 유일출판사본이다. 이외에도 구활자본 소설은 판본이 확인되지 않은 한성본과 1921년에 출간된 박문서관, 1926년에 출간된 경성서적조합판본, 1933년에 간행된 덕흥서림본이 있다. 박문서관본, 경성서적조합본, 덕흥서림본 등 세 판본을 대조해보면 내용과 삽화 그리고 형식이 동일하다. 달리 말하면 하나의 내용을 발행처만 달리한 책이다. '신장출도' 내용을 보자.

> 이인좌와 정희량이 군사를 일으키자 영조가 오명학과 박문수에게 군사를 내어 난을 진압하게 한 후 박문수를 팔도 암행어사로 제수한다. 박문수는 덕유산 자락의 동네에서 단도를 들고 찌르려는 그림자를 보게 된다. 박문수가 주인을 불러 상황을 물으니 천운서의 아들 천동수의 부인과 자신의 아들 득주가 정을 통했다 하여 천운서는 유안거의 부인을, 천동수는 득주의 아내를 데려가려 한다는 것이다. 박문수는 주인에게 좋은 소식이 있을 거라고 말하고 그곳을 떠

난다. 무주 관부에 도착한 박문수는 암행어사 출도 후, 땅재주를 잘 넘는 광대 네 명을 선발하고 군벌 다섯 벌을 자신이 그린 대로 지어달라고 하여 광대에게 입혀 덕유산으로 향한다.

유안거 집에는 천운서와 천동수가 혼례복을 입고 유안거의 부인과 며느리가 혼례청으로 나오기만을 기다리고 있다. 그때 혼례를 구경하려던 사람들 사이로 황포황갑에 황모부월을 든 신장이 걸어나와 교배청 중앙에 좌정한다. 신장은 교배청을 치며 동방청제대장군, 서방백제대장군, 남방적제대장군, 북방흑제대장군을 부르니 각각의 신장이 공중에서 떨어진다. 박문수는 옥황상제 명으로 천씨 부자를 잡으러 왔다며, 그들을 데리고 십리 밖으로 나와서 천운서 부자를 죽인다.

3년 후 박문수가 다시 그 곳을 방문해 보니 유안거는 청년들의 글을 가르치고 있었고, 마을이 집을 지어주고 곡식을 주어 풍족한 생활을 누린다. 어느 날 영조가 제신들에게 평생의 업적을 말하고 하자 박문수는 유안거 일을 말한다. 영조가 유안거를 다시 만났을 때 왜 그때 일을 말하지 않았냐고 하자, 그 일을 말했다면, 자신은 구천동을 나서지 못하고 죽었을 것이고, 유가의 가문은 망했을 것이며 구천동 인민은 화외지맹이 되었을 것이라고 한다. 모두 박문수의 도량을 칭찬한다.[19]

일제 강점기 초기에 발행된 이 책은 애국 계몽시대의 영웅 삶을 그린 전기·역사물을 계승한 책이다. 물론 직접적인 계몽의 목소리를 낼 수 없지만, 이야기 구조와 내용을 볼 때 그렇다. 자신의 세만 믿고 힘없는 유안거 부자를 억압하는 천씨 부자를 징치하는 박문수는 충분히 영웅이다. 나라를 위해 전쟁터에서 활과 칼을 들고 싸우는 위인은 아니지만 탐관오리를 척결하고 세금을 줄이는 등 민생을 살피는 민중의 영웅이다.

언론과 출판탄압이 극심해 애국계몽기의 구국 영웅은 출판하지 못하지만 다른 형태 영웅은 가능했다. 나라를 잃어버린 원인이 관리들의 무능과 부패 때문이라고 생각한 민중은 불의를 물리치고 정의를 구현할 올바른 위정자를 갈구했다. 억울한 이를 해결해주고 착취의 원흉인 탐관오리를 척결해주는 박문수야말로 그들이 염원한 영웅이었다.

『어ᄉᆞ 박문슈젼』은 모두 3회인데, 1회는 '어사 박문수' 이야기고 나머지는 중국소설이다. 『어ᄉᆞ 박문슈젼』은 전기소설의 보편적 서술 특징인 역사적 사실에다 허구를 수용했다. 여기서 잠깐 전傳양식을 먼저 알아보고 『어ᄉᆞ 박문슈젼』이 잇는 역사·전기소설 보편적 서술 특징을 이야기 하자.

전傳은 인물 일대기다. 출생과 가족 관계를 서술하고 나아가 업적을 쓴 후 업적을 논평한다. 그러나 인물을 입전할 때는 "순연한 개인의 전기라면 어떤 개인의 망각된 부분을 찾아낸다든가 어떤 생애의 순차적인 〈생의 기록life-record〉이 필연적으로 수반되어야" 한다고 이재선은 말한다. 하지만 김용덕의 말처럼 전은 인물 공적 가치를 널리 알리고 옳고 그름이나 선악의 판단이 목적이기 때문에 단순한 사적을 모아놓은 것을 뛰어넘어 "인간 생활의 생생한 일면을 상징적으로 표현하여 개성적인 인간상을 창조"해야 한다. 때로는 "사실을 변조하거나 허구적 사실을 삽입시키는 경우"도 있다.

인물을 입전할 때 인물과 관련된 항간에 떠도는 이야기가 전에 실린 점을 볼 때, 허구적 개입은 필수 불가결해 보인다. 중국에서는 역사가가 소문을 수집해 국정운영에 반영했는데 그것이 진실이라고 여기기 때문이다.

전은 전기傳記라고도 하는데, 전기는 '전傳'과 '기記'의 합성어이다. 사마천은 『사기』를 쓰면서 황제 사적은 '본기', 왕이나 제후들 사적은 '세가', 그 밖의 인물 사적은 '열전'으로 엮었는데 전은 열전에서 비롯되었다. 그러니까 전은 개인 일대기를 기술하는 양식으로 한 인물의 처음과 끝을 기술한다. 심경호는 '전傳'을 "역사 기술에서 생생하게 그려낼 수 없는 인물 개개인의 생애를 역사물에 부가하여 서술하는 양식"이라고 했고, 이재선은 "역사적 사실에 충실하면서 동시에 인물 성격에 주목"하는 것이라 했다.

'기記'는 인물 면모가 드러나도록 쓰는 사건이다. 사건은 인간 행위다. 행위를 통해 인물 상태가 변화된다. 행동할 수 있는 수만 가지 가능성에서 인물이 선택한 행위는 그 인물 성격을 더욱 진실 되게 보여준다. 상태 변화를 일으키는 행위는 인물 성격을 드러낸다.

학자들 사이에 전은 인물의 삶과 허구가 포함된 이야기라는 데 동의한 듯하다. 일화나 설화는 인물이 선택한 사건이며 인물 성격을 진실하게 보여준다. 허구가 사실로 변이되는 지점인데, 이것이 실존 인물 전기 서사물에 나타나는 문학성이다. 이러한 서사물을 김찬기는 '역사 위인전'이라고 부른다. 그런데 안자산은 이와 같은 서사물을 '역사소설'이라고 하는데, 사실을 바탕으로 서술했다는 뜻이다. 어떤 이름으로 부르든지 간에 학자들 간에 역사와 허구가 결합된 것으로 여긴 것은 사실이다. 안자산의 말을 들어보자.

> 역사소설의 법란서신사, 보법전기, 서사건국지, 월남망국사 등은 일시대一時大 환영을 수受한 자者라. 그 소설의 재료는 서양위인의 사적정치의 역사 등에서 채採한 것이니 차등서此等書의 환영은 종래소설의 권징주의勸懲主義에 관한 안목의 취取하기 이易한 바라 고로 그 문체도 한적漢籍의 구투舊套를 설說치 못하고 객관상 사실을 □열列함에 부과不過하니 이로써 보면 당시까지도 문학의 면목面目은 변치안코 정치적 사상이 비등沸騰하여 국가적 관점을 대전제에 치置하던 것이라.[20]

안자산은 역사소설을 위인의 사적과 정치 역사 등에서 재료를 뽑고 한문체로 쓰고 객관적인 사실을 늘어놓은 것이라고 규정한다. '역사소설'이 환영받은 이유는 종래 소설의 권선징악적 안목이 익숙해서 받아들이기 쉽기 때문이라는 것이다. 안자산은 근대적 소설 양식과 다른 의미로 '역사소설'이란 용어를 사용하고 있는데 '종래 소설'은 '전'과 같은 뜻이다.

'한적의 문체'말에는 '전'이란 뜻이 있는데, 중국에서는 골목을 다니며 소문을 수집하여 조정에 전하는 사람을 패관(소설가)이라고 했다. 패관은 직급이 낮은 역사가로 그들이 수.집한 정보는 국정운영에 반영됐다.

김태준은 고려시대 『파한집』, 『보한집』, 『역옹패설』등을 패관문학이라고 했다. 김태준이나 안자산 등은 사실을 바탕으로 서술한 글을 '소설'이라고 한 것이다. 이들은 소설을 객관적인 사실을 나열하면서 역사 본색은 잃지 않은 채 문학적인 조작을 한 그러니까 전대 양식 전을 소설로 본 것이다. 김태준과 안자산의 뒤를 이어 이재선도 역사를 문학적으로 조작한 서사물을 역사소설이라고 한다. 이재선 말도 들어보자.

> 실록적인 역사문학은 일반적으로 주인공이 실재實在했거나 전설적인 인물이고 주인공의 이름이나 구체적인 지명地名을 표제로 택하고 있다. 이러한 특징은 국문학계에서 이러한 종류의 작품이 단순히 '계몽적인 의도'나 '신지식 개발의 영양소' 정도로 평가되는 것 이상의 의미를 가지고 있다고 생각한다. (중략) 역사를 문학적으로 '조작'하고 있다는 의미에서는 역사소설임에 틀림없다.[21]

실록적인 역사문학을 '계몽적인 의도'나 '신지식 개발의 영양소'가 아니라 '문학적 조작' 으로 흥미를 일으킬 만한 문학적 장치를 포함시켰기 때문에 '역사소설'이라고 한다.

김영민은 '역사·전기'소설을 "국내외의 역사적 전기적 사실을 토대로 작성된 소설"로 규정하고 그 특질을 "근대계몽기에 국한문 혹은 한글로 발표된 작품으로 국내외의 비교적 잘 알려진 역사적 사실이나 인물의 전기를 소재로 하고, 거기에 서사적 요소와 작가의 해석을 첨가해 번역·번안하거나 창작해 발표한 단행본 정도의 길이를 가진 작품"이라고 한다. 안자산부터 김영민까지 역사에서 소재를 가져오거나 역사 속 실존 인물 삶을 토대로 문학적 요소를 가미한 서사물을 '역사·전기소설'이라고 한 것이다.

이들이 말한 '역사·전기소설'은 '위인전' 또는 '역사인물이야기'와 다르지 않다. 주인공이 실재 했고 전설의 주인공이라는 점, 역사 사실이나 인물 삶을 소재로 한 점이 그렇다. '역사·전기소설' 주인공들은 구국 영웅이다. 『국어대사전』에서 위인은 “거룩하고 훌륭한 사람”이라고 한다. 이신철은 “지력과 재능 담력과 또는 무용을 갖추어 큰일을 해낸 사람”을 일컫었다. 위인들 행적을 다룬 서사물을 위인전이라고 한다면, 위인전 의미는 ‘역사·전기소설’이란 용어가 담고 있는 뜻과 변별점이 없다. 다시 『어ᄉᆞ 박문슈젼』으로 돌아가자.

『어ᄉᆞ 박문슈젼』 역사적 사실에다 허구적 사실 그러니까 문학적 조작물이다. 허구적 사실이란 인물 됨됨이를 진실하게 보여주는 일화 또는 설화이다. 역사 사실은 생애의 경험 서사이며, 허구적 사실은 개연성을 부여한 인물의 행위 재현이다. 『어ᄉᆞ 박문슈젼』은 출생과 성장 등 인물의 연대기적 경험을 서술하는 대신 어사로서의 박문수 행위 재현이 주된 서사를 이룬다. 역사 사실은 소론 강경파인 이인좌와 정희량이 일으킨 무신난을 소론 온건파인 박문수가 오명학과 함께 진압한 일이다. 그러나 암행도중 무주구천동에서 오방신장으로 분장하여 유안거를 돕고 천씨 부자를 징치한 사건은 역사 기록에 남아 있지 않기 때문에 작가의 상상력, 문학적 조작이다. 그런데 『어ᄉᆞ 박문슈젼』은 사실보다 작가 상상력이 훨씬 더 많은 비중을 차지한다.

구활자본 소설은 서사적 관습 중 하나가 선악 이분법적 대립이다. 『어ᄉᆞ 박문슈젼』에 나타난 선악 대립은 유안거와 천씨 부자이다. 서사적 관습으로 대중은 익숙한 양식을 통해 거부감 없이 과거 ‘역사’와 ‘영웅’ 이야기를 받아들인다. 고소설에서 인물의 이분법적 대립구도 서사는 독자에게 흥분과 연민을 불러일으켜 서사에 몰입하게 한다.

독자는 선한 인물이 악한 인물에 당하면 선한 인물에게 연민을 느끼기 때문에 박문수가 반윤리적 행위를 한 천씨 부자를 살인으로 징치하더라도 독자는 도덕적 갈등이 없이 카타르시스를 경험한다. 그렇기 때문에 반인륜적인 악한 인물을 처단하는 박문수는 민중의 영웅이 된다. 바로 이 점이 『어ᄉᆞ 박문슈젼』과 구전설화의 가장 큰 차이점이다. 구전설화에서 박문수는 살인에 방관자가 되어 죄책감을 느끼긴 해도 직접 악인을 살인으로 처벌하지 않는다. 악인을 살인으로 징치하는 방법은 구전설화와 소설의 가장 큰 차이점이다.

『어ᄉᆞ 박문슈젼』은 역사적 사실보다 역사적 상상력 폭이 더 큰 서사물이다. 일제의 탄압과 상업 자본의 힘 앞에서 선택할 수밖에 없었던 『어ᄉᆞ 박문슈젼』 서술방식은 이후 어린이 '역사인물이야기'의 표본으로 자리하게 되었다. 박문수 '역사인물이야기'는 역사적 사실 전승보다 작가적 상상력이 발휘되는 허구적 진실에 더 많은 할애를 당연하게 받아들인다. 구활자본 소설을 그대로 베낀 책은 엄기원(대광, 1976)과 송명호(삼성당, 1993)다. 그 외의 14권은 박문수가 이인좌의 난을 진압하고 팔도어사로 제수 받아 암행을 떠난 도입 부분과 무주구천동에서 천씨 부자를 징치하고, 몇 년 후 다시 그곳에 가서 유안거를 만난 후일담을 뺀 '신장출도'만을 전승한다. 박문수의 역사적 경험은 삭제되고 작가의 상상력만 전승된 것이다.

『어ᄉᆞ 박문슈젼』은 애국계몽기 역사·전기소설의 계몽성을 잇는 것인데 우리 영웅을 소개하는 책들은 애국 계몽기에 출현했다. 그렇다면 역사·전기소설은 왜 애국계몽기에 생겼을까?

애국 계몽기 역사·전기 소설은 영웅의 삶을 통해 풍전등화와 같은 나라를 구하려고 애 쓴 단재 신채호, 백암 박은식 등 유학자들이 역사와 인물을 민중에 소개하면서 생겨났다.

일제 침략이 노골화되어 가던 1900년대에 일제는 조선 민족에 대한 억압을 자행했다. 유학자들은 국권이 상실되는 1905년경부터

1910년까지 외국 역사와 위인전을 번역·번안하고 또 우리 역사 속 영웅들 행적을 소개했다.[22] '역사·전기물'로 국민의 애국심을 고취하여 국난을 극복하고자 했던 것이다.

이 시기 역사·전기류는 부국강병책으로 국가 발전을 도모한 영웅 유형과 외세 침략으로부터 조국을 수호하거나 재건하는 데 기여한 영웅 유형으로 나뉜다. 전자는 피터 대제, 나폴레옹, 비스마르크이며, 후자는 잔다르크, 빌헬름 텔, 마찌니 등이다. 외국 역사와 전기류를 번역·번안한 박은식, 장지연, 신채호[23]는 우리 역사에서 외세 침입을 막아내고 조국을 수호한 영웅 일대기를 썼는데[24] 전기물 창작 의도는 분명하다. 단재 신채호가 쓴 『을지문덕』 서문을 보자.

> 한 나라의 강토는 그 나라의 영웅이 몸을 바쳐 장엄하게 한 것이며, 한 나라의 민족은 그 나라의 영웅이 피를 흘려 보호한 것이라. 그의 정신은 산과 같이 우뚝하고 그의 은택은 바다처럼 넓거늘, 그 나라의 영웅을 그 나라의 민족이 모른다면 그 나라가 나라 됨을 어찌 얻을 수 있겠는가 (중략) 원장元將 범문호范文虎가 일본을 칠 때에 풍랑에 배가 뒤집히어 뭍에 오른 자가 삼만에 불과하였으니 일본이 승리함이 기이한 것도 아니련만, 그들은 수 백년을 두고 역사에서 칭송하며 소설로 전하며 노래로 읊어 길이 잊지 아니 하는데, 어찌 우리나라는 한 손으로 독립 산하를 정돈하며 한 칼로써 백만의 강적을 쳐서 무찔러 버린 참 영웅의 대전적大戰跡도 이같이 말살하고 말았으니, 양국의 뒷날 강약의 다름이 어찌 이에 없다고 하리오. 과거의 영웅을 그려서 미래의 영웅의 출현을 바라노라.[25]

신채호가 보기에 일본 국력이 강한 이유는 영웅 정신을 끊임없이 재생산해서 전승했기 때문이다. 일본 국력의 근원은 역사의식을 잃지 않는 일본 민중 정신이라고 본 것이다. 신채호는 영웅 정신을 민중이 모른다면 나라를 얻을 수 없다며 영웅 정신을 기리고자 한다. 호전적이고 강인한 영웅 정신을 민중이 계승하면 국난을 극복할 영웅이 그 안에서 출현할 것이라는 믿음 때문이었다. 백암 박은식도 신채호와 다르지 않았다. 『서사건국지』서문을 보자.

> 천지가 개벽한 이래로 세계 상에는 얼마나 나라들이 많이 있었는가를 알 수 없고, 그 가운데 흥륭하고 쇠망하고 강하고 약하며, 또는 흥하고 망한 것이 얼마인지 그 수를 알 수가 없다. 무릇 나라의 흥망의 원리는 모두 그 나라 인민의 어리석음과 지혜 및 나라 사랑의 마음과 뜻이 어떠한가에 달려 있는지라, 위급한 존망의 무렵을 당하면 많고 많은 영웅과 호한이 그 사이에 나서 위급한 가운데서도 다시 평안을 되찾으며, 망하는 가운데 다시 흥하며 죽어 가는 속에도 다시 삶을 이루나니, 이것이 다 영웅과 호한의 본령이고 국가의 큰 행복이다.[26]

백암 박은식도 나라 흥망 원리는 인민의 나라 사랑에 달려 있다고 봤다. 그가 보기에 영웅의 본령은 나라가 위급할 때 영웅들이 나와서 나라를 구하는 일이다. 영웅을 호출하고자 쓴 신채호의 『을지문덕』과 박은식의 『서사건국지』, 장지연의 『애국부인전』 등 역사·전기물은 역사와 인물을 통해 국가 위기를 극복하고 현실에서 저항을 모색하는 구제 양식으로 나타났다. 해서 애국계몽기에 출현한 역사·

전기류는 민족 자긍심을 심어주고 국난을 극복하기 위한 영웅을 고대하는 서사물이다.

그런데 신채호, 박은식이 망국 위기는 어디에서 기인했나 생각해 보니 우리 역사는 모르면서 남의 나라 역사만 기억하는 사대주의 때문이었다. 단재 신채호가 쓴 『을지문덕』 서문을 같이 읽어보자.

> 슬프다. 수백년 동안 썩은 선비들의 손으로 부질없이 써지기를 무공이 문치만 못하다고 하며, 또 몇몇 용력한 신하들이 혓바닥으로 망령된 입을 놀려 인자仁者는 이소사대以小事大라 하여 정책은 날로 쓰러지고 줄어듦을 주로 하고 민기는 꺾어져 눌림만을 힘써, 지난날 강하고 씩씩했음을 덮어버리고 옛사람 가운데서도 썩어빠진 새우 같은 유생만을 숭상하여, 보통 가히 부끄럽고 우스운 일이나 보잘 것 없는 횡설수설로 우리나라 사천년의 신성한 역사를 더럽히고, 위대한 영웅은 묻혀버렸기 때문에, 혹 용맹스런 인물이 있다고 하여도 다만 시골 어린이들의 이야기의 한 토막에 겨우 전할 뿐이며, 혹 놀랄 만한 공업이 있어도 나무꾼의 노랫가락의 한 꼭지로만 겨우 전할 뿐, 전해 내려오는 사적史跡은 날로 사라져 없어져버렸으니 그 이름마저 찾아볼 수 없게 된 큰 인물이 그 얼마인지 알 수 없는 일이다.[27]

단재 신채호는 못나고 약함이 우리 민족 천성인가 생각하였는데, 고구려 대신 을지문덕을 보다가 우리 민족 성질이 용과 호랑이처럼 강하고 날래었다는 것을 알게 되었다. 그런데 강한 성질이 오늘날 미꾸라지와 강아지 같은 성질로 변한 까닭은 무武를 천시하고 문

文을 숭상하는 문치文治주의에서 비롯되었다. 문신들이 "지난날 강하고 씩씩했음을 덮어버리고 옛사람 가운데서도 썩어빠진 새우 같은 유생만을 숭상"[28]해서 신성한 역사와 용맹스런 영웅사 발자취가 사라져버렸다. 국난을 초래한 원인을 유교만을 숭상하여 민중 기를 꺾어버려 역사의식을 말살시킨 사대부에 있다는 것이다.

사대부에 대한 비판은 박은식의 『서사건국지』서문에도 쓰였다. 박은식이 보기에 애국심이 천박한 이유는 사대부를 배운 죄 때문이었다. 『몽배금태조』는 유학자들이 지닌 역사의식을 비판한다. 길지만 같이 보자.

> "짐은 무인이다. 본래 글월의 기초가 모자라는데, 서쪽을 정복하고 북쪽을 치느라 전쟁에 몹시 바빠 문학을 연구할 겨를을 내지 못했다. (중략) 지금 문사를 상대하니 심히 마음에 위로가 되는구나. 너는 짐을 위하여 평일에 읽는 것의 대강을 들어 한번 외워보아라."
> 이에 무치생은 감히 사양하기 어려워 어릴 때 처음 배운 『사략』과 『통감』의 첫 편을 가려 외웠다.
> "그것이 조선의 고대사인가?"
> "아닙니다. 중국의 고대사입니다."
> "나라의 모든 사람이 처음 배우는 교과가 모두 그런 책인가?"
> "그렇습니다."
> "그렇다면 조선 인민의 정신이 자기 나라의 역사가 없고 다른 나라의 역사만 있으니, 이는 자기 나라를 사랑하지 않고 다른 나라를 사랑하는 것이다. 이로써 보건대 천여 년 이래의 조선은 단지 형식상 조선일 뿐이지 정신상 조선은 그 망

> 한 지 이미 오래된 것이다. 처음 배우는 교과가 이와 같으면 어릴 때부터 머릿골 속에 노예 정신이 깊이 뿌리 박혀 평생의 학문이 다 노예 학문이고 평생의 사상이 모두 노예 사상일 것이다. 이처럼 비열한 사회에 있다면, 이른바 영웅이 누구이며 이른바 유현이 누구이며 이른바 충신이 누구이며 이른바 공신이 누구이며 이른바 명류가 누구이든 필경 노예의 지위에 있을 뿐이다.
> 이러한 비열한 근성을 뿌리째 뽑아버리지 않고서는 조선 민족의 자강자립의 정신이 배태될 까닭이 없다. 그렇기 때문에 이런 종류의 방법을 개량하여 조선 역사를 인민의 머릿골 속에 살아 있게 하면 그 민족이 어떠한 곳에 정처 없이 떠돌아 다니더라도 조선이 망하지 않을 것이라고 말할 수 있을 것이며, 장래 희망의 결과도 이렇게 해야만 생겨날 것이다."[29]

유학자들이 어릴 적 처음 배운 역사 교과서가 중국 역사인 『십팔사략』과 『자치통감』이다. 우리 민족정신에 중국 역사만 있고 우리나라 역사는 없으니 평생 노예 정신만 가득한 사회에서 영웅 현자와 충신 공신이 어떻게 나올 수 있겠냐는 것이다. 인민 뇌수에 조선 역사가 있게 하면 그 민족은 표류하지도 않을 것이며 망하지도 않을 것이라고 한다. '사략'과 '통감'을 읽는 이는 사대부, 유교를 숭상하는 유생들이다. 단재 신채호가 유생들을 "썩어빠진 새우 같은 유생만을 숭상"한 사대부로 비유한 것과 같은 맥락이다.

단재와 백암은 민중이 역사 주체라고 생각하고 그들의 역사의식 고취를 위해 역사·전기물을 창작했던 것이다. 이러한 까닭에 한문이 더 익숙한 신채호가 『을지문덕』을 1908년 5월 30일에 국한문 혼용본으로 먼저 간행하고 같은 해 7월 5일에 한글본으로 발행했다. 국한문 혼용본은 지식인들을, 한글본은 민중을 대상 독자로 삼아 계몽하려는 의도였다.

이처럼 애국계몽기 역사·전기류는 1900년대 국권 상실 위기에서 생산된 양식이다. 이 서사물들은 후진국에서 벗어나 국가 발전을 도모한 영웅과 외세의 침략으로부터 조국을 수호하거나 재건하는 데 앞장선 외국 영웅 전기를 번역 하고 번안하는 과정에서 우리 역사 속 영웅을 호출하기에 이른 것이다.

역사·전기 서사물을 창작한 신채호, 박은식, 장지연 등에게 이 서사물은 애국계몽 운동의 중요한 수단이었다. 우리 역사에서 강인했던 영웅 정신을 통해 민중의 자긍심을 일깨우고 나아가 애국심을 고취하려는 의도였다. 해서 '역사인물이야기'는 국가의 위기와 그것을 극복하기 위한 도구로서 애국계몽성을 담보로 탄생한 서사물이다.

전기물은 '인물의 행위를 이야기하는 것'으로 독자로 하여금 인물 생애를 읽으면서 인물이 살았던 동시대로 들어가 인물과 동일시하는 효과를 낳게 한다. 해서 루샤오펑은 인물 생애를 다룬 서사물을 "현재와 미래의 세대에게 본보기, 모델 가치 구실, 이상을 제공"한다고 말한다. 애국계몽기 전기류의 영웅적인 인간상 구현은 현실 영웅 출현으로 이어지길 희망하는 의도가 분명하다. 그러한 의도에는 역사 주체가 민중이라는 의식이 깔렸다. 이들은 영웅 이야기를 통해 역사 주체가 민중임을 민중 스스로 자각 하게 하고자 한 것이다.

그러나 애국계몽기 전기류 출판은 그리 오래가지 못했다. 출판 및 언론에 대한 탄압과 통제가 극심했다. 원고 사전 검열뿐 아니라 납본제도를 통해 출판물을 검열했다. 구활자본 소설은 원고 사전 검열을 통과하는 방법으로 선회했다. 선회 원인이 정치적 문제만은 아니었다. 일제는 극심한 무단통치 정책을 폈지만 경제적으로 상업자본을 활성화 했다. 상업자본과 결탁해 많은 독자를 확보하기 위해 선회한 것이다.

2절

1920년대 암행어사로

1923년 우리나라 어린이들은 『어린이』를 손에 들었다. 개벽사가 발행하고 방정환이 주도한 『어린이』는 전문작가들이 근대적 문예양식으로 어린독자들에게 다가간 잡지였다. 전문작가란 일본유학생으로 색동회 회원을 말한다. 색동회 회원은 소년문화운동을 주도한 방정환, 손진태, 정인섭, 고한승, 윤극영, 정순철, 정병기, 조재호, 진장섭이다. 이들이라고 생소하기만 한 근대 문예양식, 동화 동시를 창작하기란 쉽지 않았다. 해서 방정환이 말하듯이 "우리 고래 동화를 캐어내고 외국 동화를 수입하여 동화의 세상을 넓혀 가고 재료를 풍부하게 하기에 노력하고 이런 노력을 기울이면서 자연스럽게 우리 창작동화를 개척해 나가야"했다. 고래 동화는 민담 혹은 옛이야기를 어린이를 위해 다시 쓴 것을 말한다.

고한승은 1925년에 처음으로 박문수 구전설화를 동화로 다시 썼다. 그가 선택한 이야기는 '영리한 아이' 유형이다. 고한승은 제목을 '박문수이약이 집행이 하나'로 지어서 『어린이』 9월호에 실었다. 2년 뒤, 1927년 10월에 구강동부鷗江洞夫는 구전설화 '영리한 아이'를 야담으로 개작해 「동아일보」에 게재했다. 고한승이 개작한 '박문수이약이 집행이 하나'는 내가 알기로는 최초의 박문수 인물 이야기다. 구강동부는 구전설화 '영리한 아이' 내용을 처음으로 바꿨다. 구강동부의 이야기는 앞으로 이 이야기가 개작되는 데 부정적인 영향을 미친다. 이들이 개작한 구전설화는 앞에서도 소개했지만, 다시 한 번 이야기를 보자.

> 박문수가 길을 가는데 아이가(여인, 초립동, 처녀) 급하게 달려와서 숨겨달라고 한다. 박문수는 아이를 콩밭(보리밭, 숲속, 수수밭, 밀밭, 덤불)에 숨겨준다. 조금 있다 남자가 쫓아오면서 비수를 겨누며 아이 있는 곳을 말하라고 한다. 박문수는 할 수 없이 아이가 숨어 있는 콩밭을 알려준다. 남자가 아이를 죽인다(끌고 갔다). 박문수는 후회하며 마을의 서당으로 간다. 서당에는 어사놀이 하는 아이들만 있다. 박문수는 어사 역할을 한 아이에게 낮에 있었던 일을 말하였다. 어사 역할을 하던 아이는 작대기를 짚고 눈만 감았으면 아이를 살릴 수 있었을 것이라고 말한다. 박문수는 크게 깨닫고 아이를 서울로 데려와 공부를 시켜서 정승까지 오르게 했다.[30]

고한승이 어린이를 위해 개작한 이야기는 구전설화와 대동소이하다. 고한승이 구전설화와 다르게 개작한 부문은 쫓긴 사람이 미처 박문수가 숨기기 전에 보리밭에 숨었고, 박문수는 어리둥절한 사이에 흉학한 범인들과 마주한다. 그리고 어찌해 볼 틈도 없이 목숨의 위협을 받은 박문수는 할 수 없이 숨은 곳을 알려준다. 이후 박문수는 양심의 가책을 받으며 마을의 서당에서 하룻밤을 자게 되는데, 그때 마침 서당의 아이들이 어사 놀이를 하고 있었다. 박문수는 그들이 어찌하나 보려고 누워서 자는 척을 했더니, 어사 역할을 하던 아이가 어사가 지나가는데 누워 있다며, 박문수를 체포하여 무릎을 꿇게 한다. 그래서 박문수는 낮에 있었던 이야기를 하며 어떻게 해야 두 사람 다 살 수 있었겠냐고 물었다. 그 아이는 지팡이 하나면 둘 다 살 것을 그랬다고 한다. 박문수는 그 아이를 데려와 인재로 키운다.

이 이야기에서 민중은 박문수가 본능에 충실한 인간이지만, 시련을 겪으면서 민중을 위해 거듭나는 사람이라고 여긴다. 이름 없는 이들의 뛰어난 지혜를 암시하기도 한다. 고한승은 박문수에 대한 옛 사람들 정신을 훼손하지 않고 그대로 전승했다.

그런데 많은 박문수 구전설화 중에서 고한승은 왜 이 이야기를 아이들의 동화로 개작하였을까? 고한승이 이 이야기를 선택한 이유는 무엇일까? 그의 활동에서 이유를 유추해 보자. 고한승은 동경에서 방정환과 함께 색동회를 조직하고 동화구연대회와 야담대회 강연자로서만이 아니라 시, 소설, 연극, 대중가요, 동화 등 문학 전반에 걸쳐서 활동한 작가다. 아동문학과 관련해서는 동화를 쓰기도 하고 색동회와 『어린이』편집에 깊이 관여했다. 샛별사가 주최한 동화대회에 방정환과 함께 동화 구연에 앞장섰다.

연희전문학교 학생이었던 시절에 경성학생대회강연단과 평양의 법청년회전도대가 함께 개최한 '하기 순회 강연회'에 연사로 참석했는데, 강연회에서 '해방하라'는 주제로 일천여 명의 민중 앞에서 연설했다. 또 '먼저 배워라'라는 주제로 강연하다 해산명령을 받았다.[31]

강연대회 주제가 '해방'과 '배움'이라는 점을 생각해보면, 그가 '박문수이약이 집행이 하나'를 통해서 무엇을 말하려 했는지 짐작이 된다. 고한승이 개작한 '박문수이약이 집행이 하나'에서 박문수는 '어리둥절한 사이'에 흉악범을 만나고, '어찌해 볼 도리도' 없이 목숨의 위협을 받는다. 그리하여 숨어 있는 사람을 죽게 만든다. 만약 박문수가 이러한 상황을 예측하고 대처했더라면 사람을 죽이는 데 일조하지 않았을 것이다. 준비하고 대비 했더라면 어찌해 볼 도리도 없이 위험에 처하지 않았을 것이다. 고한승은 배움으로 힘을 기르고 앞날을 대비하자는 뜻은 아니었을까?

고한승이 '집행이 하나'를 쓴 이후 구전설화 영리한 아이는 1990년대에야 비로소 어린이책에 실리기 시작했다. 1990년대 5권, 2000년대 3권에 이 이야기가 실렸다. 후술하겠지만, 오늘날 어린이책에 실린 '영리한 아이 이야기'는 민중의 정신을 제대로 반영하지도 못하고, 고한승을 뛰어넘는 개작도 이루어지지 않았다.

구강동부는 구전설화 '영리한 아이'를 야담으로 개작했다. 제목은 '박문수와 신동-어사가 아희의 원수를 갑하주고 아희는 어사의 은혜를 보답하다'다. 개작한 이야기는 「동아일보」에 실렸는데, 그 내용은 다음과 같다.[32]

> 박문수가 울산에 왔으나 출도를 못하고 동래로 가는데 6~7세 아이가 박어사를 부르며 오복동에 사는 누구인데 종놈들이 죽이려고 하니 살려달라고 한다. 박문수가 보리밭 속에 감추고 나니 종놈 5~6인이 뛰어와서 아이를 보지 못했냐고 물었다. 박문수가 못 보았다고 하자 그들은 박문수의 목을 베겠다고 협박한다. 생명의 위협을 느낀 박문수는 아이가 숨은 곳을 알려주었다. 그러자 종놈들은 아이를 잡아내어 찔러 죽인다. 그것을 본 박문수가 울산으로 와서 출고

를 한 후, 아이의 원수를 갚아준다.

그 후 박문수는 서울에 와서 자식을 얻었다. 아이는 일곱 살 때 벌써 신동으로 이름이 자자했다. 이때 나라에서 청국을 칠 작정이었는데, 임금이 하늘에서 별이 떨어지는 꿈을 꾸고는 박문수를 불러 꿈을 해석하라고 했다. 박문수가 꿈을 해석하지 못하고 죽기만을 바라고 있는데, 아이가 그 꿈을 해석해준다. 아들의 힘으로 해몽을 한 박문수는 임금에게 전후 사정을 말한다. 임금은 박문수의 아들을 불러 곁에 두고 사랑한다.

그러나 얼마 지나지 않아 아이는 임금에게 자신의 죽을 날이 가까워졌다며 집으로 돌려보내 달라고 말한다. 처음에는 임금이 허락하지 않았으나 아이의 안색이 점차 변해감에 따라 허락한다. 아이는 집에 돌아오자마자 죽었는데, 이것을 본 박문수는 장사도 못 지내게 하고 며칠 동안 방에 두었다. 하루는 박문수를 부르는 소리에 아들의 시체 곁으로 가니, 시체가 말하길, 자신은 종의 손에 죽은 아이라면서 박문수가 유명한 어사라서 살려줄까 하였더니 못 살렸다며, 그때 작대기로 장님 노릇을 하면 되었을 것이라고 말한다. 그리고 나서 원수를 갚아주어서 그 은혜로 이번 일을 하고 간다며 사라졌다.[33]

「동아일보」에 실린 야담은 구전설화와 내용이 상당히 다르다. 구전설화에서 박문수는 아이(사람)의 숨은 장소를 알려주고 죄책감에 사로잡힌다. 자신은 사람을 살리는 어사인데 사람을 죽게 했으며 더구나 지팡이를 짚고 장님 노릇만 했어도 아이도 살고 자신도 살았을 텐데, 지략이 부족해 한 사람의 목숨을 잃게 했다는 자책이다.

구전설화 속 박문수는 어사로서 임무수행보다 자신의 목숨을 소중히 여기는 지극히 인간다운 모습이다. 자신의 약한 모습과 마주한 박문수가 정의 실현자로 거듭나는 자기반성의 모습을 보이며 인재를 키우기도 한다. 그러나 "어사가 아희의 원수를 갑하주고 아희는 어사의 은혜를 보답하다"는 전혀 다른 이야기를 한다.

이야기가 가장 크게 바뀐 지점은 박문수가 아이를 대신해 종놈들에게 복수를 한다는 것이다. 「동아일보」 실린 이야기에서 "생명은 아깝고 법은 멀고 함으로" 아이 있는 곳을 알려주었지만, 아이가 죽은 참혹한 현장을 보니 말굽을 다시 돌려 울산으로 가서 출두하여 그 원수를 갚았다는 것이다. 이러한 서사 변이는 아이가 환생하여 박문수에게 은혜 갚은 이야기로 이어진다. 아이는 박문수 아들로 환생해 박문수가 위기에 처할 때, 그의 목숨을 구해주고 다시 죽는다.

이러한 서사 개작은 무엇을 의미하는 것일까? 이야기 중심 서사는 아이가 자신의 원수를 갚아준 박문수에게 은혜를 갚는 것이다. 아이는 박문수의 은혜를 갚기 위해 환생까지 한다. 이러한 서사 변이를 온전히 야담 정신이라고 하기에는 미심쩍다. 일제는 우리나라 침략을 정당화하기 위해 갖가지 방법을 동원했다. 그 가운데 하나가 우리 민족정신이 담긴 역사와 문화, 그리고 구전설화들을 수집하여 개작하는 작업을 꾸준히 해왔다.

'박문수와 신동-어사가 아희의 원수를 갑하주고 아희는 어사의 은혜를 보답하다' 이야기는 이러한 식민지 지배 논리에 따라 개작될 가능성이 있다. 그렇기 때문에 아이를 죽였다는 죄책감을 찾을 수 없으며, 민중을 위한 관리로서 거듭나기 위한 시련으로도 나타나지 않는다. 힘이 약한 어린 주인을 죽이는 종놈들을 박문수가 아이의 원수를 대신 갚아줌으로써 아이는 그 은혜를 잊지 않고 환생까지 해서 갚는다는 서사는 일제의 침략을 정당화한 서사다. 힘이 약한 조선을 대신해서 러시아와 청나라 등 외세를 일본이 물리쳐줬으니 조선은 일본의 은혜를 잊지 말라는 식민지 지배 이데올로기를 말하는 것이다.

오늘날 박문수 인물이야기는 민중정신도 반영하지 못하고, 고한승 메시지도 담지 못한 무분별한 개작의 역사가 구강동부에서 시작되었다.

3절

1930년대 수사관으로

노산 이은상이 쓴 '어사 박문수'는 문헌설화 '긍박동령성주혼矜朴童靈城主婚'을 개작한 것이다. 이은상은 시조시인이며 문학이론가이지만 역사에도 많은 관심을 가지고 있었다. 그는 역사가 얼이며 '민족의 얼'이 조국이라고 생각했다. 그는 민족 정신적 전통을 대중에게 어떻게 불어넣을까를 고심하고 그 끝에 역사 이야기를 신문에 연재하기 시작했다.

'史上 로만스'는 「동아일보」에 연재 꼭지명이다. '史上 로만스'에 대해 이광수는 「동아일보」(11931.3.30) 4면에 "조선사화집 이은상씨의 근저를 독하고"라는 글에서 "혁거세와 알영, 동명성왕 등과 같은 정사 중에 주요 인물로부터 벽낭과 가실 공주와 온달과 같은 반전설적 인물에 이르기까지 삼국상에 가장 중요하고 소설적 흥미 있는" 인물 이야기라고 한다. 이은상은 연재를 모아 『조선사화집』을 출간했는데, 집필할 때 가장 많이 참고한 문헌이 『삼국사기』로 64건이다. 『고려사』 26건, 『삼국유사』 17건, 『고려사열전』 9건, 『역옹패설』 5건 순이다. 정사인 『삼국사기』와 『고려사』가 압도적으로 많은 이유는 우리 역사를 보급하려는 이은상의 의지 때문이다.

이은상은 역사 이야기를 통해서 무엇을 말하려고 하였을까? 1925년 마산 기독교면려청년회의 창립기념강연에서 이은상은 역사 이야기에 천착한 이유를 말해준다. 그는 고구려, 백제, 신라 등 삼국과 고려의 찬란한 문화와 예술을 설명한 후, 우리 문화와 예술이 조선시대 이후에 쇠퇴했다면서 '우리민족문예'의 갈 길을 설파한다. '우리민족문예'의 갈 길이란, 삼국시대와 고려 등의 찬란한 문화예술을 향유했던 민족으로서 자긍심을 회복하는 것이다. 독자적 문화예술 향유가 민족 독립을 쟁취하는 길이라 여긴 이유다.

이은상은 연재한 역사이야기를 모아 삽화까지 넣어서 삼국시대부터 고려말까지 3권 3책으로 발행한 『조선사화집』을 1931년 1월에 책으로 출간했다. "식어가는 민족의 얼과 인멸되어가는 우리 조상들의 소중한 언어문화재를 보존, 전달, 보급"하기 위해서였다. 『조선사화집』은 정사를 말할 수 없는 시대에 대중들에게 친근한 야담 형식으로 역사를 보급하려는 결과물이다.

1927년에 일어난 야담부흥운동은 일제의 극단적 탄압에서 민족을 지키기 위해 선택한 역사 보급 운동이었다. 야담은 민중들에게 흥미를 불러일으킬 뿐 아니라 '역사의 다른 표현'이자 '조선의 정신'이었다.

이은상은 "역사에 적힌 그대로 번역" 했다. 『조선사화집』의 이야기들이 사실임을 강조한 것이다. 그는 『조선사화집』에 삼국시대와 고려시대의 인물이야기만 수록하였지만 조선시대 편도 출간할 계획을 가지고 있었다. 토정 이지함이나 어사 박문수 등과 같은 조선시대 인물을 1930년에 연재한 이유다. 이은상이 다시 쓴 '어사 박문수'의 내용을 보자.

> 암행을 다니던 박문수는 몹시 시장하고 피곤하여 주인을 불러 밥을 청하였다. 주인인 동자는 몹시 미안한 얼굴로 자신과 어머니도 3일을 굶었다고 말한다. 박문수는 어떤 사연이 있길래 3일씩이나 굶었을까 생각하고 쉬었다 가겠다고 말한다. 소년은 사랑에 박문수를 데리고 들어가서는 매달아 놓은 종이 봉지를 올려다보곤 하였다. 그러기를 한참을 하다가 그 봉지를 풀어서 안채의 어머니에게 가져가서는 손님이 시장하기 때문에 밥을 지어달라고 한다. 모자가 나누는 말을 들은 박문수는 봉지에 든 것이 무엇인지 묻자 소년은 아버지 제사를 모실 쌀이라고 한다. 그때 마침 동자를 부르는 소리가 들리고 동자는 겁을 먹은 소리로 울먹이면서 오늘은 손님이 있으니 봐달라고 한다.
>
> 사연인즉 소년이 좌수집의 처녀에게 청혼을 하였더니, 좌수가 가난한 소년이 청혼했다 하여 소년을 불러다가 매양 곤장을 친다는 것이다. 박문수는 자신이 좌수를 만나겠다며 가서는 좌수에게 신분을 밝히고 소년과 딸의 혼사를 치르게 한다. 좌수에게 약속을 받아낸 박문수는 그 길로 원에 들려서 수령에게 혼례비용을 치르게 하고, 수령들을 증인으로 삼아서 좌수의 재산 절반을 소년에게 나눠주도록 한다.[34]

이은상은 이야기 출처를 『기문총화』로 밝혀 놓았다. 이 이야기는 박문수가 입안한 결혼정책을 반영한 문헌설화다. 이 이야기에서 박문수는 원의 수령을 찾아가 소년의 혼수를 마련하도록 부탁을 하고, 각각의 수령들을 혼례식에 초청하여 좌수가 소년에게 재산을 주도록 증인까지 세워놓는다. 박문수가 자신이 입안한 혼인정책이 실행되도록 관리 감독하고 있음을 상징적으로 보여준 것이다.

이은상은 『조선사화집』에서 연재 목적을 서문에서 "어린이들과 및 그들을 지도하시는 분들에게 우리 역사의 지식을 재미있는 이야기를 통하여" 알리는 게 목적이라고 했다. 「동아일보」의 '史上 로만스'에 게재한 글이 역사적 사실임을 강조해, 어린이들과 교사들에게 역사 지식을 전달하려고 했던 것이다.

그런데 이은상은 '史上 로만스'에서 지향했던 것은 대중성이다. 흥미 위주의 서술과 감성을 자극하는 대중성은 통속성과 같은 의미다. 김효정은 대중성을 "문학에서의 통속성은 저급한 취향이나 편견, 관습에 기대어 문학의 진정한 의미를 훼손하는 부정적인" 의미라고 한다. 통속성은 웃음, 눈물, 성, 폭력 그리고 백일몽 등으로 충동적이고 말초적이며 진부하고 도식적인 관습들이 어우러져 있다. 그러나 이러한 도식적 관습들이야말로 일상에서 착취에 탈진되고 소외된 사람들을 보상해준다.

대중 혹은 대중성은 근대적 생산양식 출현으로 생겨났다. 서구에서는 프랑스혁명과 영국의 산업혁명에서 생겨난 개념으로 시민계급을 의미했으나 점차 빈부격차에 따른 계층 의미로 발전하였다. 자본주의의 모순으로 생산 주체가 생산한 상품으로부터 소외된 현실을 바꾸려고 시도하면서 생겨난 말이다.

우리나라에서 '대중'이란 말은 1930년대부터 지식인, 고급 순수 등의 상대 개념으로 사용되기 시작했다. 그러나 1920년대부터 이미 대중문화는 발전하기 시작했다. 대중을 위한 신문, 잡지, 영화 등 다양한 대중매체가 확산되었고, 유행가는 인기를 얻었다. '대중'이란 용어 사용에 앞서 그들을 위한 문화는 이미 생산되어 삶에 많은 영향을 미치고 있었다.

1920~30년대의 대중문화는 다양한 매체를 통해 소비됐다. 주 소비층은 학생과 중산층의 여성이었다. 천정환에 따르면 1920~30년대 대중은 주로 "이광수의 장편소설, 노자영·윤백남 등의 대중소설, 번안소설, 신문연재 통속소설, 일본 통속소설, 야담 및 일부 역사소설 등과 일본을 포함한 외국 '명작'소설"을 읽었다. 학생과 여성의 독자층은 낭만주의와 감상적 문장을 특징지었고, 나아가 오락과 자극에 한정된 상품 출현에 지대한 영향력을 미쳤다. 따라서 1920년대 중반부터 '취미와 독물'들이 대거 출현하게 되었으며, "'새로 창설된 민중뎍이오 현대뎍 오락물'인 야담을 표방한 조선야담사가 나타난 것도 1926년과 1927년"이었다.[35] 이러한 시대적 배경에서 「동아일보」에 수록된 '총각 결혼시킨 이야기'는 대중의 취향을 반영해 독자 감성을 자극하는 눈물 코드로 다시 쓰였다.

> 박문수의 귀에 그집 모자의 주고받은 말이 들릴 때에 박문수의 눈에는 참지 못할 눈물이 스르르 흘렀다.
> "아! 야박한 이세상에도 이러한 이가 있구나!"
> 박문수는 배고픔도 잊어버리고 마음에 슬픈 생각이 돌아 두루막자락을 쥐고 흐르는 눈물을 닦으며 동자의 나오기를 기다렸다.[36]

동자는 깜짝 놀라며 얼굴이 금시로 새파랗게 질린다. 그리고 방문을 열어 저치며 밖에서 불러내는 사람을 물끄럼이 바라보다가는 두 눈에 눈물방울이 매치면서 다시 박문수를 향하야 힘없는 목소리로

"죄송도하옵니다. 손님을 접대함이 이미 너무 소홀하온우에 또 지금 이대로 곳 밖으로 나가야하겠사오니 이 죄를 무엇으로 갚사오리까?"

하고 고개를 숙인다.[37]

총각은 며칠 굶었고 청혼했다가 가난 때문에 좌수에게 매일 끌려가 매를 맞는 상황이다. 문헌설화에서는 좌수 댁 하인이 박동자를 부를 때 박동자의 어두운 표정, 혹은 두려워하는 낯빛을 보이는 정도로만 소년의 감정을 보여준다. 박문수는 총각이 불쌍하고 세상이 야박해서 배고픔도 잊을 정도다. 흐르는 눈물을 두루마기에 닦기 바쁘다. 서사는 감정이 과잉으로 묘사됐다.[38]

통속성은 '소년야담'으로 이어진다. 1938년 「동아일보」 6월 5일자와 6월 12일자 2회에 걸쳐 수록된 '소년야담'에서 소년은 "죄 지은 사람 모양으로 무수히 애걸을 하고", "두 눈에서 눈물이 글성글성" 한다. '소년야담'에서 박동자가 좌수에게 욕보인 까닭은 아버지가 없었기 때문이다. 따라서 박동자는 "아버지만 살아게섯으면" 자신이 이런 수모를 겪지 않았을 것이라며 목이 메여 말을 채 마치지 못한다.

과잉된 감정 묘사는 오늘날 '역사인물이야기'로 이어졌다. '총각 결혼시킨 이야기'를 수록한 어린이책은 모두 다섯 권이다. 박병선의 『조선 최고 암행어사 이야기 박문수전』, 김병규의 『암행어사 박

문수전』, 이주홍의 『어사 박문수』, 박현숙의 『암행어사 박문수』, 정종목의 『박문수전』이다. 이 가운데 박현숙만 구전설화를 다시 썼고 나머지 4권은 모두 문헌설화인 '긍박동령성주혼'을 개작했다.

눈물지향적인 박문수 역사인물이야기는 박병선, 김병규, 이주홍이 썼다. 이주홍의 『어사 박문수』는 좌수 집 하인이 박도령을 부르는 소리에 "난 안 갈 테야. 용서해줘.", "아니야 정말 용서해줘. 난 안 갈 테야 용서해 줘!" 라며 "벌벌 떨면서 종을 보고 애걸"한다. 김병규의 『암행어사 박문수전』도 '새파랗게 질려서' "난 안 갈 테야. 용서해줘."라며 벌벌 떤다. 박병선의 『조선 최고 암행어사 이야기 박문수전』은 "겁에 질린 듯 소년은 방문을 걸어 잠근 채 밖을 향해 소리쳤고, 옆방에서는 할머니의 흐느낌 소리가 들려왔다." 독자는 겁에 질린 소년을 보고 연민을 느낀다.

아리스토텔레스는 연민을 타인이 당하는 고통을 내가 간접적으로 경험하는 것이라고 했다. 다시 말해 연민은 고통스런 감정이며 내가 겪을 수도 있다는 두려움이다. 밥을 며칠씩 굶고, 가난 때문에 청혼했다 거부당하고 매일 매를 맞은 소년의 처지는 우리가 처리할 수 있는 것보다 더 많은 감정을 불러일으키게 서술됐다.

이은상이 '총각 결혼시킨 이야기'를 감정 과잉으로 쓴 이유는 역사적 맥락에서 볼 때, 일제 억압으로 짓눌린 대중 패배의식을 눈물로 표출하기 위해서다. 그러한 서술적 관습과 태도가 오늘날까지도 어린이책에 지속되고 있다.

4절

1960년대 탐정으로

1940년대와 1950년대에 박문수 이야기는 어린이책에 영향을 미칠 만한 텍스트가 아직 발견되지 않았다. 해방과 더불어 정치적으로 격동의 시대였기 때문인데, 좌와 우로 나눠진 정치사상은 국가건설 이념 전쟁 신호탄이 되었고, 1950년대를 골육상잔으로 시작하게 했다. 한국전쟁은 미국과 소련 대리전 양상을 띠었고, 이들 국가 참전으로 새로운 풍경들이 펼쳐졌다. 이러한 현실을 반영하듯 1950년대 신문에 나타난 박문수 이야기는 여성 정조를 시험하거나 강조하는 이야기로 변개되었다.

1960년대는 뇌물이 통하던 시대, '백'없고 돈 없는 사람만 억울하던 시대였다. 5.16 쿠데타로 시작한 군사정권은 언론을 검열하고 국회를 해산하거나 억압했다. 정치적 목소리를 내는 시민단체는 해체 또는 탄압하면서도 국가 장악의 정당성을 확보하기 위해 억압과 함께 그것을 자연스럽게 보여줄 문화작업이 필요했다. 이른바 대중문화시대가 열린 것이다. 일제강점기의 대중문화가 제국주의와 상업자본주의에 노출된 소비문화였다면 1960년대는 군사정권 정책에 의한 것이었다. 신변잡기를 보도하는 주간지가 창간되었고, 상업라디오와 텔레비전 그리고 영화의 오락물 활성화를 통해 탈정치화를 목표로 한 문화정책이었다.

이른바 대중문화시대가 열리는데, 대중문화는 군사정권의 안정화를 위한 이데올로기를 대중문화 코드로 사용한다. 특히 영화는 그들의 좋은 선전도구이자 불화의 장이었다. 대중문화가 지닌 특성 때문인데, 반공이데올로기를 주입하고 군사정권을 옹호하게 하는 등 검열로서 통제하던 영화는 또 그것의 폭로 장이기도 했다. 60년대 초반에는 반공영화 상영과 더불어 복고풍이 불었다. 1961년에 일어난 사극영화 붐은 1962년까지 지속되었다. 사극 영화들이 대거 상영되었다. 1962년 상반기에 상영될 영화만도 〈원효대사〉, 〈이차돈〉, 〈성웅이순신〉, 〈왕자 호동〉, 〈암행어사 박문수〉등 20편이나 되었다. 〈암행어사 박문수〉(이규웅 감독)는 3월 21일에 촬영을 마쳤으나 3월 12일부터 신문에 광고했다. 영화는 대성공이었다. 4월 14일에 개봉해서 11월 19일까지 6개월간 연일 매진되었다.[39] 6개월간 연일 매진 행진은 오늘날 극장가에서는 상상도 못할 일이다.

복고풍의 영화는 역사인물 영웅들 특히 나라를 구한 장군의 성역화로 이어진다. 기념사업회를 조성하고 동상을 세우며 그들의 호를 딴 공원을 만든다. 대표적인 인물이 이순신과 강감찬이다. 군사정권은 기존의 질서와 선을 긋는 이미지 정치를 실현하는데, 이때 박문수는 정치인으로서 이미지가 재구성된다.

1962년에 영화로 만들어진 박문수 이야기는 대 흥행을 거두었다. 영화 〈암행어사 박문수〉(이규웅 감독)와의 선후 관계를 확인할 수 없으나, 1962년에 허문녕이 쓴 『어사 박문수』가 발행됐다. 국립중앙도서관 자료찾기에는 허문녕이 쓴 『어사 박문수』1962년도 판으로 표시돼 있으나, 실제 자료에는 1967년으로 돼 있다. 1967년도 판은 1962년도 판을 중쇄했을 것이다. 허문녕 소설은 기존질서의 부정성, 이를테면 관리의 무능과 부정부패로 점철된 지난 정권을 청렴한 인물인 박문수를 내세워 차별화를 시도한 것이다.

1960년대에 박문수 이야기가 매우 인기 있는 것만은 사실이었다. 허문녕이 쓴 『어사 박문수』와 영화 〈암행어사 박문수〉가 같은

영화 〈암행어사 박문수〉(1962) 포스터

해에 만들어졌다. 허문영 책은 앞으로 발행될 어린이 책 박문수 이야기에 지대한 영향을 미칠 책이다. 1962년 허문녕이 쓴 『어사 박문수』 발행 이후 1963년에는 '소년·소녀 한국기인전' 시리즈 중 한 권으로 김영일이 『어사 박문수』를 썼다. 그런데 김영일 책은 10편 중 9편이 허문녕 책과 똑같다. 김영일이 쓴 책을 비롯해서 이후 발행된 어린이책 내용 대부분이 허문녕 텍스트를 베껴 썼다. 그래서 나는 허문녕의 『어사 박문수』를 어린이책에 가장 큰 영향을 미친 텍스트로 선정한다.

우선 허문녕에 대해서 알아보자. 1960년대를 주름잡는 대중 서사 장르는 탐정 혹은 추리소설이었다. 1950~1960년대를 탐정의 시대로 불린 이유다. 대중서사장르연구회는 1950~1960년대 전문추리자료를 검토한 결과 허문녕을 1960년대 대표작가로 선정한다. 허문녕은 추리소설가 김내성의 추천으로 문단 활동을 시작했다. 허문영, 성걸, 허문순, 허문열은 허문녕의 필명이다. 허문순은 번역자로, 성걸은 1962년 「동아일보」 신춘문예 '세번째 사람'으로 소설부문에 당선될 때 사용한 필명이다. 허문열은 1990년대 소설가로 활동하면서 쓴 필명이다. 허문영은 허문녕의 한자어를 한글로 옮기는 데서 오는 차이다.

허문녕은 1958년과 1959년의 잡지 『아리랑』에 '신예 탐정소설'이라는 타이틀로 활동했는데, 김내성이 작고한 1957년 이전부터 활동했다고 봐야 할 것이다. 그의 대표적 탐정은 경찰형 탐정 '번개'지만, 『어사 박문수』에서는 역사인물인 박문수를 주인공으로 한다. 박문수는 또 다른 '번개'인 셈이다. 허문녕 소설 『어사 박문수』속 이야기를 우선 간략하게 보자.

이 소설은 구천동 천씨 부자가 유노인의 부인과 며느리를 빼앗으려 하자 박문수가 재인들을 신장으로 가장해 천씨 부자를 징벌한 이야기인 '신장도' 외에 포목점 주인의 유산을 둘러싸고 일어난 살인사건 이야기를 다룬 '포목점 살인사건', 의적을 가장한 도둑을 잡는 이야기인 '괴적 천리마', 법력으로 사람들의 병을 고친다고 속인 가짜 도승이 불에 타 죽은 이야기 '불에 탄 승천도사', 원님의 심부름으로 밀부를 받아오다가 밀부가 바뀐 '밀부에 얽힌 원한', 재산을 노린 살인범 이야기 '원수는 누구냐', 저주하는 글을 써 보낸 범인을 잡은 '저주 받은 사당', 잃어버린 황금거북이를 둘러싼 살인사건 '황금 거북이', 임진왜란 때 묻어둔 황금을 찾아준다며 굴을 파서 돈을 갈취하고 살인을 저지른 살인범 이야기 '땅속의 황금 항아리', 탐관오리를 처단한 이야기 '암행의 탈을 벗다'등 모두 10편으로 구성돼 있다.

이 이야기들이 어린이책에 전승되는 정도를 살펴보면 '괴적 천리마' 18권, '신장도' 13권, '포목점 살인사건' 11권, '불에 탄 승천도사' 11권, '밀부에 얽힌 원한' 8권, '암행의 탈을 벗다' 8권, '황금 거북이' 5권, '땅속의 황금 항아리' 5권, '원수는 누구냐' 2권, '저주받은 사당' 2권이다.

10편의 이야기 가운데 '신장 출도'는 허문녕이 구활자본 소설을 개작한 것이다. 구활자본 소설에서 박문수는 이인좌 난을 평정하고 어사 임무를 띠고 우연히 덕유산 골짜기에 들어섰다가 유안거가 그의 아들을 죽이려는 것을 목격하면서 사건이 시작되지만, 허문녕 책은 박문수가 종복인 칠복이와 암행을 다니다가 주막에 묵게 되고, 주막에서 험악한 남자들 이야기를 듣던 박문수는 이들을 수상히 여기고 좀 더 알아보려고 무주구천동에 들어간다.

'신장출도'를 제외한 나머지 이야기는 허문녕의 『암행어사 박문수』에 처음 실린 이야기다.[40] 허문녕의 이야기를 들으면 그 이유를 알 수 있다. 허문녕의 말을 들어보자.

> 소설을 쓰기 시작한 지 수년래 시대소설과 탐정소설을 집필해 왔다. 시대 야담 등을 집필함에 있어서 되도록 독자에게 지루한 감을 주지 않기 위하여서, 박력에 중점을 두어왔지만 역시 시대적 배경이라는 창약 때문에 고난한 점이 한두 가지가 아니었다. 그런데 항간에 수다하게 구전되는 어사 박문수의 얘기를 집필함에 있어서는 스스로 기거웁기 한량 없었다. 그것은 시대소설이면서도 탐정소설적 스릴과 사스펜스를 담뿍 가미할 수 있는 소재이기 때문이다. (중략) 집필에 있어서 필자의 독창적 요소로 다분히 가미하여서 흥미 본

위로 엮었음을 말해둔다.[41]

허문녕이 서문에서 자신은 탐정을 써 온 소설가라고 고백한다. 그는 항간에 수다하게 구전되는 어사 박문수 이야기를 독창적 요소를 더해서 흥미 본위로 엮었다고 말한다. 그러면서 허문녕은 그 수다한 사건 일들이라는 게 대개 억울한 백성들 누명을 풀어주고, 미궁에 빠진 살인사건을 해결하고, 괴이한 사건들을 해결한 얘기며 인정에 흐뭇한 얘기들뿐이란다.

허문녕 말대로라면 구전설화에다 독창적 요소를, 이재선의 말대로라면 문학적 조작을 한 글인데, 그렇다 하더라도 구전설화 화소는 있어야 한다. 그러나 박문수 구전설화 271편에는 허문녕이 쓴 것과 같은 이야기들이 없다. 구전설화는 지략이 떨어져서 어린아이의 도움을 받는가 하면, 자신의 욕망에 충실한 이야기가 나온다. 민중은 박문수를 신의 대리자로 생각했고, 설화에 담긴 그의 면모는 융통성 있는 관리나 억울함을 풀어주는 사람 등 다양하지만, 살인사건이나 괴이한 사건을 해결하는 탐정이나 수사관의 면모는 없다. 허문녕이 쓴 『암행어사 박문수』는 "항간에 수다하게 구전된" 박문수를 주인공으로 세워 이야기를 창작했을 가능성이 높다.

허문녕이 쓴 『어사 박문수』는 범죄, 추리와 의외의 결과라는 탐정소설의 3요소를 모두 가지고 있다. 아무도 잡지 못한 도둑을 추리소설 기법으로 잡는 점도 허문녕이 이야기를 창작했을 가능성을 높인다. 추리소설은 19세기 중후반 서구 유럽에서 발생한 장르이며, 영국, 미국, 프랑스, 일본 등의 지역에서 발생했다. 우리나라는 송사소설이 그 계통이다. 차일선에 따르면 탐정소설 서사 전개는 사건 발생 후 사건의뢰를 받은 탐정이 "범인을 지목하고 범행의 과정과 방법을 논리적으로 설명함으로써 범죄를 입증한다." 허문녕의 소설은 억울한 일을 해결해달라는 송사소설보다 사건을 해결하는 탐정소설이다.

허문녕 텍스트 중에 어린이책에서 가장 많이 전승한 '괴적 천리마'와 '포목점 살인사건' 그리고 '불에 탄 승천도사'를 살펴보자. '괴적 천리마'는 의적을 가장한 도적을 잡는 이야기다. 내용을 요약하면 이렇다.

하룻밤에도 두 세 곳을 털고 서에 번쩍 동에 번쩍한다고 해서 이름 붙은 천리마는 의적으로 가장한 도둑이다. 천리마는 매번 자기가 도둑질 할 집을 박문수에게 알리나 박문수는 번번이 허탕치다 세 번째에 도둑이 들어간 골목을 알아낸다. 천리마가 담을 넘은 집을 보니 세 채가 한 일자로 나란히 있다. 점술가 장님은 첫째집에 살고, 추월 노인의 첩인 월춘이라는 여인은 두번째 집에 산다. 육십이 넘은 귀머거리 추월선생은 세 번째 집에 살고 있다. 박문수는 가짜 장님을 범인으로 지목하나 이후에도 천리마가 출현하자 진범인 추월 선생을 체포한다.

'괴적 천리마'는 그야말로 동에 번쩍 서에 번쩍한다. 의적으로 소문나서 백성들의 고발은 기대할 수 없었다. 탐정 박문수는 숨어있는 천리마를 끌어내려고 서울에서 포도군관이 천리마를 잡으러 왔다는 소문을 낸다. 이에 천리마는 쪽지로 응답한다. 허문녕의 탐정소설에서 쪽지는 놀라움과 공포 등 의외성을 일으키는 문학적 장치지만, '천리마'에서 쪽지는 관리의 무능력을 폭로하고 박문수를 우롱하는 장치이자 범인을 잡는 단서이며 탐정과 범인의 지략 대결장이다. 범인은 탐정박문수에게 범행 장소와 시간을 쪽지로 알린다. 박문수는 범인이 범행 장소로 알려준 최호상의 집에서 일찍부터 기다렸으나 술시는커녕 해시가 지나고 자시가 되어도 얼씬하는 그림자 조차 없다. 그러나 박문수가 돌아서자 도적은 돈 백 냥을 빼어서 도망친다. 첫 번째 대결은 범인의 대승이다. 두 번째도 범인의 농락에 탐정이 당한다.

또 다른 쪽지를 보자. '바보 같은 놈! 하룻밤새껏 나와 함께 있으면서도 나를 끝내 두 놈이서 못잡고 말았고나. 이렇게 되면 경京에서 왔다는 포도군관의 직함이 무색하지 않느냐. 잠자코 상경하는 것이 더 이상 창피를 안 당하고 현명한 일일 것이다. 알아서 하라 천리마'

어사인 신분을 감추고 범인을 잡겠다며 목사를 찾아간 박문수는 번번이 천리마에게 우롱 당한다. 박문수는 목사 얼굴 볼 낯이 없고 얼굴이 화끈 거린다. 그러나 탐정이 달리 박문수이겠는가. 세 번째 쪽지로 그는 범인을 추적할 단서를 잡는다. 범인이 뛰어 들어간 골목은 이미 탐문수색 해 둔 곳이다. 이를 알리 없는 범인은 "너희들의 바보짓엔 고개가 내둘린다. 포도군관이고 뭐고 다 거더치우고 사라져 버려라. 가소롭구나 오늘밤은 전라도의 호상이라는 박상태 집에 들어 갈터이니 그리 알아라. 시각까지도 통보하마 술시서부터 해시 사이"라며 도전장을 보낸다. 도전장을 받은 탐정은 범행 장소로 가지 않고 천리마가 사라진 동네 골목에서 기다린다. 그때 대문을 열고 나타난 검은 그림자를 잡아 범인임을 확신한다.

그러나 범인이 옥으로 향할 때, 박상태가 천리마에게 당했다는 소식이 날아온다. 탐정의 완전한 패배다. 모든 범죄자가 꿈꾸는 완전범죄가 되었다. 바로 그때 스치듯 떠오른 생각으로 박문수는 월춘네로 뛰어들어 진범을 잡는다. 박문수가 진범을 잡고 사건이 종결된 후에 진범을 잡는 이야기가 나오는데 바로 합리적인 추리다.

허문녕의 탐정소설의 특징은 ‘의외성’과 ‘기괴와 과학’ 그리고 ‘현장부재증명’이다. 합리적인 추론은 과학에 해당될 터이다. 범인은 동에 번쩍 서에 번쩍 할 정도로 빠르다. 이 점이 탐정도 독자도 추월선생(혹은 작가)에게 낚인 것이다. 동에 번쩍 서에 번쩍 하려면 노인의 몸으로는 불가능하다. 또 동·서에서 번쩍하고 나타나려면 두 사람이 마치 한 사람인 것처럼 하지 않는 한 젊은이가 맞다. 그럴 때 범행 장소에 있을 수 없는 노인은 현장부재증명으로 완벽한 은폐가 된다.

문제해결 실마리는 칠복이가 물어오는 소문이다. 월춘이 추월선생의 첩이라는 사실도 그리도 월춘이네 집에 젊은 샛서방이 다닌다는 소문도 모두 칠복이가 알아온 사실이다. 40대의 젊은 샛서방은 귀신 같아서 추월선생이 없을 때는 꼭 월춘이를 찾고 추월선생이 나타나면 도망간다는 것도, 젊은 샛서방은 월춘이를 찾을 때면 반드시 검은 수건으로 코와 턱을 가린다는 사실도 알아온다.

이것이 단서가 되어 논리적 추리를 통해 범인을 잡는다. 그러니까 추월선생과 젊은 샛서방은 1인 2역을 하는 동일인물이다. 추월선생은 자신의 신분을 감추기 위해 벙거지를 쓰고 귀머거리 60대 노인으로 가장한 것인데, 범행을 나설 때 월춘이네 집에 들어가 노인 분장을 벗고, 범행을 끝내고 돌아와서는 월춘이네에서 다시 분장한다는 추론을 통해 범인을 잡는다.

게다가 날카로운 관찰력도 범인을 잡는데 한몫한다. 추월선생이 인사를 하면서 벙거지를 벗을 때 귀에 번들거리는 촛농을 본 것이다. 들리면 반응하므로 반응하지 않으려고 촛농으로 귀를 막아놓은 것인데, 박문수는 이를 놓치지 않았다. 물론 관찰력은 가짜 범인을 잡게도 한다.

장님으로 가장한 점술가 집에 등잔대가 있는 것, 방안이 퍽 지저분하다는 것을 순식간에 간파한다. 그래서 탐정 박문수는 점술가가 장님이 아니라는 점을 추호도 의심하지 않는다. 장님은 눈보다 귀에 예민하고, 모든 물건을 가지런히 정리해서 한 자리에 놓는데 점술가의 집은 그렇지 않았다. 범인을 잡았다고 안심하는 순간 반전이 일어 난 것이다. 장님 흉내 내는 점술가는 단지 여성손님을 끌어들이기 위한 궁여지책이었다.

작가는 관찰력과 합리적인 추리력으로 독자를 안심시키면서 의외성으로 놀라게 한다. 관찰력과 추리력 그리고 의외성은 탐정소설의 구성 요소다. 추월선생이 젊은이라는 점과 점술가가 범인으로 지목되고 반전이 일어나 진범이 잡힐 때 의외성이 자리한다. 의외성이야 말로 독자에게 놀람을 주는 심리적인 문제이기도 하지만, 결말을 전도시키는 문학형식이다. 다시 말해 의외성은 독자를 탐정소설에 빠지게 하는 주요한 요건이다.

'포목점 살인사건'의 의외성은 죽은 줄 알았던 덕삼이가 살아있는 것과 진범이 밝혀지는 과정이다. 포목점을 한 최순실은 큰 부자이나 자식이 없어 덕삼과 춘삼이라는 두 조카를 고용인으로 데리고 사업을 한다. 그러던 어느날 순실의 6촌 동생 순기가 찾아오고 순실은 목에 칼을 맞은 채 강물에 뜬 채 시체로 발견된다. 순실의 유서는 만일 자신이 변을 당하면 두 조카를 국문해 달라는 것과 자기 사업은 순기가 이어가고 5년 후 둘 중 착한 사람한테 유산을 전부 넘긴다는 내용이었다. 순실을 죽인 범인으로 지목된 덕삼은 유배를 가다 배가 뒤집혀서 죽었다는 소문이 난다. 이후 5년 후 춘삼이 재산을 물려받게 된 날 그도 칼에 찔려 죽고 만다. 범인은 덕삼의 딸 화선으로 지목되나 박문수의 활약으로 진범을 잡는다는 내용이다.

춘삼이 죽은 날 목격자는 돌쇠 부부다. 그들은 방문을 나선 화선이가 이리 저리 살피다 나갔고 한참이 지나서 들어 왔다는 진술은 화선이 틀림없는 범인으로 인식하게 한다. 화선이가 범인이라는 사실에는 빼도 박도 못한 물증이 있다. 화선이 방에서 피 묻은 옷과 과 칼 그리고 독약이 나왔다. 그러자 화선이는 어떠한 변명도 못하고 체념하듯 받아들인다. 이때 박문수가 나타나 냉철한 논리로 덕삼이가 살아 있음과 화선의 억울함을 풀어준다.

박문수는 사건이 일어나자 유력한 조언을 하겠다고 나서자 형방과 사령은 사건에 접근하는 것을 허락하지 않는다. 박문수는 어쩔 수 없이 물러 설 수밖에 없었다. 박문수는 사령한테 술값이라도 집어주고 안에서 일어나는 일을 알아 오며 칠복이에게 돈을 건네다. 이렇게 얻은 정보로 그는 사건을 해결한 것이다. 어느 시대고 돈이 안 통하는 사회는 없었다. 이 텍스트가 군부독재시대에 대중문화를 통재 이념 수단으로 이용했던 시대라는 것도 상기해 보자. 쿠데타로 정권을 장악한 그들은 정권의 정당성을 확보해야 했다. 그러려면 지난 정부의 무능과 부패 등을 부각 시키는 일이 선행되어야 했다.

“사령 한놈이 들락 날락 하기에 그놈을 불러내서 돈푼이나 쥐어줬더니 입이 헤- 벌어지기 않겠어요”라든가 “고울 수령이 탐관은 아니라 하더라도 무능해 보여 수령이 무능하면 그 밑의 관속들도 똑똑치 못한 법이야” 등은 부정할 수 없는 1960년대 현실이었다. 관리의 무능력, 이를테면 ‘괴적 천리마’ 도적은 우롱하듯 편지를 보내 자신이 털 곳을 알려주는 데도 수령은 천리마를 못 잡고 매번 당한다. ‘포목상 살인사건’에서는 범인을 잡을 능력이 없고, 진짜 범인인지 가짜 범인인지 진위를 가리지 않은 수령이 등장한다. 수령의 무능력으로 억울한 자가 생기기 마련이다. ‘포목상 살인사건’에서는 5년이란 세월동안 거지 노릇을 한 덕삼이 그랬고, 춘삼이를 죽였다고 누명을 쓴 덕삼의 딸 화선이가 그랬다.

덕삼과 화선은 바로 우리, 그러니까 힘없고 뒷배 없는 민중인데, 박문수가 진범을 잡아 억울함을 풀어주는 일은 대중소설 장르가 가지는 이중성, 공권력의 심문이나 폭로가 아니라 국가 안정화에 손을 들어준 셈이다. 탐정이 조선시대 유명한 정치인 박문수라는 점에서 그렇게 해석할 수 있는데, 박문수는 민중의 메시아였다. 다시말해 군사정권은 앞선 정부의 무능력과 부정부패를 척결하고 공권력을 안정화시킨다는 정치적 의도를 표방한 경찰형 탐정 박문수 이미지에 녹아 있는 것이다. 물론 대중서사 장르가 항상 공권력에 힘을 실어 주지 않는다.

'불길속의 도승'에서 탐정은 공권력 안정화보다 범인에 공감한다. 그로 인해 엉뚱한 피해자가 발생하지만, 그럴만하다고 생각한다. 승천도사의 제자들인데, 그들이 승천도사의 재산을 상속받을 것이며 승천도사의 대를 이어 신도들의 돈을 빼앗을 거라는 확신 때문이다.

'불길속의 도승'에서는 범인의 승리에 가깝다. 아니 범인에 동조할 수밖에 없는 상황이고 탐정은 기꺼이 범인과 동일시가 된다. 범죄자인 병덕은 범죄가가 아니며 오히려 희생자로 인식된다. 탐정 박문수는 범인인 병덕에게 왜 그랬는지 물어보자 병덕은 모든 것을 자백한다. 자신의 딸은 자다 오줌을 누는 병과 간질이 있었는데, 승천도사가 그것을 낫게 해주면서 돈을 요구했고, 돈을 주지 않으면 딸의 병을 소문을 내겠다고 협박 했다는 것이다. 게다가 결혼을 며칠 앞두고 있는 딸에게 음심을 품고 있던 도사는 병만에게 딸을 자신에게 바치라고 하면서 만약 그러지 않으면 병을 소문내겠다고 협박한 것이다. 모든 사연을 들은 박문수는 범인은 관가에서 알아서 잡을 거라며 떠나버린다.

의외적인 결말은 한국전쟁이라는 극단적인 이분법, 공산주의냐 아니냐를 경험하면서 심리적인 선악 이분법의 경계가 무너졌다. 선함과 악함에 대한 기준이 '빨갱이'냐 아니냐로 바뀌면서 좌경용공 세력으로 몰렸던 시대에 억울한 인물에 대한 동일시가 가능한 심리적 기반이 형성되었기 때문이다. 60년대 대중은 억울한 누명을 쓴 인물들의 억울함을 해소시키는 이야기들을 선호했고, 범죄자와 희생자의 경계가 모호해지는 '불길속의 도승'과 같은 탐정소설은 당대 대중 욕망의 반영이었다.

이 소설은 '기괴'와 '과학'의 대결이기도 하다. 승천선사는 '기괴'를 가장한 법력을 선보인다. 산에다 불단을 만들어 놓고 그 불단 둘레에다 나무를 쌓은 뒤에 불을 지른다. 승천선사는 불단 위에 부처처럼 앉아 있는데, 불이 다 타고 난 뒤에 승천선사는 어느새 산봉우리에 올라가 있다. 불을 뚫고 나온 흔적도 없는데 어느새 산꼭대기에 있다는 선사는 기인 중에 기인이고 도승 중에 도승이다. 선사는 불치병도 다 고친다. 그러니 이것은 이성적으로 설명할 수 없는 기괴에 해당한다. 기괴가 있기에 관찰과 논리라는 과학으로 그것을 깨버리는 것이 탐정소설의 묘미다.

박문수가 기이한 도승의 법력을 보려가는 날, 승천도사는 화술火術을 펼치다 불에 타 죽는다. 그는 이 사건이 처음부터 잘 짜인 속임수였다는 것을 간파한다. 도승과 같은 '기괴'는 없었다. 불단 바닥에 뚜껑이 있고, 연기가 자욱이 들어차고 불이 타오를 때 선사는 뚜껑을 열고 밑으로 해서 빠져 나가게 설계된 불단을 본 것이다. 빛을 발한 탐정의 관찰력은 도승의 법령을 한 방에 날려버린다.

사기극에서 배신자가 없었다면 그는 산봉우리에 있었을 것이다. 승천도사가 빠져나갈 문을 배신자가 돌과 나무로 막아 버렸다. 탐정의 활약은 그 배신자를 색출하는 거다. 탐정은 제자들과 승천도사가 법력으로 병을 고쳐줬다는 사람들을 유심히 살피고 탐문을 시작한다. 병을 고쳐주자 신자들 스스로 돈을 갖다 바쳤다는 말과 달리 환자들에 돈을 요구했다는 것이다. 이것으로 실마리를 잡았다.

그런데 서사가 진행될수록 마치 승천도사의 제자 중 한 명이 범인으로 의심케 하는 장치를 한다. 이런 장치는 장님 점술가와 화선이에게 그랬던 것처럼 독자는 일신을 범인으로 의심한다. 일신은 승천도사가 가짜 중이라는 사실을 알고 있었고 그것에 불만을 가진 사람이었다.

그러나 탐문이 계속될수록 범인으로 의심되는 사람이 점점 늘어난다. 불단 밑에 굴이 있다는 것을 아는 사람이 누구냐는 질문으로 좁혔을 때 의외의 인물이 등장한다. 승천도사가 딸을 고쳐줬다는 농구상 병덕이었다. 박문수는 손과 옷을 살피게 했는데 병덕이만이 깨끗했다.

그런데 탐정은 어떻게 그가 범인임을 알 수 있었을까? 완전 범죄를 위해 현장부재증명, 다시 말해 병덕이 범행을 저지르지 않았다는 증거로 옷이 깨끗했는데도 말이다. 범인이라면, 불단 바닥의 통로가 암자와 연결된 굴이기 때문에 범행을 저지르려면 반드시 굴에 들어가야 하고, 굴에 들어갔다면 옷에 흙이 묻어있어야 했다. 탐정소설에서 탐정은 반드시 사건해결의 과정을 현장부재증명보다 더 치밀하게 세워둔다. 탐정은 병덕이 깨끗하기 때문에 범인으로 지목했다. 옷은 깨끗했지만 두루마리가 아니었다. 그리고 병덕의 옆에 서 있는 딸은 조그만 보따리를 옆구리에 끼고 있었다. 탐정은 병덕이 두루마리를 입고 굴에 들어가서 뚜껑을 막아놓고 와서 두루마리를 벗었다는 논리적 추리로 범인을 알게 된 것이다.

이렇듯 허문녕의 『암행어사 박문수』는 박문수를 주인공으로 탐정소설이다. 탐정소설답게 독자의 흥미와 범인이 누구일지에 대한 궁금증 그리고 범인을 체포하기까지 논리적 과정과 범인이 의외의 인물이이라는 점 등이 흥미진진하다. 그러다 보니 어린이책 박문수 이야기들이 흥미로운 요소들을 전승하면서 백성을 사랑했던 정치인, 왕 앞에서도 직언을 서슴지 않았던 위정자로서 진짜 박문수 이야기는 사라지게 되었다. 그리고 '탐정 박문수'가 주인공인 '가짜 이야기'만 전승하게 되었다.

허문녕의 소설은 이후 어린이책 박문수 인물이야기는 모두 30권이 출간되었는데, 허문녕 소설을 전승하는 책은 80%에 해당하는 24권이다. 어린이책에서 박문수는 누구도 해결하지 못하는 어려운 사건들, 이를테면 영원히 묻힐 뻔한 살인사건 범인을 뛰어난 관찰력과 추리로 잡는 등 경찰형 탐정상이 그대로 전승되었다. 그러니까 허문녕 소설은 아이들에게 박문수 상을 수사관으로 정형화 하는데 지대한 영향을 미친 것이다.

그러나 허문녕 소설이 아이들에게 흥미와 재미를 주며 박문수라는 역사인물을 알리는데 역할을 한 것은 사실이나 그의 애민사상과 탐관오리를 척결하는 구원자로서 박문수는 어린이책에서 사라지게 한 점 또한 허문녕 소설이다. 어린이책에서 사건의 해결자로서 수사관의 면모나 탐정의 상 등 뛰어난 관찰력의 소유자로 정형화된 인물 형상화 방식은 다음 절에서 자세히 서술한다.

5절

현재 어린이책에서 박문수 인물상

역사인물이야기는 사실과 구전 및 문헌설화를 어린이를 위해 다시 쓴 이야기다. 역사 사실은 국가에서 편찬한 실록과 개인 문집에 실린 지배층 기록이며 문헌·구전설화는 인물에 대한 민중 기록이다. 문자를 모르던 민중은 인물에 대한 경험과 그에 대한 생각을 담아 그들만의 기록 방법, 이야기 양식으로 전승했다. 인물 구전설화는 문자로 기록되지 않은 인물 역사다.

기록이든 민중이 전하는 이야기든 그 속에 어떤 상이 만들어지기 마련이다. 가령 구전설화에 박문수는 신령의 대리자이기도 하고, 민중의 어려운 일을 해결해주는 자이기도 하다. 그런 면에서 민중이 만든 박문수 상은 미륵이자 메시아다. 미륵이자 메시아는 민중이 생각하는 박문수 상이다.

현대에서는 박문수 상이 어떻게 만들어질까? 인물 역사를 연대기 순으로 쓴 서사물은 인물전이다. 전의 인물은 역사 상이며, 역사 속 인간상을 표상한다. 인물상은 일화로 만들어진다. 일화는 기록에 실린 사실일 수도 있고 전승된 이야기일 수 있다. 그리고 창작한 일화일 수도 있다. 조태영의 말을 들어보자.

> 대체로 연대기적 질서가 아닌 보통 주어진 인물의 삶, 더욱이 종종 문제적이면서도 역사적으로 가치 있는 삶으로부터 몇몇 일화를 모은다. 그러나 전기작가는 주어진 인물이 전통적으로 창조된 일반적 이미지 및 관습과 일치되는 그런

이야기들을 선택한다. 사실이건 환상에 의해 창조된 것이건, 그것은 구체적인 삶에 대한 묘사가 아니라 어떤 인상의 창조이며, 특수한 사상과 정서의 패턴에 이 인물을 배치시키는 것이다.[42]

인물을 전승하는 작가는 일화를 모으되 전통적으로 창조된 일반 이미지나 관습과 일치하는 이야기를 선택 한다. 이미지와 일치된 일화가 없으면 만든다. 가령 장군이라면 기상이 높고 강건한 이미지로 만든다. 사실이건 창조건 간에 중요한 것은 인물이 가지고 있는 이미지다. 이미지는 작가가 어떤 사상과 정서를 입힌 상이다. 사상과 정서는 일화로 보여준다. 작가는 인물의 업적과 관련된 인상을 창조하려고 일화를 만든다. 인물이야기를 쓴 작가들은 인물 삶이 사실이냐 허구이냐 보다 인물의 이미지를 만들기에 더 힘쓴다.

오늘날 전승되는 어린 시절 박문수 상에 가장 많은 영향을 미친 작가는 노성산인이다. 노성산인은 1927년 8월부터 12월까지 박문수 이야기를 「중외일보」에 연재하면서, 어린 박문수 상을 두 가지 만든다. '애민사상 상'과 '의협심과 지략이 뛰어난 상'이다.

1927년 「중외일보」에 연재된 박문수는 어릴 때부터 백성을 사랑했다. 애민사상 상을 그린 일화를 간단히 소개하자면 이렇다. 이웃 아이 아버지는 오랫동안 병석에 있다가 죽었는데 초상을 치를 돈이 없었다. 설상가상으로 충격을 받은 아이 어머니가 쓰러지고 아이는 돈을 꾸어오다 넘어졌는데 돈 꾸러미가 풀려 모두 잃어버렸다. 이 사실을 알게 된 박문수는 집을 판 돈을 가져다가 아이 아버지를 장사 지내주고, 아이 어머니를 위해서 약값을 주고 왔다는 것이다. 이야기 말미에 노성산인은 "이와 같이 박어사는 어려서부터 의협과 동정이 남다르게 많고 대단하다"고 서술하고 박문수가 어려서부터 가난한 이웃을 도울 줄 아는 사람이었다는 것을 강조한다.

이종형제인 이종성과 일화에서는 꾀가 많다. 이종성과 공부하던 박문수는 훈장이 출타한 틈을 타서 이종성을 꾀어 종일 논다. 이종성이 시험을 걱정하자 박문수는 걱정 말라며 답을 쓴 종이 쪽지를 만들어 서로 보여주면 된다고 한다. 다음날 훈장이 시험을 보자 박문수는 쪽지로 무사히 통과한다. 이종성 차례가 되자 박문수는 쪽지를 가지고 밖으로 나가버렸다. 이종성만 훈장에게 매를 맞았다. 이틀 연속 박문수에게 당한 이종성은 이 일을 훈장에게 일러버린다.

어려서부터 총명했다는 일화도 있다. 공부는 하지 않고 장난만 치는 박문수를 보고 이태좌가 옥당 당번을 가면서 담배 씨앗을 세어놓으라고 한다. 박문수는 이틀을 놀고서 저울을 갖다 담배 씨앗을 잰 후, 그것만 세고 나머지는 저울을 달아 모두 더했다는 것이다. 이것을 들은 이태좌는 박문수 지식과 뛰어난 지혜를 칭찬한다.

담배 씨앗을 저울에 잰 이야기는 구전설화 오성 이항복 이야기다. 이항복은 장난꾸러기다. 하라는 공부는 안하고 매일 밖으로 나도니 그의 아버지는 걱정이 이만저만이 아니다. 하루는 오성 아버지가 외출을 하면서 콩(깨, 보리) 한 자루를 세어놓으라고 한다. 오성은 종일 밖에서 놀다가 해가 저물녘에 돌아와 콩을 되로 재어서 나누고, 한 되 콩만 세어서 나머지 되 수만큼 곱했다. 박문수 일화와 똑같다. 그러나 300여 편에 달하는 박문수 구전설화에 이런 이야기가 없다. 이항복 설화에만 있는 이야기를 노성산인은 박문수의 총명함을 강조하려고 주인공 이름만 바꾼 것이다.

이종성과의 쪽지 일화와 집을 판 돈을 이웃에 쓴 일화는 기록에도 없고 구전설화에도 없다. 오직 노성산인이 쓴 「중외일보」에만 나온다. 노성산인이 박문수 상을 의협심과 동정심이 많고 장난꾸러기에 꾀가 많으며 지혜가 남다르다는 상을 만들려고 창작한 일화다.

오늘날 전승되는 박문수상은 노성산인이 만들어 놓은 이미지를 바탕으로 도덕적으로 더 견고해진다. 대체로 예견된 훌륭한 인물, 똑똑하고 총명한 인물, 관찰력과 판단력이 뛰어난 인물, 효성 깊은 인물, 호기심 많은 인물, 넓은 도량과 백성을 사랑하는 인물상이다. 하나하나 살펴보기 전에 모두 만들어진 일화라는 것만 기억해 두자.

예견된 훌륭한 인물

태몽은 인물의 앞날을 예측한다. 대개 훌륭한 업적을 남긴 인물은 한 두 개쯤 범인과 다른 태몽을 전하는데 박문수도 외예는 아니다. 강감찬은 『고려사』 열전에, 이항복은 『백사집』에 실렸는데, 박문수의 태몽은 기록에도 없고 구전설화에도 없다. 오늘날 작가가 창작했을 가능성이 높다. 대개 위인전은 인물의 태몽부터 시작한 경우가 적지 않은데, 작가들이 위인전의 전형적 글쓰기 방식에 따라 창작했을 것이다.

어린이책에 태몽 일화가 처음 나타난 책은 1994년 임구순 책이다. 박문수가 태어난 날 그의 할아버지는 꿈을 꾼다. 보잘것없는 홍학 한 마리가 백로의 무리와 싸우는 꿈이다. 홍학은 지쳐서 쓰러질 때까지 싸우다 그것을 바라보고 있는 신선 품에 떨어진다. 박문수 할아버지는 훌륭한 인물이 태어날 것을 예측한다.

1999년에 출간된 임성빈 책과 2008년에 출간된 공감사 책에 실린 태몽은 임구순이 쓴 책과 똑같다. 임성빈 책에서 감탄사와 몇 개 단어만 다를 뿐 임구순 책과 모든 면에서 일치한다. 꿈 내용이 먼저 나오고 알고 보니 박문수 할아버지가 꾼 꿈이다.

공감사 책은 박문수의 할아버지가 꿈에서 깨어난 장면부터 시작된다. 꿈에서 깬 박희숙은 "우리 집안을 빛낼 큰 인물이 태어날 길몽"임을 직감한다. 꿈속의 홍학은 작고 왜소하지만 무리지어 있는 학들과 피투성이가 되도록 맞서 싸운다. 거대 여당 노론에 견제 받으며 살아온 박문수 삶이 연상된다. 태명 일화는 박문수가 당파싸움을 상징적으로 보여준 이야기이지만 한편으로 그가 태어나기 전부터 큰 인물이 될 것이란 암시도 들어 있다.

똑똑하고 총명한 인물

책읽기 일화로 똑똑하고 총명한 인물상을 만든다. 박문수는 어려서부터 총명했으며 책을 좋아하고 많이 읽었다. 책을 읽으면 정신을 쏟을 정도로 집중력이 뛰어났다. 어떻게 만드는지 신현득이 쓴 일화를 보자.

> "아이가 어쩌면 이렇게도 건강하고 총명해 보일까! 틀림없이 장군감이에요."
> 집안 사람들은 한 마디씩 하며 박문수를 칭찬했습니다.
> 박문수는 어렸을 적부터 글 읽기를 좋아했습니다. 누가 시키지 않아도 열심히 책을 읽었으며 늘 생각에 잠겨 있었습니다.[43]

(중략)

박문수의 어머닌 손바닥만 한 밭을 가꾸며 끼니를 이어 갔습니다. 그러나 흉년이 계속되어 박문수는 여러 번 끼니를 걸러야 했습니다.

굶주린 배를 참기 위해 책 읽기에 정신을 쏟은 적이 한두 번이 아니었습니다.[44]

신현득은 어린 박문수가 누가 시키지 않아도 열심히 책을 읽으며 늘 생각에 잠겨 있다고 한다. 책을 읽고 생각을 길렀다는 말이다. 이효성이 쓴 글도 보자.

박문수 소년 시절과 청년 시절을 이런 많은 책 속에 묻혀서 지냈는데 책 중에서 박문수를 사로잡는 것은 "병서"였다.

박문수는 이런 병법에 관한 책을 많이 읽었다. 따라서 그는 뒷날 군정에 매우 밝았고, 정치에 관한 책도 많이 읽어서 세정에도 매우 밝았다.[45]

과거에 급제하자마자 사관이 된 것을 보면 박문수가 얼마나 문장에 능하고 사람됨이 올바르고 똑똑한가를 알 수가 있다.[46]

이효성은 『어사 박문수』(견지사, 1989)에서 박문수가 병법에 관한 책을 많이 읽어서 군정을 잘 알고 세정에 매우 밝았다고 한다. 그가 군정과 세정에 밝은 이유는 어릴 적부터 책을 많이 읽었기 때문이란다. 책을 많이 읽어서 문장에 능하고 사람됨이 올바르며 똑똑했다는 것이다.

박문수가 사관을 역임하고 군정과 세정에 밝은 것은 사실이다. 하지만 박문수가 문장에 능했다는 기록은 어디에도 없다.[47] 오히려 가까운 이종사촌인 이종성이나 영조에게 학문이 부족하고 무식하다는 소리를 들었다. 작가들은 어린아이들에게 책을 읽으면 훌륭한 사람이 된다는 점을 강조하기 위해서 이렇게 쓴 것이다.

책 읽기 중요성은 박병선이 쓴 『조선 최고의 암행어사 박문수전 이야기』(청년사, 2011)에서 더 강조된다.

> "삶의 지혜란 사람이 세상을 올바르고 현명하게 살기 위해 꼭 지녀야 할 슬기로운 마음이라고 할 수 있단다."
>
> "슬기로운 마음이오?"
>
> "그렇단다."
>
> "그러니까 그 슬기로운 마음을 얻기 위해 책을 읽어야 한다는 말씀이시죠?"
>
> "그렇지. 책 속에는 세상 살아가는 지혜가 저 하늘의 별처럼 셀 수 없이 많이 담겨 있단다. 오늘 이 할아비가 네게 말해주고 싶은 것은 사람을 사랑하는 마음을 지니라는 것이란다. 임금이 백성을 사랑하여 받들고, 힘 있는 자가 힘 없는 자를 사랑하여 보듬고, 배운 사람이 못 배운 사람을 사랑하여 가르쳐준다면 이 세상이 얼마나 살기 좋은 곳이 되겠느냐?"
>
> "정말 그럴 것 같사옵니다. 할아버님!"
>
> "그럼, 그렇고말고! 그러니 너도 앞으로 부지런히 학문을 익히고 마음을 가다듬어서 가난하고 힘없는 사람들을 아끼고 사랑하며 살아야 한다. 그것이 이 할아비의 바람이니라. 알

겠느냐?"

(중략)

"하늘이 너에게 지혜를 주셨으니 너는 커서 분명히 큰 인물이 될 것이다. 그러나 너를 위해 네 재능을 쓰지 말고……."

(중략)

"……가난한 백성과 나라를 위해 써야 한다. 그러면 이 할아버지는 저 세상에서도 널 보며 기뻐하마."

"예, 할아버님. 명심하겠습니다. 흑흑!"[48]

박문수는 어릴 적부터 책 읽기를 좋아하고 많이 읽어서 똑똑하고 현명한 사람이 되었다고 한다. 아이들에게 똑똑하고 훌륭한 인물이 되려면 책을 많이 읽어야 한다는 작가 당부다.

그런가 하면 "박문수의 비범해 보이는 얼굴과 진지한 태도에 감동"을 받아서 말을 꺼내놓기도 하고, "눈빛은 지혜가 가득하고 확신에 차 있었으므로" 자신의 문제를 털어놓기도 한다고 임성빈은 쓴다. 어린 박문수의 총명함을 알아본 스승은 박문수가 장차 훌륭한 인물이 될 것이라고 확신한다.

관찰력과 판단력이 뛰어난 인물

어린 박문수가 얼마나 총명하고 판단력이 뛰어난지 보자.

박문수는 고령 박씨의 명문 집안에서 태어나 훌륭한 가정교육을 받았으며 어릴 때부터 총명하고 판단력이 뛰어났다.

> (중략)
> 어린 박문수는 모든 것을 예사로 보지 않았다. 이치를 따지고 옳고 그름을 가려내었다. (중략)
> 박문수는 각자의 생각에 따라서 사물을 보는 것이 다를 수도 있다는 것을 깨달았다. 따라서, 어떤 문제든지 한켠으로만 보아 넘기는 것은 옳지 못하다는 것도 깨달았다. 이렇게도 생각해보고 저렇게도 생각해보는 것이 옳을 것 같았다.
> 어린 박문수는 차차 생각이 깊은 아이로 자랐다.[49]

두 여종이 날씨를 두고 말다툼을 하다 박문수에게 물었다. 한 여종이 "도련님, 오늘은 춥지 않지요?"라고 하자 박문수는 옷을 만져보며 "옷을 두텁게 입었으니까 춥지 않지. 내 배가 부르면, 남이 배고픈 줄을 모른대."라고 대답하고 춥다고 한 여종에게는 "홑적삼을 입고 덜덜 떨고" 있다면서 "짐승들도 날씨가 추워지면 따뜻하게 털을 가는데. 어찌하여 얇은 옷을 입고 춥다 하느냐?"고 한다.

이 일화는 김병규 책에도 똑같이 실렸다. 관찰력과 판단력, 그리고 총명함을 말하기 위한 일화이지만 개연성이 없다. 여종에 따라 차등을 두고 옷을 지어주지 않았을 것이다. 또 추운 계절에 여종이 일부러 얇은 홑적삼을 찾아 입었다고 보기도 힘들다. 이러한 개연성 부족은 이야기 허구라는 점을 드러낸다. 박문수 관찰력과 판단력을 보여주기 위해 창작된 일화임을 암시한다.

창작된 일화임을 알 수 있는 단서는 작가 자신이 제공한다. 이 일화는 이효성이 1989년에 쓴 『어사 박문수』(견지사)에 실린 일화이다. 이효성은 2010년에 『박문수전』(꿈소담이)을 다시 출간했는데 인물과 에피소드만 바꿨을 뿐 1989년 『어사 박문수』(견지사)와 똑같다. 시비를 가려달라는 사람이 여종에서 남종으로, 에피소드는 '추운가 안 추운가'에서 '암탉이 우는가 안 우는가'로 바뀌었을 뿐이다. 이효성은 박문수 판단력이 남달리 뛰어났다고 쓴 뒤, 그것을 뒷받침하는 일화를 창작한 것이다.

> "도련님, 저도 '암탉이 울면 집안이 망한다'는 말을 들었습니다. 암탉이 울지 않으니까 그런 말이 나온 것 아닙니까?"
> 문수는 픽 웃고 대답했다.
> "암탉이 우는지, 울지 않는지는 내가 너무 어려서 겪어 보지 않아 잘 모르겠다. 모든 일은 추측(미루어 헤아림)으로 판단하지 말아야 한다. 그렇지만…."
> 문수는 잠시 생각에 잠겼다가 다시 입을 열었다.
> "누군가 암탉이 우는 소리를 들었다고 하면, 그것을 가지고 집안을 시끄럽게 해서 집안이 망할 것이다. 암탉이 우니 울지 않으니 하는 것만 가지고도 너희가 집안이 시끄럽게 싸우니, 만일 울었다 하면 온 집안이 난리가 난 것처럼 될 것 아니겠느냐?"
> 두 하인은 문수의 말을 듣고 부끄러워서 얼굴을 붉혔다. 그 뒤로 그 두 하인은 서로서로 양보하면서 의좋게 지냈다.[50]

어린 박문수는 네 살 난 어린아이답지 않게 사리분별이 뚜렷하고 논리력도 하인들보다 뛰어나다. 하인들은 누가 옳고 그른지를 박문수에게 묻고 박문수는 옳고 그름을 따지면서 서둘지 않고 충분히 생각해본 후에 판결을 내린다. "의문이 생기면 직접 스스로 해결해 보려는 마음"과 "무엇이든지 예사로 보지 아니하고, 근본 위치를 따지는" 판단력을 가지고 있었다는 것이다. 이러한 판단력은 어린 박문수가 할아버지와 시에 대해 논하면서 보는 사람에 따라 사물이 달라진다는 것을 깨달았기 때문이다. 이처럼 박문수는 어릴 적부터 옳고 그름을 판단하는 능력이 뛰어나서 암행어사로서 자질을 지니고 있었다고 쓴다.

효성 깊은 인물

이효성은 1989년 견지사에서 『어사 박문수』를, 2010년 꿈소담이에서 『박문수전』을 출간하였다. 두 책을 비교해보면 서사구조와 체제는 유사하나 각각의 에피소드는 차이가 난다. 다음은 효성에 관한 에피소드이다.

> 겨울이 되면 박항한은 아버님께서 얼마나 추우실까 하여 이엉을 엮어 산소를 덮었다.
> 박항한은 따뜻한 봄날에는 산소 앞에 무릎을 꿇고 앉아서 책을 소리내어 읽었다. 무덤 속에 계신 아버님에게 들려드리기 위함이었다.
> 여섯 살인 박문수는 신통하게도 할아버지의 산소 곁에서 아버지와 함께 지내며, 아버지의 이런 효행을 빼놓지 않고 지켜보았다.
> (중략)
> 어린 박문수는 아버지가 식사를 제대로 하지 않아 몸이 점점 쇠약해지는 것을 보고, 하루는 할아버지 산소 앞에 엎드

려 울음을 터뜨렸다. 울음만 터트린 것이 아니었다.

"할아버지! 아버님에게 꾸중 좀 하십시오. 식사를 제대로 하시지 않습니다. 자식이 되어, 부모 앞에서 끼니를 거르는 것이 얼마나 큰 불효인지를 깨닫게 해주십시오."

박문수의 말은 옳은 말이다.[51]

위 인용글은 1989년 견지사에 실린 일화다. 1989년에 쓴 책에는 박문수 아버지 효성이 지극하고 박문수는 그것을 보고 배운다. 아버지 효성을 본받아서 어린 박문수도 효심이 깊었다는 말이다. 김병규(대교, 1992)도 이효성이 1989년에 쓴 책을 따라 박문수가 박항한의 효성을 본받는 것으로 쓴다.

그러나 2010년에 발행한 이효성 『박문수전』(꿈소담이)은 박문수가 효의 실행 주체로 묘사돼 있다. 네 살 된 문수는 할아버지 휘자를 외워서 땅에 쓴 후, 할아버지 함자를 땅에 써서 불효했다며 스스로 벌을 내리고, 조부상을 당하여 아버지 박항한이 시묘살이를 하자, 자신은 할아버지가 좋아하는 시를 읽어주겠다며 시를 읽는다. 어느 날은 활을 가져와 쏜다. 할아버지 무덤에 새가 날며 똥을 싸자 새가 그 위로 날지 못하게 하기 위해서였다. 그뿐 아니라 할아버지가 추울까봐 무덤에 이엉을 엮어서 덮어준다. 효성 깊은 박문수를 보며 박항한은 "활을 갖다가 쏜다든지, 이엉을 엮는다든지, 내가 미처 생각지도 못한 일을 우리 문수가 생각해내는군."이라며 박문수가 장차 큰 인물이 될 것이라고 예측한다.

1989년 『어사 박문수』(견지사)에서는 박문수의 아버지가 이엉을 엮어 무덤에 씌우고, 2010년 『박문수전』(꿈소담이)에서는 박문수가 이엉을 엮는다. 견지사와 꿈소담이 책은 이효성이 쓴 책인데, 출판시기에 따라 일화 속 효행 주체가 바뀐 것이다.

어린 박문수 효성은 여기에서 끝나지 않는다. 시묘살이 때문에 건강을 해친 아버지를 위해서 곰쓸개를 구하겠다고 사냥에 나선다. 이 두 개 에피소드는 견지사 책(1989)과 꿈소담이 책(2010) 모두 실렸다. 꿈소담이 책(2010)에서는 검은 바위를 곰인 줄 알고 잘못 쏘았더니 바위가 두 동강난다. 박문수는 바위 아래에 이상한 풀이 있어서 산삼인 줄 알고 조심스럽게 가져왔다. 나중에 더덕이라는 것이 밝혀졌지만, 지성이면 감천이듯 아버지 건강이 박문수 효성으로 한때 좋아졌다는 말이 덧붙는다. 견지사 책과 꿈소담이 책 출간 차이는 20년이다. 그런데 20년 늦게 출판된 꿈소담이 책에 효 이데올로기가 더욱 강화되어 있다.

어린 시절 이 일화는 앞에서 말했듯이 창작된 일화다. 박문수가 어린시절에 경험한 일화라면 두 책 모두 이야기가 같아야 한다. 작가는 같은데 출간 차이가 난다고 해서 효행 주체가 아버지에서 아들로 바뀔 까닭이 없다는 말이다. 처음부터 이효성이 창작한 일화이기 때문에 효 이데올로기를 강조하려고 작가가 효행 주체를 바꾼 것이다.

호기심 많은 인물

박문수는 어렸을 때부터 매우 호기심이 강한 아이로 묘사된다. 더구나 호기심이 생기면 그 궁금증이 풀릴 때까지 많은 시간을 보낸다. 호기심 많은 인물상으로 만든 것이다. 장재훈이 쓴 『어사 박문수』(꿈동산, 1992)에 처음 실린 일화는 송명호의 『박문수』(바른사,

2000), 정은희의 『어사 박문수』(푸른길, 2002)책에 똑같이 실렸다.

> 박문수는 뒷동산에서 형과 놀고 있다가 나무에 매달려 있는 벌집을 발견한다. 문수는 벌집을 처음 봤으므로 그것을 따려고 하자 형이 만류한다. 문수는 형의 만류에도 나뭇가지로 벌집을 내리치다 벌의 공격을 받아 도망간다. 문수는 벌에 쏘인 곳이 아파서 시냇물에 세수하러 갔다가 작은 토끼 한 마리가 구멍 속으로 들어가는 것을 본다. 문수는 구멍 앞에서 토끼가 나오기만을 기다린다. 저녁때가 되어도 문수가 보이지 않자 어머니는 형과 함께 찾아 나섰다가 굴 앞에 있는 문수를 발견한다. 어머니가 왜 이렇게 앉아 있냐고 묻자 문수는 토끼가 구멍 속으로 들어갔는데 안 나와서 나오기만을 기다린다고 말한다. 토끼 구멍은 여러 개가 있어서 그 토끼는 다른 구멍으로 나갔을 것이라고 어머니가 알려준다.[52]

호기심이 많고 그것을 충족시키는 박문수 집념을 보여준 일화다. 이러한 에피소드를 서술한 후 작가는 문수 아버지를 통해서 "집념이 강한 아이는 공부도" 잘할 것이며, 호기심이 많으니까 잘만 가르치면 나라를 위해 큰일을 할 것이라고 말한다.

명지현이 쓴 『박문수전』(주니어김영사, 2013)에 이르면 호기심과 궁금증을 해결하려고 끝까지 노력하는 일화로 변한다. 산토끼가 구멍으로 들어가서 나오지 않자 토끼들이 파놓은 구멍을 밤새 손으로 막아서 산토끼를 잡았다. 긴장이 풀려서 토끼를 놓치긴 했지만 "끝까지 포기하지 않고 노력했던 것이 스스로 자랑스러웠다"는 것이다.

포기를 모르는 집념 때문에 암행어사를 박문수보다 잘 하는 사람이 없었다는 말이다.

박문수가 호기심 많은 인물임을 일화로 창작해서 말하기도 하지만 직접 설명하기도 한다.

> 박문수는 호기심이 많았지만 밖에서 노는 일은 드물고 여자아이처럼 혼자 노는 일이 많았습니다. 그렇지만 성품은 어질고 착했습니다. 그리고 한 번 잘못한 것을 일러주면 다시는 그 잘못을 되풀이하지 않는 착한 소년이었습니다.[53]

작가는 박문수가 호기심이 많고, 성품이 어질며, 잘못을 되풀이하지 않은 착한 소년이라고 인물 상을 직접 말한 것이다.

넓은 도량을 지닌 인물

어린이책에 박문수 인물 일화 중 가장 많이 실린 에피소드는 '넓은 도량을 지닌 인물'이다. 박문수 상에 애민사상을 입힌 것이다.

박문수는 어릴 적부터 남달리 아랫사람을 생각했다고 한다. 어느 날 박문수가 친구 집에 초대받아 갔더니 상차림이 매우 푸짐했다. 평소 검소하게 생활하던 박문수가 상차림이 지나친 것 같다고 친구에게 말한다. 초대한 친구는 상차림이 풍성한 이유는 아랫사람들을 위한 것이라고 했다. 양반이 먹고 남은 음식을 하인들이 먹기 때문에 그들을 위해 음식을 풍성하게 차린다는 것이다. 그 말을 들은 박문수는 음식을 남겨서 주는 것은 깨끗하지 않고, 양반 스스로 검소하게 하여 남은 비용으로 아랫사람들을 돌봐야 한다고 말하자, 친구는 "비로소 먹는 사치가 얼마나 큰 낭비인지" 깨닫는다. 이 일화는 박문수 애민사상과 그것의 실천으로서 근검절약 정신을 에피소드화한 것인데 이효성이 1989년에 쓴 『어사 박문수』(견지사)에 실렸지만 2010년 『박문수전』(꿈소담이)에는 빠졌다.

백성을 사랑하는 박문수 마음은 신분의 귀천을 떠나 모든 사람을 향해 있다. 어느 날 박문수 동네에 상처 입은 거지가 개와 함께 나타났다. 거지는 목도 축이고 상처도 씻을 겸 우물로 향하지만 마을 사람들은 부정을 탄다며 거지를 쫓아낸다. 그것을 본 어린 박문수는 거지와 개를 불러서 상처를 깨끗이 씻어준다. 또 동네에 꼽추 백정이 있는데, 어린아이들은 꼽추를 보고 돌을 던지고 놀려대지만 꼽추는 화를 내기는커녕 웃는다. 박문수는 그 꼽추를 보고 나쁜 사람을 용서하는 마음을 길러야겠다고 생각한다. 이 두 일화는 1992년 장재훈이 쓴 『어사 박문수』(꿈동산)와 2000년에 송명호가 쓴 『박문수』(바른사)에도 실렸다.

넓은 도량과 애민사상을 담은 '인정 많은 도련님'도 있다. 이 일화는 제7차 교육과정 초등학교 3학년 1학기 읽기 교과서에 '인절미와 도련님'이란 제목으로 실렸다. 1989년에 이효성이 쓴 『어사 박문수』(견지사)를 보자.

> 어느 날, 한 하녀가 찹쌀을 도둑 맞았다고 한다. 박문수가 광으로 가서 보니 찹쌀이 눈에 띄게 줄어들었다. 박문수는 도둑을 잡겠다고 말해놓고 글만 읽는다. 사흘째 되는 날, 박문수는 인절미 몇 말을 해놓으라며 자신의 허락 없이 누구도 먹지 말라고 한다. 인절미가 다 만들어지자 여종들에게

그것을 먹으라고 하였더니 마흔이 넘은 여종이 2개만 먹고 더 이상 먹지 못했다. 박문수는 그 여종을 다른 사람 몰래 불러서 왜 찹쌀을 가져갔는지 물었다. 여종은 찰 음식이나 한 번 배불리 먹고 싶어서 그랬다고 하자 박문수는 둘만의 비밀로 하고 그 여종을 용서한다.[54]

박문수의 넓은 도량뿐 아니라 관찰력과 판단력까지 보여준다. 박문수는 광에 들어가기 전부터 주위를 날카롭게 관찰을 한다. 광문이 열려 있으므로 자물쇠를 따고 들어갔다고 판단하고, 도둑이 여자라고 단정한다. 남자였다면 더 많은 곡식을 훔쳐 갔을 것이고, "찹쌀 한 톨도 뒤주 곁에 떨어져 있지 않은 것을 보면, 여자 중에서도 아주 침착하고 알뜰한 여자 도둑"이라고 생각한다. 이렇듯 박문수는 관찰력과 추리력으로 도둑을 잡는다. 그러나 도둑을 잡은 후에는 그가 얼마나 마음이 넓은 사람인지를 보여준다.

"찰 음식이나 한 번 배불리 먹고 죽으려고, 이 몹쓸 것이 열쇠를 훔쳐서 찹쌀 몇 말을 퍼냈습니다. 도련님, 우리 식구들을 모조리 죽여주십시오."
"쉿, 누가 들을까 무섭네. 도둑이 누구란 것은 나밖에 모르지 않는가? 짐작은 하고 있었지만, 자네가 도둑이라는 것을 증명해 보이려고 인절미를 만들었었네."
"도련님…."
"이제 됐네. 자네가 찹쌀을 퍼갔다니 마음이 놓이네. 속이 얼마나 헛헛했으면 그랬겠나? 그 속을 진작에 채워주지 못한 주인이 잘못이네."[55]

어린 박문수는 도둑을 용서할 뿐 아니라 그 속을 채워주지 못한 자신을 탓한다. 김병규는 "박문수에게 젊었을 적부터 이렇듯 사건을 이치에 맞게 푸는 능력이 있었다. 그리고 굶주린 사정을 이해하고 따뜻하게 감싸주는 인정이 남달랐다"고 한다. 이 일화는 교과서뿐 아니라 김병규가 쓴 『암행어사 박문수전』(대교, 1992), 이효성이 쓴 『어사 박문수』(꿈소담이, 2010), 박병선 『조선 최고의 암행어사 박문수전 이야기』(청년사, 2011) 등 어린이책에 가장 많이 실렸다.

어린이책에서 실린 일화는 대부분 창작되었다. 박문수의 업적과 생애를 통해서 어린 시절부터 업적과 관련한 성격이 형성 되었다며 몇 개의 일화에 사상과 정서 등을 입혀서 도덕적 힘을 가진 완벽하고 견고한 인물상을 만들어낸 것이다.

정형화된 인물상은 일화로 만들기도 하지만, 논평으로도 만든다. 논평자(서술자)는 다른 방법으로는 알릴 수 없는 사실들을 독자에게 설명한다. 논평은 어린이들에게 매우 중요한 위치를 차지한다. 웨인C. 부스에 따르면 특히 "작중인물의 도덕적 내지 지적 특성에 대한 작자의 논평은 언제나 그 인물들이 행동을 하는 사건들에 대한 독자의 관점에 영향을 끼친다. 결과적으로 그것은 알아차릴 수 없게 조금씩 변화하여 사건 자체의 의미나 중요성에 대한 직접적인 진술이 되어" 버린다.

박문수의 어린 시절에 대한 기록은 소략하다. 태어나고, 5세에 시를 해석했으며 할아버지의 영향을 받고, 6세에 할아버지를, 8세에 아버지를 여의고 과거에 급제를 해서 관직에 나아가는 것이다. 박문수의 어린 시절은 매우 소략하지만, 기록과 기록 사이를 메우는 창작 일화는 아이들에게 그것이 역사적 사실이라고 믿게끔 한다. 창작된 일화가 역사적 사실이라고 믿게 하는 데는 작가 논평이 있다. 작가는 인물의 어린 시절을 창작한 일화로 복원하고 개성은 약화시켜 정형화된 인물상을 만든다.

정형화된 인물상은 어릴 적부터 업적과 관련된 일화로 만든다. 박문수는 암행어사로서 이름났기 때문에 작가들은 그가 어린시절부터 어질고 똑똑하고 효성이 깊으며 관찰력이 뛰어나고 백성을 사랑하는 마음이 남다르다는 등 애민사상과 정서 등을 어린 박문수상을 세우고 그러한 인물이 틀림없음을 증명하는 사건을 만든다. '인절미와 도련님'과 같은 뛰어난 관찰력의 소유자이자 애민사상을 보여주는 일화들은 암행어사로서 박문수 자질들을 말한 것이다. "위대한 인물들을 모범으로" 제시해야 하기 때문에 윤리적인 측면을 강조하고 개성은 약화시킨다.

이 시점에서 든 의문 하나, '정형화된 인물상을 독자가 동일시할 수 있을까?' 독자가 박문수에게 감정이입해서 당대를 바라보고 사건을 바라보게 하는가라는 점에서 생각해볼 때, 그렇지 못하다는 것이다. 오늘날 평범한 아이들은 어릴 적부터 남다른 박문수를 보면서 자신과 박문수를 동일화하기는커녕 괴리감만 더 커질 것이다.

위인전은 아이들에게 인물을 모범적으로 제시하고 도덕적 측면을 강조하여 삶의 롤모델로 제공된다. 그런데 평범한 어린이들이 따라 할 수 없는 인물상이 제시되면 아이들은 인물 삶을 통해 위인의 삶을 꿈꾸는 게 아니라 꿈을 포기할 우려가 있다.

6절

박문수 이야기는 어린이책에서 어떻게 변하는가

구전설화 '영리한 아이' 이야기 변화

박문수를 주인공으로 하는 소설이나 인물이야기는 실제 인물 치적을 담기도 하지만 루샤오펑 말처럼 "정서적 흥미와 도덕적 교훈 속에서 고도로 허구화"된다. 그 과정에서 이야기 변화가 일어난다. 박문수 이야기를 재구성할 때 내용 변화가 어떻게 일어나고 그것은 무엇을 의미하는지 알아보자.

구전·문헌설화 가운데서 현대 어린이책에 가장 많이 실린 이야기는 '영리한 아이 이야기'의 유형으로 9권에 실렸다. 어린이가 등장하고, 아이가 지혜로 박문수를 일깨운다는 점에서 아이들에게 흥미를 주기 때문이다. 구전설화 '영리한 아이' 이야기가 어린이책마다 어떻게 변하는지 보자.

이 이야기는 박문수 설화 중 고한승이 처음으로 동화화한 이야기다. 동화로 다시 써진 '집행이 하나'는 1925년 『어린이』 9월에 실렸다. 고한승은 설화를 어린이를 위해서 동화로 고쳐 썼을 뿐, 민중의 정신은 그대로 수용했고, 구강동부는 식민지 지배 이데올로기를 강화하여 개작했다.

오늘날 어린이책에서 '영리한 아이' 유형을 동화화한 것 중에 장재훈이 쓴 책만 구전설화 모티프를 그대로 전승한다. 그러나 동화화 과정에서 박문수의 넓은 도량을 강조하려고 에피소드를 넣는다. 박문수가 원님 역할을 한 아이 판결을 구경하며 감탄 하자 그 아이는 정숙해야 할 관청에서 시끄럽게 웃었다며 박문수를 꽁꽁 묶어서 옥에 가둬버린다. 박문수는 지위가 높은 사람이지만 아이들 놀이를 이해하고 꾸짖지 않는다.

장재훈은 구전설화를 그대로 실었으나 박문수가 살인을 방조한 일이 아이들에게 바람직하지 않다고 여겼는지 많은 분량을 할애해 어쩔 수 없는 일이었다고 설명한다.[56]

> "그래 이 놈이? 네 놈을 먼저 죽여야겠다!"
> 그 험상궂은 사내는 긴 칼로 박문수의 목을 조금 찔렀습니다. 목에서는 피가 방울방울 배어 나왔습니다.
> 이런 산중에서는 암행 어사도 별 수 없었습니다.
> 박문수는 피를 보자 자기도 모르게 대나무 숲을 가리키고 말았습니다.
> 그러자, 그 험상궂은 사내는 긴 칼을 거두고 대나무 숲 속으로 뛰어 들어갔습니다.
> 박문수는 금세 후회가 되었습니다.
> '아차, 내가 목숨이 위태롭다고 하여 그만 대나무 숲을 가리키고 말았구나! 어쩌면 그 중년 남자는 죽을지도 모르는데……. 그런데 안 가리켰으면 금방 내가 죽었을지도 몰라. 어쩔 수 없는 일이 아닌가? 그래도 그렇지, 긴 칼을 들고 나타난 놈이 사람을 죽이려고 하는데 내 목숨을 살리기 위해 다른 사람이 도망친 곳을 알려줘? 에이, 못난 사람 같으니라고! 나 박문수는 왜 이렇게 비겁한가? 내가 무슨 암행어사냐? 비겁한 암행어사 박문수구나! 목에서 피 몇 방울 흘렸다고 벌벌 떨며 대나무 숲을 가리키는 꼴이라니 ……아이

고, 한심한 암행어사구나!'
박문수는 산길을 걸으면서, 그 일을 생각하니 자신이 한 일
이 후회스럽고 부끄러웠습니다.[57]

숨은 곳을 알려준 박문수는 자신의 비겁함을 자책하며 "아무것도 하지 못했다는 사실에 한숨이 저절로 나왔다"든가 "왜 더좀 버티어 보지 못하고서" 숨은 곳을 가르쳐준 걸 후회한다. 내면 서술은 바로 교훈으로 이어진다. 그런 일을 겪은 후 박문수는 모든 일을 더욱더 신중하게 처리할 뿐 아니라 "한 번 실수한 일은 다시는 되풀이하지 않았다" 자신의 실수를 교훈삼아 같은 실수를 하지 않았다는 것이다.

어린아이의 지혜를 보면서 "어사로서 나라와 백성들을 위해 무엇을 할 것인가 다시 한 번 깊이 생각해"본다. 현대 박문수 역사인물 이야기 '영리한 아이'는 실수를 통해 배우고 더 훌륭한 관리자가 되었다는 이야기로 바뀐 것이다.

내용을 바꾼 책은 3권이나 된다. 임구순이(가정교육사, 1994)처음 바꾸는데 이후 임성빈(민중, 1999)과 공감사(홍진미디어, 2008)도 내용을 바꾼다.

사내는 금방이라도 박문수의 멱살을 잡을 기세였다.
"말하겠소이다. 저기 보이는 고목 안에 숨었소이다."
그러자 세 사람은 쏜살같이 달려가 숨어 있는 사내를 끌어
내었다.
"네가 여기 숨어 있으면 못 찾을 줄 알았더냐?"
그때 추풍령을 넘어서 훈련을 받는 한 떼의 포졸들이 있어

서 다행히 도둑들을 잡을 수 있었지만 박문수는 도둑들의 위협에 못 이겨 사내가 숨은 곳을 가르쳐준 자신을 나무라고 있었다.

'히어, 잘못했다간 아까운 사람 하나 죽일 뻔했구나.'[58]

구전설화와 달리 이 책들은 포졸들이 나타나서 구해준 이야기로 바뀐다. 작가는 저본이 되는 이야기가 오늘날의 가치관과 맞지 않다고 판단했을 때, 옛사람들의 정신을 훨씬 더 잘 전달하기 위해 현대에 맞게 변개하거나 개작하는 등 서사에 변화를 준다. 그러나 임구순은 이러한 이유로 서사를 바꾼 것 같지 않다.

임구순은 개작하면서 사람을 죽게 하는 데 일조한 박문수 이야기가 아이들에게 바람직하지 않다고 여겼거나 박문수 이미지를 훼손한다고 생각해서 서사를 변개했을 가능성이 있다. 또는 아이들에게 국가로부터 보호받고 있다는 믿음을 심어주기 위해 개작했을 가능성도 배제할 수 없다. 쫓긴 사람과 박문수가 우연히 포졸들에게 구원되기 때문이다.

임구순이 저본으로 삼은 구전설화 '영리한 아이 이야기'는 아무리 뛰어나고, 권력을 가지고 있는 암행어사라도 법망이 미치지 못하는 곳에서는 힘없는 한 사람이라는 점, 목숨을 위협받는 상황에서 명예나 이타심보다 자신의 목숨을 더 소중하게 여기는 것이 인간의 본성이라는 점을 말한다. 그러한 시련을 겪고 박문수는 민중을 위해 거듭나 인재를 육성하거나 등용하는 사람이 되었다는 민중 인식이 반영된 이야기다. 그러나 임구순이 개작한 인물이야기에는 이러한 인식이 없다. 박문수와 쫓긴 사람은 우연히 포졸들 도움으로 위기를 모면한 것이다.

구전설화는 듣는 이에게 지혜를 조언해준다. 설화인 '영리한 아이 이야기'는 아이들이 법으로부터 보호받지 못한 상황에 처할 때, 기지를 발휘해 위기에서 벗어나는 법을 알려준다. 그러나 우연히 포졸들이 와서 구해주는 임구순 이야기는 아이들에게 어떤 조언도 해주지 못한다. 현실에 적용해 봐도 임구순 책은 아이들에게 하나의 도움도 주지 못한다. 현실에서 아이들이 어려움에 처했을 때 항상 누군가 나타나서 도와주지는 않기 때문이다. 임구순, 임성빈, 공감사 등이 쓴 책은 추풍령에서 훈련한 포졸들 때문에 쫓긴 사람이 우연히 목숨을 구해 아이들에게 충격을 덜 주겠지만, 구전설화가 지닌 가치관도 반영하지 못할 뿐 아니라 어린아이들에게 위험에 처할 때 대처하는 방법도 알려주지 못한다.

문헌설화 '긍박동령성주혼' 이야기 변화

박문수는 가난하여 결혼을 못하는 처녀와 총각을 나라에서 혼인 비용을 대어 결혼시키는 정책 안을 내었다. 혼인 정책은 민중 사이에서는 '오누이 결혼시킨 이야기'로, 글을 아는 사람들 사이에서는 '긍박동령성주혼'으로 전승되었다. 이야기의 저본이 된 사실은 역사에 "혼가를 제때에 하게 함은 왕정의 선무입니다. 지금 경외의 처녀로 나이가 2, 30이 넘도록 시집 못간 자가 매우 많아 원망이 가슴에 맺혀 화기를 손상할 것입니다"라고 박문수가 영조에게 건의하자, 영조가 도성 안으로는 "경조의 부관이 찾아 물어서 호조와 선혜청에게 보고하여 각별히 돌봐주게 하고, 밖으로는 감사와 수령이 역시 혼수를 갖춰 주어 시기를 넘김이 없도록 하라"고 기록돼 있다. 기록에 나타난 혼인정책이 문헌과 구전설화 그리고 어린이책에서 어떻게 변하는지 보자.

문헌설화 '긍박동령성주혼'은 박문수가 혼인 정책을 건의하였고, 영조가 시행토록 한 사실이 이야기로 전승된 것이다. 소년과, 좌수, 그리고 가난을 상징한 봉지쌀 등이 역사적 사실을 구체화하고 있다. 가난한 소년이 좌수집 딸에게 청혼을 하였다가 매를 맞고, 박문수는 암행을 다니다가 우연히 소년 집에 들렀다가 사연을 알게 되고, 결혼을 성사시켜주는 이야기로 만들어 진 것이다.

문헌설화로 만들어진 이야기를 전승한 어린이책은 4권이다. 이 가운데 뚜렷한 내용 변화가 일어난 책은 박병선이 쓴 책(청년사, 2011)이다. 박병선은 박문수가 종자를 데리고 다니면서 사건을 해결한다. 종자가 등장하는 이야기는 허문녕이 처음 시도했다. 다시 말하지만 허문녕 소설은 어린이책에 가장 많은 영향을 끼쳤다. 문헌설화 '긍박동령성주혼'은 허문녕 소설에 실리지 않았지만, 박병선이 쓴 책은 허문녕 소설 일부를 전승한다. 종자를 데리고 다닌다는 설정은 허문녕 소설을 따른 것이다. 허문녕 소설에서 종자는 사건을 해결하는 박문수를 적극적으로 도와주는 역할로 등장한다. 그러나 박병선 책에서 종자는 소년 집으로 가게 하는 동력은 되지만 이야기 안에서 역할은 크지 않다.

문헌설화는 박문수가 암행을 다니다 밥을 먹지 못하고 소년 집에 이르러서 소년에게 밥을 청한다. 소년은 아버지 제사에 쓸 쌀로 밥을 지어 박문수를 대접한다. 박병선 책(『조선의 최고의 암행어사 이야기 박문수전』, 2011)은 이렇게 바꾼다.

"실은 집에 쌀이 떨어져서……."

"아, 그거라면 괜찮다. 마침 우리에게 쌀이 조금 있으니 쌀 걱정은 말아라."

(중략)

"귀한 손님이 오셨는데 죄송하게 됐구려, 이 늙은이가 몸이 아파 누워 있으니 대접도 못 해 드리고……."

(중략)

"제가 네 살 되던 해에 이 마을에 역병이 돌아 마을 사람 절반이 넘게 죽었다고 하였습니다. 저희 집에서는 할아버지와 부모님 그리고 누이 두 명이 목숨을 잃고 저와 할머니만 간신히 살아남았습니다."

박문수는 덕쇠에게 봇짐을 풀게 하여 쌀과 얼마간의 돈을 내놓았다.

"자, 이 쌀로는 밥을 짓도록 하고, 많지는 않지만 이 돈으로는 내일 할머니 약이라도 지어드려라."

그러자 소년이 깜짝 놀라며 손을 내저었다.

"아닙니다. 쌀은 고맙게 받겠습니다만 이 돈은 받을 수 없습니다. 할머니 약값은 제 손으로 마련할 수 있습니다."

"그게 무슨 소리냐? 네가 어디 가서 돈을 마련할 수 있다고 그러느냐?"

"할머니가 아프신 뒤로는 제가 아랫마을 최 부자 댁 일을 해서 생계를 꾸리고 있는데 며칠 있으면 품삯을 받는 날입니다. 그러니 마음은 고맙습니다만 돈은 넣어 두십시오."

"허허, 그래, 알았다!"

박문수는 소년이 대견스러워 마음속으로 감탄하지 않을 수 없었다.

'참으로 올곧게 자랐구나! 지금은 힘들게 살지만 하늘이 복을 내리실 소년이로다!'[59]

박문수는 쌀과 돈을 주며 할머니 약값에 보태 쓰라고 한다. 소년은 어릴 적 돌림병으로 온 가족을 잃고 할머니와 둘이서 사는데 할머니가 몸져 누워 있어서 박문수가 약값을 주려 했던 것이다. 박병선이 이렇게 개작한 데에는 박문수가 가난한 백성 식량을 축내지 않은 청렴한 관리임을 보여줌과 동시에 그의 애민사상을 드러내기 위해서다. 소년 상은 가난하지만, 올곧고 꿋꿋하다. 이러한 설정은 소년이 좌수에게 청혼했다 곤욕을 치르는 일의 부당함과 박문수가 소년과 좌수 딸을 결혼시키는 데 개연성을 부여하고자 했을 것이다.

내용을 바꿀 때는 문헌설화나 구전설화가 지닌 가치관을 제대로 반영하였나 살펴야 한다. 문헌설화에서 박문수는 암행을 갔다가 늦는 바람에 총각 네에서 머물게 된다. 총각은 가난하여 밥을 며칠 굶으면서까지 아껴둔 아버지의 제사 쌀로 밥을 짓는다. 설화에서 쌀은 민중이 얼마나 고단하게 사는지를 알려주는 매개물이자 이야기 핵심이다. 총각은 가난 때문에 파혼당하거나 거절당한다. 해서 이 이야기에서 제사 쌀은 매우 중요하다. 그러나 박병선 책에서는 박문수가 쌀을 내놓은 것으로 바꿨다. 또 할머니 약값에 보태라며 돈을 주려고 한다. 이러한 개작은 박문수를 청렴한 관리 상으로, 소년을 가난하지만 남에게 의지하지 않고 꿋꿋하게 사는 자립하는 인간상, 다시 말해 바람직한 국민 상을 아이들에게 제시하기 위해서다.

구전설화 '오누이 결혼시킨 이야기' 변화

구전설화에는 문헌설화 '긍박동령성주혼'과 같은 유형인 '오누이 결혼시킨 이야기'가 전승된다. 구전설화에는 총각 대신 오누이가 등장할 뿐이다. 앞에서 말했지만, 구전설화 내용을 다시 한 번 상기해 보자.

> 박문수가 경상도 어느 땅을 시찰하던 중 비가 내리자 조그만 집 처마 밑에서 비가 그치길 기다렸다. 마침 저녁때여서 십칠팔 세 된 처녀가 물을 길러 가면서 형색이 남루한 박문수를 보고 자기 집에 가서 비를 피하라고 한다. 초라하기 그지 없는 집에는 늙은 어머니가 있었다. 가난한 집에 앉아 있기도 미안한데 처녀는 보리밥에 소찬이나마(제사 쌀) 정성껏 지어다 주었다. 조금 있으려니 총각이 와서 잔치 음식이라며 어머니에게 주었다. 어머니는 눈물을 흘리며 음식을 목구멍에 넘길 수 없으니 손님에게 주라고 한다. 박문수가 그 사연을 묻자, 건넌 마을에 큰 부잣집이 있는데, 그 집 딸은 어릴 적 총각의 약혼녀이며 내일 다른 사람과 혼인한다고 한다. 총각 집이 망해서 부잣집 딸이 다른 곳으로 혼인하게 된 것이다. 총각은 그 집에서 머슴을 살고 있기 때문에 잔치 음식을 가져온 것이다. 박문수는 총각에게 편지 한 장을 써서 원님의 답을 듣고 오라며 밤중에 심부름을 보낸다. 편지를 받은 원님은 총각을 혼례복으로 입혀서 잔칫집으로 데려오고 박문수는 거지 차림으로 잔칫집으로 간다. 잔칫집은 신랑이 둘이라 이러지도 저러지도 못한다. 이때 박문수는 신분을

> 밝혀 가난한 총각을 신부와 맺어주고, 혼인하기로 한 총각을 총각 여동생과 맺어준다. 박문수는 신부 집과 여동생에게 장가든 총각 집에서 각각 재산의 절반씩을 가난한 총각에게 떼어주게 한다.[60]

문헌설화는 좌수댁 하인이 총각을 데리러 왔고, 총각 반응을 보고 박문수가 물어서 사연을 알게 된다. 그러나 구전설화는 총각 삶이 더욱 비극적으로 나타난다. 총각은 약혼녀 집에서 머슴을 살 뿐 아니라, 약혼녀 결혼식에 쓸 잔치음식을 가져와야만 하는 상황이다. 어머니와 누이동생이 굶주림에 시달리고 있기 때문인데, 박문수는 그 음식을 앞에 두고 눈물 흘린 어머니를 통해서 총각 상황을 알게 된다. 총각이 가난한 이유는 어릴 때 부유했으나 집안이 망했기 때문인데 박문수는 총각이 결혼 이후에도 잘 살 수 있도록 장인으로부터, 그리고 누이 시아버지로부터 재산 절반씩을 총각에게 주도록 한다. 이러한 결말은 박문수가 생활밀착형 관리로서 민중의 삶을 실제적으로 돌봤다는 것을 상징적으로 보여준다.

구전설화 '오누이 결혼시킨 이야기'를 전승한 어린이책은 박현숙이 쓴 책이다. 내용을 보자.

> 처녀 아버지인 박진사와 친구인 김진사는 매우 친한 친구 사이로 아이들을 혼인시키기로 약속한다. 그러다 부유한 박진사가 병으로 죽자 가난한 김진사는 박진사 가족을 돌본다며 재산을 차지하고 혼인도 없었던 걸로 한다. 처녀 오빠인 박도령은 김진사 딸을 보러 갔다가 광에 갇힌다. 김진사는 딸 혼례를 치를 때까지 박도령을 가둬두려는 것이었다.

박도령 누이에게 이야기를 들은 박문수는 걱정하지 말라며 잔칫날 김진사 집에 찾아간다. 박문수는 암행어사 출두를 한 후에 김진사가 빼앗은 박진사 재산을 박도령에게 돌려주고 박도령과 김진사의 딸을 결혼시킨다. 김진사 딸과 결혼하려던 총각은 박처녀와 혼인한다.[61]

구전설화에서 박문수가 총각 사연을 듣고 그를 원님에게 심부름을 시킨다. 원님에게 총각 결혼을 준비 시키라는 서찰이다. 그리고 좌수 재산 절반을 총각에게 주게 한다. 그러나 박현숙 인물이야기는 김진사가 총각에게 가로챈 재산을 되돌려준 것으로 내용을 바꾼다. 박현숙 책은 구전설화나 문헌설화가 가치관에 따라 어떻게 바뀌는지를 보여주는 사례이다.

작가는 오늘날 가치관으로 옛이야기를 재단하고 있는데 박문수가 좌수 돈을 총각에게 나눠주게 한 사건은 오늘날 가치로 볼 때 관리가 권리를 남용한 것으로 볼 수 있기 때문에 박현숙은 본래 총각 재산이었던 것을 되찾아 준 것으로 개작한 것이다.

그러나 옛이야기에는 옛사람들의 정신이 녹아 있다. 좌수는 총각이 가난하다는 이유로 자신 딸과 결혼을 반대했다. 박문수가 처녀 아버지의 재산 절반을 나눠주게 한 이유는 총각도 잘 살게 해주기 위해서이다. 다시 말해 처녀 아버지의 재산 절반은 상징인데, 민중은 박문수를 항상 자신들을 돌봐주는 관리, 삶을 편하게 만들어 준 관리로 인식한다는 뜻이다. 옛이야기를 개작할 때 오늘날 가치로 재단한다면 자칫 옛사람들 정신이 무엇인지 잘 알지 못하게 된다.

구활자본 소설 '신장출도' 이야기 변화

구활자본 소설 '신장출도'를 전승한 책은 모두 12권이다. 구활자본 소설 『박문수전』은 서두와 '신장출도' 이야기 그리고 후일담으로 구성 돼있다. 서두는 박문수가 무신난을 평정하고 암행어사를 제수받는 과정이 간략하게 쓰였다. 본 이야기는 무주구천동에서 일어난 '신장출도' 이야기고, 몇 년 후 박문수가 무주구천동을 다시 방문하여 살펴본즉 유안거가 잘 살고 있다는 후일담이 있다. 어린이 책에서는 서두를 전승한 책도 있고, 후일담을 수용한 책도 있지만, 대부분은 '신장출도'에 관한 이야기만 전한다. 구활자본 소설 후일담을 보자.

> 십 년 전에 내 집과 이곳 천가의 집 사이에 불미한 관계가 있어서 내 집이 곤욕을 당하고 집이 장차 망하게 되었는데 마침 하늘 옥황상제께오서 오방신장을 내려보내사 내 집과 흔단이 있는 천가 두사람을 잡어 올려 가신 후로 오늘까지 시체도 내려오지 아니하는지라 그 일을 본 토민들이 대경하여 서로 경계하되 제집은 곳 하늘이 아는 집이니 감히 존경치아니치 못하리라하며 서로 다투어 발기 하야 내 집을 위하야 동중에 갑채를 지여주며 년년이 진공을 감히 헛되이 아니하니 내 스스로 생각하기를 내가 무슨 덕이 있어서 하늘이 이와 같은 은혜를 받는고 도리혀 두려 온 마음으로 이곳토인의 자제를 정성껏 가르치며 지금이곳 신진 청년은 십년전 이곳 사람에 비하면 막비문명한 인물이라 이르리로다 박어사 듣고 다만 상제의 은혜를 감사하며 다시는 말이 없

이 그 이튿날 일찍이 구천동을 떠나오니라[62]

유안거는 하늘이 자신을 도운 것으로 알고 있으며, 그곳 주민들도 하늘이 유안거를 알아보는 집이라 하여 집도 지어주며 존경한다. 유안거는 청년들을 가르쳐 왔고, 10년 전과 비교할 때 발전했다. 반인륜적인 일을 서슴지 않았던 마을 사람들이 교육을 통해 교화되었다는 뜻이다.

구활자본 소설 후일담을 전승한 엄기원이 쓴 책은 교훈을 강조하는데 구천동을 다시 들른 박문수와 유안거가 나누는 대화를 보자.

> 저는 하늘 나라의 도움을 받아 이렇게 되었습니다. 그런 일이 있는 뒤로부터 구천동 사람들은 저희 집을 가리켜 하늘이 보살펴주는 집이라고 우러러보게 되었지요. 서로 다투어 아이들을 가르쳐달라고 보내고 있습니다. 그래서 정성껏 가르치니 지금은 이곳의 젊은이들은 모두 글을 알고 사람의 도리를 깨닫는 착한 사람들이 되었습니다.[63]

무주구천동 사람들이 사람 도리를 알지 못한 것은 글을 모르기 때문인데, 이후 글을 알고부터는 사람의 도리를 깨닫고 착한 사람이 되었다고 한다. 글을 모르면 사람 도리를 모르기 때문에 글을 배워야 한다는 다시말해 교육의 중요성을 강조한다.

어린이책에서 가장 뚜렷한 내용의 변화는 패륜을 저지른 천씨 부자에 관한 처벌이다. 구활자본 소설에서 천씨 부자에 대한 처벌을 보자.

> 이때 천운서 부자를 잡어 간 신장은 곳 박문수 박어사이니 본 읍에서 데리고 온 광대 네 명으로 군복을 입히여 가지고 유안거의 집을 사방으로 뛰어 넘어 들어가서 천운서의 부자를 압령하야 나오다가 구천동 삼십리 밖에 나와서 광대를 호령하여 천운서의 부자를 때려죽이어 깊은 산골에 파묻은 후에 광대를 다 각기 후이 상 주어 돌려보내고 박어사는 그 길로 나서서 전라도를 본 후에 서북사도를 차례로 암행하고 경성으로 돌아와[64]

소설 『박문수전』에서 박문수는 인륜을 저버린 천씨 부자에게 살인으로 징치한다. 어린이책들은 천씨 부자를 어떻게 징치할까? 같이 보자.

> 천 노인과 그의 아들을 끌고 구천동 밖으로 나간 박문수는, "너희 부자는 목을 베어 마땅하다만, 새 사람이 되라고 놓아주겠다. 잘못을 뉘우치고, 아무도 모르게 먼 곳에 가서 살도록 하여라." 하며 노자까지 주었어요.[65]

> "이번 사건은 세상 사람들에게 말조차 하기 부끄러운 일이로다. 마땅히 처벌을 해야 하지만 특별히 용서하여 없었던 일로 해둘 것이니 너희 부자는 아무도 모르게 먼 곳으로 가서 살아라." 사건을 지휘한 장군은 돈을 꺼내어 천운서 부자에게 주었다. 천운서 부자는 목숨만이라도 건진 것을 다행으로 여기고 곧 그 마을을 떠났다.[66]

오방신이 나타나서 천만수와 그의 아내, 그리고 아들을 잡아 혼을 낸 다음 모두 집으로 돌려보냈다. 그리고는 유유히 마을을 떠났다. 며칠 후, 마을에는 사건의 진상이 모든 사람들에게 알려졌다. 어사 박문수의 도움을 받은 정 선비는 더욱 열심히 학생들을 가르쳤으며 마을에서 다시는 죄를 짓는 사람이 없었다고 한다.[67]

박문수가 깃발을 흔들며 뭐라고 한참 중얼거리더니 천씨 부자에게 말했다.
"염라대왕께 아뢰었더니 너희 부자가 이 마을에서 멀리 떠나겠다면 데려오지 말고 용서해주라 하신다"(중략) 이렇게 하여 천씨 부자는 그날 밤중으로 아무도 모르게 마을을 떠나버렸다.[68]

그들은 천수만과 그의 아내, 그리고 아들을 잡아 크게 혼을 낸 다음 집으로 돌려보냈다. 그런 후, 그들은 마을을 떠났다. 암행어사 박문수의 도움을 받은 정선비는 이후 열심히 학동들을 가르쳤으며 마을에서 다시는 죄를 짓는 사람이 없었다고 한다.[69]

소설에서 박문수가 천씨 부자를 살인으로 징치한 것과 달리 어린이책에서는 잘못을 뉘우치게 하고 그들을 용서해준다. 어린이책은 인간이 잘못을 저지르면 그것을 깨우치게 하고, 잘못을 뉘우친다면 용서해야 한다는 용서와 관용의 미덕 이야기로 바뀌었다. 물론 천씨 부자 징치를 살인이란 말을 쓰지 않은 책들도 있다.

구경꾼들이 사라지자 신장들은 천동수와 그의 아버지를 잡아가지고 바람처럼 사라졌습니다.
신장들이 어디로 갔는지는 아무도 모릅니다. 구천동 마을 사람들은 필경 하늘로 올라갔을 거라고 생각했습니다.[70]

사자들에게 잡혀간 구씨 부자는 며칠이 지나도 나타나지 않았습니다.[71]

보기만 해도 끔찍한 가지 각색의 도깨비들이 넋이 빠져 있는 천 운서와 아들 동수의 목덜미를 거머쥐고 대문 밖으로 끌어갔습니다.[72]

신장들이 천씨 부자를 데리고 바람처럼 사라졌다든지, 대문 밖으로 끌고 갔다든지, 며칠이 지나도 나타나지 않았다든지 등으로 독자가 천씨 부자 징치를 상상하게 만든다. 천씨 부자가 죽었을 것이라고 직접적으로 말하지 않지만 그렇게 믿게 한다. 이야기 내용 변화나 사건의 간접 서술은 독자가 어린이기 때문이다. 어린이들이 보는 책이라 살인이 잔인하다고 생각해서 이렇게 개작했을 것이다. 그러나 먼 곳으로 가서 살도록 하며 노자까지 준다는 설정은 박문수 관용적인 면모를 부각시키고자 한 작가의 의도다.

또한 무주구천동에 박문수가 다시 들렀을 때, 송명호 본에 유안거는 "세상에 공것이 어디 있습니까? 기와집을 지어주었으니, 그 집 아이들에게 글공부라도 시켜줘야지요."라고 해 주어진 것에 머물지 않고 그에 보답하는 인간형을 제시한다. 백성을 계도하고 잘 살 수 있도록 보살피는 이상적 관리 상이 제시돼 있다.

오늘날 어린이책에 가장 많은 영향을 미친 책은 허문녕 소설 『어사 박문수』다. 허문녕은 박문수를 관찰력과 뛰어난 판단력으로 사건을 해결하는 수사관적 면모를 그리고 있다. 그러나 허문녕 소설은 전해 내려오는 민간설화나 문헌 설화 그리고 기록을 바탕으로 해서 재구성한 이야기가 아니다. 대부분의 이야기를 박문수를 주인공으로 한 탐정소설이다. 그런데 어린이책 대부분은 마치 허문녕 소설이 실제 이야기인 줄 알고 그대로 전승한다. 박문수의 업적이 뚜렷하지만, 아이들은 그의 업적을 모르고 탐정역할을 한 암행어사로만 기억한 이유다.

어린이책에서 박문수 상은 정형화되어 나타나는데, 개성은 약화되고 윤리적인 모델로서만 제시되었다. 어린 시절 일화를 창작하면서 인물 업적에 맞춰서 인물상을 만들었기 때문이다. 역사인물이야기에서 실제 인물 성격을 파악하기란 요원해 보인다. 인물과 동시대를 살아가지 않는 이상 그 인물 성격을 파악하기란 쉽지 않을 터다. 그러나 역사 기록들, 동시대를 산 인물들의 문집, 그리고 행장이나 가문에서 전승된 기록 등으로 인물 성격을 파악할 수 있다.

동시대인들은 박문수를 성격이 급하고, 활달하며, 해학적인 언사를 잘 구사하고, 강직하며, 도량이 넓은 인물로 평가한다. 해서 박문수와 관련된 인물의 문집만 살펴봐도 그의 어린 시절을 본래에 가깝게 그릴 수 있을 터이다. 또한 이종성 문집에는 박문수와 어린 시절 수학했던 일화들이 전승된다.

그런데 어린이책에서는 박문수 경험 일화는 전승하지 않고 모두 창작된 일화뿐이다. 이런 이유에는 작가들이 자료를 찾고 분석하는 수고를 아껴서다. 그리고 한 작가가 서술해놓은 것을 다른 작가가 그대로 베껴 써도 용납이 되는 어린이책 출판 분위기 때문에 모든 박문수 인물상이 한 작가가 쓴 것처럼 똑같다.

박문수 인물이야기는 설화를 전승하는 과정에서 이야기 내용도 바뀐다. 서사의 변이는 오늘날 잣대로 인물옛이야기를 재단하면서 발생한다. 인물옛이야기는 지혜와 조언을 아끼지 않는다. 아이들이 위험에 처했을 때 지혜를 발휘하여 그것으로부터 벗어나는 방법을 알려준다. 그러나 개작한 인물이야기에서는 이러한 조언이 보이지 않는다. 구전설화에는 오랫동안 쌓아온 민중 지혜가 담겨 있다. 개작할 때는 이러한 점을 충분히 고려해야 한다.

오늘날 박문수 인물이야기는 인물의 삶과 업적 중심의 서술이 아닌 몇몇 일화만 나열하고 있어서 어린이들이 인물의 전체적인 삶을 기억하지 못하고 단편적인 일화만 기억하게 만든다. 박문수는 암행어사로서 활약했을 뿐 아니라 행정 및 진휼전문가였다. 이러한 역사적 사실은 배제하고 암행어사로서 활약만 서술되었다. 암행어사로서 활약도 탐관오리를 척결하는 행적이 아니라, 살인범과 도둑 등 범인을 잡는 이야기로 변질되었다.

그렇다면 박문수 인물이야기가 제대로 전승되려면 어떻게 해야 할까? 아니 박문수 뿐 아니라 역사인물들의 이야기를 올바르게 전승하는 방법은 무엇일까? 그러한 고민에 앞서 우리는 다른 고민이 선행되어야 한다. 이미 출간된 역사인물이야기를 어떻게 읽어야 할까에 대한 고민 말이다. 역사인물이야기를 제대로 읽을 때 제대로 전승하는 법도 나올 것이다.

3부

역사인물이야기 어떻게 읽을까?

-역사인물이야기 읽는 다섯 가지 방법

역사인물이야기는 현대의 작가가 과거 인물들이 행한 사건의 기록을 보고 아이들이 이해하기 쉽게 쓴 글이다. 다시 말해 '역사인물이야기'는 실존한 역사인물의 행적과 문헌설화 및 구전설화를 어린이를 위해 개작한 서사물이다. 설화를 역사 사실과 같은 계열로 여기는 이유는 역사와 설화가 공동체 경험을 기록하기 때문이다. 다만 공동체 경험을 문자로 기록했는가, 말로 전승하는가만 다를 뿐이다. 기록은 '사건, 문맥, 시간 계열' 요건을 문자로 갖춘 언어 행위이고, 설화는 이러한 요건을 말로 하는 행위이다. 다시 말해 역사는 쓰고, 이야기하는 행위를 통해서 성립된다.

그런데 공동체 경험을 모두 기록에 남긴 건 아니다. 어떤 것을 기록하고 버릴까, 선택과 배제는 순전히 기록자의 선택이다. 공동체 경험을 역사 사건으로 규정한 것은 기억인데 수많은 기억 중에 취사 선택된 사건이 기록이다. 해서 역사 기록은 배제된 많은 경험이 있다는 뜻이기도 하다. 배제된 경험, 선택되지 못한 사건도 많다는 뜻이다. 단지 기록에서 배제되었을 뿐이다. 선택 되지 못한 경험들을 상상하여 '역사인물이야기'에 썼을 때, 그것을 역사적 상상력이라고 한다.

'역사인물이야기'에서 기록과 기록 사이, 기억과 기억 사이의 빈틈을 메우는 일이 역사적 상상력이다. 이때 역사적 상상력은 '역사인물이야기'에서 문학성이다. 아동문학에서 역사적 상상력은 새로운 세계에 대한 경험이다. 현재 시공간이 아닌 인물이 살았던 시공간 경험이다. 그런 경험으로 아이들은 시대와 인물을 이해한다. 해서 아이 인격 형성에 무엇인가 보태진다. 보태지는 경험은 아이들을 성장하게 한다. 성장은 어린이의 천성이기 때문이다. 이것이 아동문학이 지닌 상상력의 가치다. 그러나 무엇보다도 책은 아이들에게 재미와 흥미를 주어야 한다. 아이들은 재미와 흥미가 있을 때 손에 잡은 책을 끝까지 읽기 때문이다.

역사적 상상력은 기록된 자료를 분석하고 해석한 것을 토대로 기록에 빠져 있거나 드러나지 않는 사실을 상상으로 추론하여 재구성한 사건이나 일화다. 역사적 상상력을 발휘할 때는 개연성이 무엇보다 중요하다. 역사 기록과 설화에 나타난 인물이야기를 통해, 역사인물 성격을 유추해 보고 그러한 성격이 했음직한 행위로 상상해야 한다. 해서 역사적 상상력은 개연성이 바탕이 되어 사건을 넣고, 독자를 인물에 이입하게 하며, 작가의 역사적 판단이 들어간다. 역사적 상상력의 요건은 개연성을 바탕으로 하는 '삽입, 감정이입, 역사적 판단' 이다.

삽입은 역사에 대한 작가 해석이자 기록과 기록 사이를 메워주는 정보이다. 과거에 어떤 일이 일어났는가 뿐만 아니라 '무엇이 일어날 수 있는가'에 대한 작가의 답이다. 감정이입은 역사인물의 실제 성격이나 사상을 파악하고, 과거 관점에서 역사적 사건을 인식하고 이해하는 것이다. 역사적 판단은 인물과 역사를 바라보는 작가 관점(사관, 주제)이다. 관점은 사입과 감정이입으로 역사적 상황, 사건, 인물 등이 재현될 때 나타난다.

'역사인물이야기'에서 역사적 상상력은 실존 인물의 재현이다. 독자는 재현된 역사인물을 통해 그 시대와 인간을 이해한다. 재현 기준은 역사 기록으로 인물 성격을 파악하고, 사상을 이해하고, 역사적 사건을 인물의 관점으로 보는 것이다. 해서 역사적 상상력 구성요소는 '역사인물이야기' 문학성을 가늠하는 기준이 된다.

기준은 역사 기록을 잘 이해하고 사실의 맥락 속에서 새롭게 해석하였는가, 인물 성격을 제대로 복원하였는가 역사적 상상력 산물을 재구성할 때, 작가 사관은 어떻게 나타나고 있는가, 직접적이고 교훈적으로 드러내는가, 또는 문학적으로 형상화하고 있는가이다.

역사 기록을 잘 이해하고 사실의 맥락 속에서 새롭게 해석하였는가는 역사적 자료에 대한 충실도를 말한다. 역사인물에 대한 1차 자료를 조사하고 그것을 바탕으로 새롭게 해석하였는가다. 1차 자료는 『조선왕조실록』과 같은 국가 공인 편찬서와 역사인물과 동시대인이 그 인물에 대해서 언급해 놓은 문집, 그리고 당대 민중이 역사인물을 바라보는 인식이 담긴 설화이다. 작가는 이러한 1차 자료로 역사 현실과 역사인물 관계를 해석하고 인물을 분석해야 한다. 그러할 때 독자는 인물이 살았던 시대와 동일시를 느끼며 당대 역사를 체험한다.

인물 성격을 제대로 복원하였는가는 1차 자료에 의해 인물의 성격을 파악하고 이해했는가다. 인물의 성격을 나타내는 것은 재현되는 행위를 통해서다. 행위는 어떤 사건의 선택이며 그 결과 상태가 변화된다. 역사인물이야기에서 인물의 성격은 작가의 직접 서술이나 일화의 재현을 통해서 파악된다.

역사인물이야기에 수록된 인물의 어린 시절은 작가가 인물 업적을 바탕으로 창작한 일화다. 창작된 일화에는 '역사인물이야기' 장르의 특성인 사회가 요구하는 잘 빚어진 어린이로서 신의, 정의 등 시민적 규범을 담은 인물이 형상화돼있다. 그러나 어린 독자는 이러한 인물에게 감정 이입해서 그 인물의 시각으로 당대 사회를 바라볼 수 없다. 인물 연령이 독자와 같다고 해서 독자가 인물에 감정 이입되는 것은 아니다. 감정 이입은 최상훈에 따르면 "'다른 사람의 감정이나 마음속으로 들어가는 힘'과 '다른 사람의 경험을 상상적으로 경험하는 힘'"이다. 역사인물에 감정 이입이 되려면 독자가 충분히 그 인물을 이해하고 동질감을 느껴야 한다. 그러할 때 그 인물의 생각과 사상으로 당대 현실을 바라볼 수 있다.

작가 관점은 작가 사관이자 세계관이다. 작가는 자신이 바라보는 역사관과 세계관을 통해 인물을 형상화하고, 그 인물의 행위를 엮어낸다. 역사를 바라보는 시각에 따라 역사 해석이 달라지고 그것은 아이들에게 지대한 영향을 미친다. 역사적 판단력이 확고하지 않은 아이들에게 특정한 사관으로 '역사인물이야기'를 서술하면 아이들은 특정한 사관으로 역사를 바라볼 여지가 있다. 또한 '역사인물이야기'의 특성상 실존인물과 그 인물이 살았던 당대 역사를 서술하는 것이기 때문에 작가가 제시한 관점이 역사 사실로 전승될 우려가 있다.

어린이 문학 대부분은 사회 규범과 관행을 아이들에게 내면화시키는 도구로 삼고 있다. 작가 관점은 어린 독자를 사회적 기능을 수행할 대상으로 보고 교육을 목적으로 서술하는가, 아니면 아이들 문학적 감수성과 인생의 가치관을 형성하고 성장하는 데 도움이 되는 서술인가는 '역사인물이야기'를 읽는데 중요한 기준이 된다.

관점이 '역사인물이야기'를 읽는 데 중요한 기준이 되는 이유는 독자인 어린이 처지에서 '역사인물이야기'를 살펴야 한다는 뜻이다. 독자가 어린이라는 점을 생각해야 한다는 뜻인데 그래서 이원수는 '동시 작법'에서 "어린이들이 즐길 수 있는 시, 어린이들이 맘으로 느낄 수 있는 시"를 동시라고 해 독자인 어린이를 강조한다. 어린이를 위한 문학을 어린 독자 처지에서의 고찰이 무엇보다 중요하다고 이오덕도 말한다. 김환희는 어린이 문학은 '진정으로 어린이를 위한 책'이여야 한다며 '어린이를 자율적으로 성장시키는 책인가', '탄탄한 짜임새를 갖춘 책인가'를 어린이책의 평가 기준으로 제시한다.

그러나 '역사인물이야기'에는 픽션과 다른 별도 읽기 기준이 필요하다. '역사인물이야기'는 역사적 기록을 바탕으로 한 장르이기 때문인데 말하자면 이런 기준이다.

첫째, 역사 기록에 의한 사실을 왜곡하지 않고 전달하고 있는가? 그러려면 충실한 자료조사가 필요하다. 실록과 문집 그리고 설화 등의 자료조사를 철저히 그리고 충분히 하고 나서 아이들이 이해하기 쉽게 전달하려면 어떻게 해야 하는가를 고민해야 한다. 그래야 아이들 눈높이에 맞춰 서술할 수 있다. 그러나 역사인물이야기의 작가들은 1차 자료 조사를 제대로 하지 않는다. 적어도 박문수에 관해서는 모두 엉터리다. 가장 기본적인 정보조차 확인하지 않았다. 예를 들면 박문수는 16세에 김도협의 딸과 결혼한다. 그러나 장재훈은 "서당의 수연 정인로 훈장의 중매로 이웃 마을에 사는 참한 규수 홍금순과 결혼했습니다."고 서술한다. 충분한 자료 조사가 이루어지면 사실을 틀리게 서술하는 일도 없을 것이다. 어떤 작가가 써 놓은 인물이야기를 사실인 양 베껴 쓰는 관행도 사라질 것이다.

둘째, 인물 상을 제대로 복원하였는가다. 이것은 업적에 따른 정형화된 인물상이 아니라, 역사 기록에 나타난 인물상과 당대 민중이 생각하는 인물상을 말한다. 제대로 인물상을 복원 했을 때 독자는 인물 눈으로 당시의 역사 현실과 인물과의 관계를 생각하면서 그 시대를 바라볼 수 있을 것이다.

셋째, 당대 인물 사상과 업적을 제대로 전승하고 있는가다. 작가가 바라보는 역사가 아니라 인물이 당대를 바라보는 시각이다. 그러할 때, 당대 역사 현실과 인물의 관계 속에서 인물의 시대정신을 반영할 수 있다. 그러나 오늘날 '역사인물이야기'는 인물 사상과 업적을 제대로 전승하지 못한다. 진짜 박문수는 없고 가짜 박문수만 있다. 사기꾼, 살인범, 도둑을 잡는 박문수만 있고, 애민사상을 실천하는 박문수는 없다.

넷째, 아이들 처지에서 서술하고 있는가다. '역사인물이야기'는 아이들을 가르치는 교과서가 아니라, 아이들에게 문학적 감수성과 "자율적이고 독립적인 인격체로 성장하는 데 도움이 되는" 책이어야 한다. 아이들이 인물과 동일시하여 사건을 겪으면서 당대 사회를 이해하게 서술되어야 한다는 뜻이다.

다섯째, '역사인물이야기'는 역사 사실과 민중의 현실 인식이 담긴 설화를 바탕으로 한, 어린이를 위한 문학이다. 하여 역사적 상상력을 발휘할 때는 개연성을 바탕으로 짜임새 있는 구조로 민중의 정신을 전승하고 있는가도 책 읽기 기준이 된다.

그러면 역사인물이야기 읽기 방법으로 그동안 발행된 박문수 이야기를 살펴보자.

역사 사실을 왜곡하지 않았는가?

어린이들에게 전승되는 '박문수 인물이야기' 가운데 '위인전'이라는 관제를 달고 있는 책이 3권, 고전, 명작, 문학, 옛이야기, 동화, 애니메이션 등의 명칭을 달고 있는 도서는 21권이다. 관제가 없는 책은 2권이며, 위인과 고전을 동시에 달고 있는 책도 1권 있다.[1]

'위인' 또는 '위인 전기'라고 명시된 책은 3권이다. 전傳 양식 전통으로 볼 때, '위인전'은 인물의 삶의 궤적을 서술한다. 가계와 어린 시절, 그리고 인물 업적 위주로 서술되며 찬자가 인물을 평가하는 체계다. 전 양식은 공인된 인물 행적을 통해 후대 사람들을 계도

할 목적으로 출현한 양식이다. 전에 뿌리를 두고 있는 '위인전' 또는 '역사인물이야기'는 그래서 계몽성으로부터 자유롭지 못하다.

신현득이 쓴 『어사 박문수』(태창), 이효성이 쓴 『어사 박문수』(견지사), 송명호가 쓴 『박문수』(바른사)는 '위인전'이라고 명시돼 있다. 그러나 내용을 보면, 전기인지 소설인지 그 성격이 모호하다.

신현득은 설화와 소설을 전승했는데 며느리를 살해한 시아버지와 박문수가 숲속의 여인에게 회초리를 맞은 이야기를 변개해 실었다. 의적을 가장한 도둑 '천리마(번개)', 오방신장으로 변신한 박문수가 천씨 부자를 징치하는 '신장출도', 무당이 사람들에게 굿을 하게 하려고 불을 지른 '도깨비불' 등 소설을 실은 것이다.

이효성은 신현득보다 소설을 더 많이 전승한다. 박문수 출생과 가계, 그리고 어린 시절 일화와 무신난을 진압한 공로를 제외하면 모두 소설이다. 송명호는 구활자본 소설 '신장출도'를 실었다.

어린이책에서 박문수 '위인전'은 대부분 소설을 마치 허구를 사실인 양 서술한다. 고전 관제를 달고 있는 '역사인물이야기'도 인물 삶을 어린 시절부터 과거급제까지 선별적으로 다룬다. 전기를 수용한 고전 책들은 모두 9종이다. 이주홍, 박병선, 이효성, 신동일, 공감사, 임성빈, 김미숙, 임구순, 명지현 등이 쓴 이야기이다. 관제가 없는 정은희와 장재훈, 그리고 위인전과 고전의 명칭을 동시에 달고 있는 김병규 책까지 포함하면 전기를 실은 고전 책은 24권 중 50%가 되는 12종이 된다. 절반 이상 책이 박문수 생애를 싣고 있다.

오늘날 박문수 '역사인물이야기'는 소략한 생애와 소설을 마치 업적으로 그려 '위인전'으로 전승한다. 특정한 작가가 창작한 이야기가 사실처럼 굳어진 것이다. 허구가 사실로 굳어진 이유를 현덕은 독자가 "그것이 실제 있었던 사실이라는 것을 전제로 공감"하기 때문 이라고 한다. 특히 역사인물이야기는 역사 사실이라고 여긴다. 실존한 인물 이야기라는 점 때문이다.

김미숙의 서문을 보자. "여기에 나온 이야기는 어사 박문수가 경상도와 전라도 지방을 두루 살피면서 다녔을 때의 일화를 모아 쓴 소설"이라고 한다. 김영일은 "박문수가 암행어사가 되어 남도 지방을 두루 돌면서 관리들을 도와 어려운 사건들을 해결하는 이야기들을 모아" 놓았다고 한다.

또 "그가 해결해놓은 일들을 보면, 마치 탐정 소설처럼 아슬아슬하고 재미가 있습니다. 그 시대에 누구보다 뛰어난 머리를 가지고 있던 어사 박문수는 사건을 해결하는 데 남다른 재능이 있었으며, 그렇다고 결코 뽐내지는 않았습니다."라고 해서 허구를 사실처럼 믿게 한다. 탐정소설을 '탐정소설처럼'으로 표현하고 실존 인물이 주인공이라는 점에서 창작된 소설이 경험 이야기로 해석된다. 가짜이야기가 진짜이야기로 둔갑한 사례다.

이런 기원은 1910년대의 구활자본 소설 발달과 관련이 있다. 1910년대의 야담 구활자본 소설은 일제의 무력통치로 인해 언로가 막히고 검열로 인해 내용의 변개가 일어난다. 영웅상도 구국의 영웅에서 민중의 삶을 보살피는 영웅으로 변모해 간다. 그 예가 박문수를 주인공으로 한 『어ᄉᆞ 박문슈젼』이다.

구활자본 『어ᄉᆞ 박문슈젼』에서 천씨(무씨) 부자는 자신들의 세력만 믿고 타지에서 온 유안거의 처와 며느리를 빼앗으려 한다. 이때 암행어사인 박문수가 재인 4명과 함께 신장으로 변장하여 천씨 부자를 징치한다. 억압으로부터 해방시켜줄 영웅으로 박문수를 그리고 있는 것이다. 『어ᄉᆞ 박문슈젼』의 서두를 같이 보자.

화설 영조시대에 박문수 어사는 유명한 남도 어사이라 재학과 덕망이 조야에 충만하더니 이때에 호서적 이인좌와 영남 정희량 등이 군사를 일으키어 난을 지을 새 상여에 병기를 실고 청주에 들어와 병사 이봉상과 영장 남연평을 죽이고 안성 청룡산상에 진을 치거늘 봉조하 최규서가 변을 고하매 영묘조- 대경하사 오명항과 박문수를 명하야 난적을 토멸한 후 오히려 민우를 부찰하사 특별히 박문수를 명하야 팔도 암행어사로 제수하니 박문수 고두사은하고 수의사로 팔도에 암행할 때 페의파립에 죽장망혜로 행운 유수를 따루어 한강 이남 경기 충청경상도로 시작하야 수령방백의 행정 득실과 각동각리의 인민 정도를 일일이 수색한 후에 전라도로 들어갈 새 일변 덕유산 속으로 들어가니(중략) 이때 야심하야 집집이 문을 닫고 만뢰가 구적한데 한 골목을 당도하니 창밖으로 등불이 비추며 방안으로서 사람의 소리 괴이하게 들리거늘 어사 대경하야 한 옆으로 비켜서서 창틈으로 엿보니 늙은 사람 한나이 단도를 빼어들고 누운 사람의 배위에 올라 앉아서 칼로 찌르려하며(생략).[2]

박문수는 영조시대 실제 인물로 무신난을 진압하여 공을 세운다. 무신난은 이인좌와 정희량 등 소론 강경파가 경종이 노론에 의해 독살됐다고 여기고 무기를 들고 한양으로 진격한 사건이다. 영조는 오명학의 종사관으로 박문수와 조현명을 임명하여 난을 진압하게 했다. 박문수는 무신난을 진압하는 공을 세우고 경상도관찰사로 제수받았다. 이것은 역사 사실이다.

그러나 『어ᄉᆞ 박문슈젼』에는 팔도 어사로 제수받고 민정을 살피는 것으로 변이된다. 팔도 어사에 제수받은 박문수가 민정을 살피다가 덕유산 골짜기 무주구천동에 들어선다. 역사 사실을 변개한 이야기는 마치 박문수가 경험한 사실처럼 믿게 한다. 해서 이후에 일어나는 천씨 부자의 만행과 그것을 징치하는 박문수의 행적은 암행어사로서의 행위에 개연성을 부여한다.

역사를 서술할 때 첨가와 창조는 금지되어 있으나 "말하는 사람의 마음에 있었던 것을 잘 추정"[3]해서 나타낼 때 독창성이 허락된다고 장학성은 말한다. 여기서 독창성은 역사적 상상력으로 기록과 기록 사이 빈틈을 추론하여 메우는 사건이다. 이러한 시각에서 볼 때,『어ᄉᆞ 박문슈젼』에서 천씨 부자를 징치하는 방식은 독창성이 뛰어난다.

그러나 구활자본의 독창성은 개연성과 충돌된다. 박문수는 관리로서 민생을 돌보고 법을 수호하는 유학자다. 관리로서 박문수가 천씨 부자를 살인한 것은 법 밖에서의 행위다. 따라서 관리다운 문제 해결을 위해서라면 법 테두리 안에서 천씨 부자 처벌이 이루어져야 한다. 그러나 작가는 개연성과 독창성 사이에서 독창성을 선택하는데 다소 개연성이 떨어지더라도 일제에 의해 억압받은 민중 감정을 천씨 부자 징치를 통해서 해소시키고자한 결과다.

인물상을 제대로 복원했는가?

박문수 '역사인물이야기'에서는 그의 애민사상을 찾아볼 수 없다. 박문수가 민중 영웅이 되어 회자된 것은 민중의 편에서 행정안을 만들고 진휼을 폈으며 군정을 개혁하려 했기 때문이다. 암행어사 활약도 마찬가지다. 박문수에게 백성보다 중요한 것은 없었다. 민중이 굶어죽는 것보다 위급한 일은 없다고 여겨 당시 선결재 후실행 관행을 어기고 조정 결재가 떨어지기 전에 굶주린 백성을 위해 진휼미를 풀었다. 자신의 장곡을 풀어서 민중을 굶주림으로부터 구하고자 했다. 이런 조치로 박문수는 지배계층에게 질타 대상이 되었고, 백성들에게는 영웅이 되었다. 민중은 박문수를 그들의 편에 선 위정자로 인식했던 것이다. 이러한 예는 얼마든지 찾을 수 있다. 박문수가 전정, 군정, 환전 등 삼정 폐단을 짚어 개혁을 주장하고, 백성을 위한 진휼책을 간하고, 당파를 넘어서 인재 등용을 피력한 이유는 백성 삶을 보다 낫게 하기 위해서였다.

그러나 위정자로서 박문수는 어린이책에서 실종됐다. 작가들이 자료를 조사하는 수고를 아꼈기 때문인데, 자료를 찾는 수고를 조금만 했더라면 창작된 일화가 아니라 박문수의 실제 어린 시절 일화를 찾을 수 있었을 것이다. 외종제 이종성과 문벌을 비교하는 일화는 그의 성격을 보여줄 뿐 아니라 위정자가 될 포부도 담겨있다. 어린 박문수가 외종제인 이종성과 더불어 이태좌에게 수학을 할 때 일이다.

> 일찍이 병풍 뒤에서 서로 다투어 따지고 있기에 아곡이 가만히 들어 보니 서로 문벌을 비교하는 중에 오천이 말하기를, "너희 집안에 구천 이세필 선생 같은 분이 있는가?" 하니, 영성이 말하기를, "우리 할아버지 구당공 박장원이 계신다." 하였고, 오천이 또 말하기를, "백사 선생 같은 분이 있는가?" 하니, 영성이 답하기를, "이는 내가 그렇게 될 것이다."고 하였다. 이에 아곡은 영성의 머리를 쓰다듬어 주면서 칭찬하기

를, "너는 반드시 백사의 사업을 할 것이다." 하였다.[4]

비록 외가의 도움을 받고 있었지만 어린 박문수는 자신의 집안을 매우 자랑스럽게 여길 뿐 아니라 이종성에게 지지 않고 자신이 훌륭한 인물이 되겠다고 한다. 자신감과 당당함이 느껴지는 일화이다. 이뿐 아니다. 『임하필기』에 수록된 이종성과 일화는 박문수 지혜와 도량을 알 수 있는 대목이 있다.

영성군 충헌공 박문수는 오천 문충공 이종성과 더불어 내외 형제가 되며, 외숙인 아곡 충정공 이태좌에게 함께 수학하였다. 매양 송강이 매끄럽지 못할 때마다 반드시 서로 더불어 거울을 비추어 보여 주곤 하였는데, 오천이 일부러 박공에게 거울을 비춰주지 않아 외우지 못하게 되었다. 이에 아곡이 매질을 하려고 하니, 박공이 일어났다가 앉아 말하기를, "동생 이종성이 거울을 비춰주지 않아서 이렇게 되었으니, 그 죄도 매를 맞아야 합니다." 하였다. 이에 아곡은 그 말을 기특하게 여겨 때려주려던 일을 그만두었다. (중략) 무신년(1728, 영조 4)의 난리를 당하여 박공이 참모 종사로서 계획을 짜고 방책을 결정하면서 남들의 의표를 찌른 것이 많았다. 그리하여 필경에는 난리를 진정시킨 공신에 책훈되고 일대의 명신이 되었으니, 대체로 어린 시절부터 기상의 탁월함이 남과 크게 달랐다.[5]

박문수는 이종성의 치기 어린 마음을 이해했고, "죄도 매를 맞아야 한다"는 기지를 발휘해 매질에서 이종성을 구한 것이다. 지략이 있고, 대범하며, 이종성을 아끼고 사랑하는 마음이 보이는 일화이다. 이처럼 자료를 찾는 수고를 조금만 한다면 박문수의 면모를 제대로 알려 주는 일화를 찾을 수 있다.

필자가 역사인물이야기를 공부하면서 아주 이상하게 여긴 점이 하나 있다. 마치 한 명의 작가가 쓴 것처럼 모든 책이 비슷했다. 사건도 비슷했고, 심지어는 조사만 다를 뿐 문장도 같았다. 그러니까 베껴 쓰는 행위가 관행처럼 받아들여지고 있었다.

전기 작가는 대상이 되는 인물의 삶을 추적하고 생애를 복원하여 후대에 전승한다. 인물의 삶을 추적하는 단서는 각종 사료들을 찾아보는 것이다. 인물의 공적 활동 기록과 가계에서 전해오는 기록, 그리고 동시대에 활동했던 사람들의 문집 등을 확인하면 대상이 되는 인물의 일화와 성격, 그리고 당시의 시대적 분위기를 파악할 수 있다. 그러한 1차 자료들을 수집하고 분석한 후에 인물과 사건을 재조명해서 서술한다.

그런데 유독 어린이책 작가들은 자료를 조사하는 수고를 아낀다. 그 이유는 작가들이 인물 조사에 대한 필요성을 못 느껴서다. 역사인물에 대해 자료를 조사하는 일은 많은 시간과 노력이 필요하다. 방대한 자료를 조사 했다고 해서 그것을 모두 '역사인물이야기'에 활용할 수는 없다. 독자가 어린이인 만큼 어린이 수준에 맞춰 쓰려면 조사해놓은 자료를 취사 선택해야 한다. 다시 말해 자료를 조사하는 시간과 노력에 비하여 그 결과물의 활용도는 매우 낮다. 요즘 유행어로 말하자면 가성비가 낮은 것인데 이러한 이유로 작가들은 1차 자료를 살피는 수고를 아낀다. 그러나 성실한 자료 조사만이 역사 사실을 전달하고 독창적인 해석을 할 수 있다는 사실을 기억하자.

역사 자료를 접근할 때 기억해야 할 점도 있다. 첫째, 기록자 평에 대해서 객관적으로 살펴야 한다. 박문수가 활동하던 시기는 노론과 소론의 당파 싸움이 치열할 때다. 기록자가 어느 당파인가에 따라서 박문수에 대한 평가가 달라질 수 있다. 『조선왕조실록』은 사실을 기록하나 그 사실을 평가하는 사관의 평도 수록되어 있다. 사실과 사관의 평가를 분리해서 인물을 조명해야 한다.

둘째, 민중이 전하는 인물설화는 민중의 생각과 인물에 대한 정서가 담아 있는가를 살펴야 한다. 박문수는 매우 다양한 면모를 지니고 있다. 어린아이보다 못한 지혜를 가지고 있는가 하면, 성욕이 강하여 본능에 지기도 한다. 또 신의 대리인으로, 민중을 위해 거듭나는 면모도 보인다. 민중의 살림을 세세히 살피는 섬세함도 보이며, 시대를 앞선 인물이자 관리이면서 항상 민중의 편에 선 사람으로 그려져 있다. 박문수에 대한 민중의 인식이 담겨 있는 것이다. 그래서 박문수가 장원급제하기를 매일 기도하는 백정의 부인도 있고, 처녀의 간절한 기도를 받은 미륵은 자신의 대리인으로 박문수를 내세우기도 한다. 그만큼 백성은 박문수를 자기들 편에 선 정치가로 인식했다. 이러한 민중 정신을 오늘날 박문수 '역사인물이야기'는 제대로 전승하지 못한다.

당대 인물 사상과 업적을 제대로 전승했는가?

시대 인물상을 형상화해서 아이들에게 역할 모델을 제시한 '역사인물이야기'는 지배 이데올로기를 재생산하는 데 일정 역할을 한다. 루샤오펑에 따르면 '역사인물이야기'는 "동일성을 후대에 전수

하고, 국가를 위하여 사회적 지위와 합법적 국민을 생산하고 또 재생산할 것을 강조한다. 역사 사건과 인물은 현재와 미래의 세대에게 본보기, 모델, 가치, 구실 이상을 제공한다." 인물 형상화는 그 자체로서 이데올로기를 지니고 있다. 인물 형상화 유형에서 박문수는 어릴 적부터 남달리 똑똑하고 무엇이든지 호기심을 갖고 관찰하며 남을 사랑하는 마음을 지녔으며 효성이 지극하다. 사회체제에 순응하는 인물로 묘사된다. 오늘날 아이들에게 본보기로 제시된 것이다. 이렇듯 '역사인물이야기'는 사회 질서, 도덕, 규범 등을 준수하는 인물의 행위를 통해서 독자에게 인물처럼 수행하게 한다. 장재훈을 글을 보자.

> 작고 동그란 것 하나가 또르르 박문수의 발밑으로 굴러 떨어졌습니다.
> 이슬이었습니다.
> (중략)
> "이슬은 아름다울 뿐만 아니라 이슬 방울이 모여서 땅으로 떨어지면 식물의 목을 축여주기도 한단다. 또한 많은 이슬 방울이 모이면 샘물이 되고, 샘물은 시냇물이 되고, 시냇물은 강물이 되고, 강물은 바다로 흘러가게 된단다. 사람도 어릴 때는 천자문이나 쉬운 글을 배우지만 커서는 훌륭한 시를 짓기도 하고 책을 만들기도 한단다. 문수, 너도 지금은 작고 동그란 이슬 방울 같지만 후에는 바다처럼 넓은 마음을 지닌 훌륭한 사람이 되기를 바라는 게 어머니의 마음이다. 알았느냐?"
> "예, 어머니. 어머니의 말씀대로 어서 자라서, 몸도 튼튼하

고 마음도 넓은 사람이 되겠어요."

어린 문수는, 이슬은 아름다울 뿐만 아니라 남의 마음을 기쁘게도 하여준다고 생각했습니다.

'앞으로는 더욱 열심히 공부하여 바다처럼 넓은 마음을 지닌 사람이 되어 부모님을 기쁘게 해드리고, 나라를 위해 일을 하는 훌륭한 선비가 되어야겠다.'[6]

어머니의 말에 박문수는 '앞으로는 더욱 열심히 공부하여 바다처럼 넓은 마음을 지닌 사람이 되어 부모님을 기쁘게 해 드리고 나라를 위해 일을 하는 훌륭한 선비가 되어야겠다'고 다짐한다.

장재훈은 성역할을 고정시키기도 한다. 집안 여종이 함경도에 돈을 벌러 가서 일 년 동안 소식이 없는 남편 일로 애를 태우다가 박문수에게 편지를 써달라고 한다. 박문수가 쓴 편지를 그 여종이 잃어버린다. 박문수 어머니가 그 편지를 주워 보고는 박문수에게 "글을 배워 아녀자들의 대필 노릇이나" 한다며 꾸짖는다.

"문수 네가 글을 배워 아녀자들의 대필 노릇을 한다니 어찌 이 어미가 듣고 딱한 생각이 들지 않겠느냐?"

"…… 어머니, 죄송스럽습니다. 찾아와 사정을 하는 정경이 하도 딱하여 저지른 일이옵니다. 공연한 일로 어머니에게 근심을 끼쳐드려 죄송스럽습니다. 다음부터는 명심하여 그런 일이 없도록 하겠습니다."

(중략)

박문수는 부끄러워 고개를 들지 못했습니다. 그 후부터 박문수는 자기가 학문을 닦는 이유를 명심하여, 조금도 법도

> 에 어긋나거나 마음에 꺼리는 일에는 간섭하지 않았습니다. 그러나 남의 어려운 일에는 발 벗고 앞장 서서 처리하는, 의리 있는 사람이 박문수였습니다. 그래서 후일에 암행어사로서 오랫동안 그 명성을 날릴 수 있었는지도 모릅니다.[7]

장재훈은 여성과 남성의 성역할을 고정시킬 뿐 아니라 가부장적 이데올로기를 재생산한다. "글을 배워 아녀자들의 대필 노릇이나" 한다고 꾸짖는 말은 남성과 여성의 일이 따로 있으며 여성의 일은 하찮은 것으로 비하한다. 성별 이데올로기에 따른 어머니의 역할을 자녀를 훌륭하게 키우는 것으로 고정했다. 여기서 훌륭함이란 '나라를 위해 일하는 관리'다. 여성의 역할을 국가와 민족을 위해 일할 아이를 교육시키는 역할로 고정시키고 있는 것이다.

엄기원은 학문과 교육의 필요성을 강조한다. 구천동에 다시 들른 박문수와 유안거가 나눈 대화를 보자.

> 저는 하늘 나라의 도움을 받아 이렇게 되었습니다. 그런 일이 있는 뒤로부터 구천동 사람들은 저희 집을 가리켜 하늘이 보살펴주는 집이라고 우러러보게 되었지요. 서로 다투어 아이들을 가르쳐달라고 보내고 있습니다. 그래서 정성껏 가르치니 지금은 이곳의 젊은이들은 모두 글을 알고 사람의 도리를 깨닫는 착한 사람들이 되었습니다.[8]

작가는 후일담을 통해 교훈을 말한다. 영조는 박문수에게 왜 유안거에게 자신이 도와준 것에 대해서 말하지 않았냐고 물어본다. 박문수는 "모든 것이 밝혀지면 구천동 백성들은 다시 사납게 될 것이옵니다. 유안거가 무지한 백성들에게 글을 가르쳐 깨우쳐주는 일은 나라를 위해서도 참으로 다행한 일이옵니다."라고 한다.

무주구천동 사람들이 사람 도리를 모르는 것은 글을 알지 못했기 때문인데, 이후 글을 알고부터는 사람의 도리를 깨닫고 착한 사람이 되었다며 교육의 중요성을 강조하고 있다. 글을 아는 사람은 사람 도리를 알기 때문에 배워야 한다는 것이다. 배우지 못하면 짐승과 무엇이 다르겠느냐는 강한 메시지를 담고 있다. 또한 글을 알고 모름으로 사람과 짐승으로 구별하고 있는데 이것은 말과 글의 위계질서를 세운다. 그러나 설화에서 말해주듯, 글을 모르는 민중은 삶에 대한 통찰과 수많은 지혜를 말로 전승한다. 교육을 강조하기 위해 문자의 중요성만을 강조하면 아이들이 말문학이 지닌 가치를 하찮게 여길 우려가 있다.

송명호는 박문수가 "높은 벼슬에 올라 훌륭한 공을 많이 세우고 깨끗한 관리의 본보기가 되었습니다"라고 평결한다. 이처럼 어린이책에서는 교육의 필요성과 더불어 청렴결백한 관리로서의 모습을 강조한다. 학문과 교육 강조는 '역사인물이야기'에서 두드러진다. 교육은 국가 시스템을 유지 발전시키기 위한 원동력이며, 지배이데올로기를 재생산 한다. 교육 이데올로기는 지배 이데올로기를 교육 분야에 실현하기 때문이다.

작가는 이야기 인물 형상화와 사건을 통해서 대상 인물에 대한 견해를 반영하기도 하지만, 서술 태도를 통해서도 반영한다. 기록된 사건을 해석하는 과정에서 그리고 사실을 서술하지 않음으로써 견해를 드러낸다.

박문수는 무신난을 진압하면서 역사에서 두각을 나타내기 시작하기 때문에 박문수의 삶에서 무신난은 매우 중요한 사건이다. 무신난은 경종이 갑자기 죽자 경종이 독살되었다고 믿는 이인좌와 정희량 등 소론강경파가 영조 4년에 일으킨 난이다. 경종 독살설은 매우 구체적이었다. 영조는 소론 온건파인 오학명을 대장으로 삼고 박문수를 종사관으로 삼아 난을 진압하도록 했다. 박문수는 무신난을 진압하는 데 공을 세우고, 난으로 인한 혼란스러운 민심을 수습하여 안정시켰다. 따라서 박문수 '역사인물이야기'에서 무신난에 대한 서술은 작가 역사관이 반영될 수밖에 없다.

도둑떼, 반란군 등으로 서술한 책을 포함해서 무신난을 언급한 책은 모두 8권이다. 전체 27권 가운데 약 30%를 차지한다. 박문수 '역사인물이야기'에서 무신난을 어떻게 서술하는지 보자.

> 이인좌는 영조를 못마땅하게 생각하고 있는 터였습니다. 영조가 천한 출신이라는 소문 때문이기도 했지만, 당파 싸움으로 나라가 어지러워져 있는 것을 이번 기회에 아주 뿌리를 뽑아버렸으면 하는 야심도 있었습니다.[9]

> 이인좌는 이번 반란의 주모자로 그동안 많은 반란자를 선동하여 왔던 것입니다.[10]

> 숙종의 후궁 최씨가 낳은 아들인 영조는 이른바 '서자 임금'이었다. 그 때문에 영조는 왕실의 친척이나 양반 대신들에게 짓눌리며 그늘에서 자라 왕자답게 권위나 호강을 누리지 못하였던 것이다.
> 영조가 세제로 책봉되었을 때는 소론의 대신 몇 사람이 그를 죽여 없애려고까지 하였다. 그 일을 꾀하던 목호룡과 김

일경 등은 영조가 임금이 되자 되레 목숨을 잃었다. (중략) 1728년 3월에 이인좌의 난이 일어났다. 이인좌는 김일경 일파로서 전부터 영조에 대해 불만을 품고 있었던 사람이다. 그래서 이인좌는 소론파 사람들과 모의하여 영조를 몰아내고 밀풍군 탄을 임금으로 세우기로 하였던 것이다.[11]

"경종대왕께서 돌아가시고 난 뒤 가짜 왕자가 임금의 자리에 들어서서 나라를 더럽히고 있다. 우리는 바른 계통인 밀풍군을 모시고자 일어섰으니 백성들은 우리의 큰 뜻에 찬동을 해주기 바란다."
새 임금 영조대왕은 경종대왕의 아우님이고, 밀풍군은 이씨 조선 열 여섯째 임금 인조대왕의 맏아들 소현세자의 증손주를 말하는 것이지만, 지금의 임금 아닌 사람을 임금으로 들여 세워놓아야 자기네들이 권력을 쓸 수가 있게 되기 때문이다.[12]

숙종의 후궁 최씨가 낳은 아들인 영조는 이른바 '서자 임금'이었다. 그 때문에 영조는 왕실의 친척이나 양반 대신들에게 짓눌리며 그늘에서 자라 왕자로서의 권위나 호강을 누리지 못하였던 것이다.
영조가 세자로 책봉되었을 때는 소론의 대신 몇 사람이 그를 죽여 없애려고까지 하였다. 그 일을 꾀하던 목호령과 김일경 등은 영조가 임금이 되자 되레 목숨을 잃었다.
영조는 그 뒤부터 탕평정책을 적극 펴 나갔다.[13]

> 영조는 숙종의 후궁 최씨가 낳아서 서자(정식 부인이 아닌 어머니에게 난 아들)였다. 서자 임금이어서 영조는 왕실의 대우를 제대로 받지 못하고 임금이 되었다. 영조가 세자로 책봉되었을 때는 서자라 하여 반대파에서 죽여 없애려고까지 하였다.
> '내가 임금이 되면 당파싸움부터 없애리라!'
> 영조는 이렇게 별렀다. 그리하여 임금이 되자마자 당파싸움을 일삼고 권력을 거머쥐려는 소론 대신들을 살려두지 않고 탕평책을 썼던 것이다.[14]

> 역적모의란 김일경 일파인 이인좌가 영조를 밀어내고 밀풍군 탄을 임금으로 세우려는 것이었다. 역적모의 일파는 민심부터 소란하게 하는 짓을 하였다.
> 즉, 영조 임금은 서자이니 가짜 임금이라고 거리에 써 붙였다. 그러다가 1728년 3월에 반란을 일으켰다. 이것이 이른바 '이인좌의 난'이다.[15]

영조가 후궁이 낳은 '서자 임금'이기 때문에 이인좌와 정희량이 무신난을 일으켰다고 한다. 영조가 세제로 책봉되었을 때, 서자라고 반대하고 서자라서 소론강경파가 영조를 죽이려 했다는 것이다. 그러나 이인좌 난은 경종이 노론에 의해서 독살되었다는 정황 때문이었다. 당시 경종 독살설은 정황이 매우 구체적이었다. 대비 인원왕후가 게장과 생감을 경종에게 내렸는데 생감과 게장은 상극이라 의가에서 꺼리는 음식이다. 그러나 연잉군(영조)은 어의 반대를 무릅쓰고 음식을 경종에게 진어했다. 그날 경종은 복통을 느꼈다. 2~3일 뒤 영조는 인삼차를 올렸다. 어의 이공윤李公胤은 인삼차를 올리면 기운을 운행하지 못할 것이라고 반대하였으나 연잉군(영조)이 이공윤을 꾸짖고 차를 올렸다. 그날 경종은 승하했다. 이러한 정황 때문에 경종이 독살되었다는 소문이 퍼졌다.

그러나 어린이책 작가들은 이러한 역사적 배경을 설명하지 않은 채, 영조가 '서자 임금'이기 때문에 이인좌가 난을 일으켰다고만 썼다. 뿐만 아니라 영조가 서자라고 죽을 뻔 했다고 역사 사실을 바꿔서 쓴다.

다른 인물이야기도 마찬가지다. 남쪽 지방에서 '도적의 떼'가 난을 일으켰다거나, 남쪽 지방에서 굶주린 백성들이 일으킨 반란, 또는 '전라도 경상도에서 일으킨 난리'라고 쓴다. 이러한 표현은 노론의 시각에서 쓴 것이거나, 시대에 대한 조사 없이 쓴 것이다.

아이들 처지에서 서술했는가?

'역사인물이야기'는 아이들에게 역사인물의 삶을 전승하는 것을 목적으로 한다. 작가는 1차적 사료들을 찾아서 여러 정황들을 살핀 후 전달해야 한다. 아이들은 글쓴이의 태도를 평가를 할 수 없기 때문에 전달된 역사가 사실이라고 믿는다. 아이들이 왜곡된 역사를 사실로 받아들이게 되는 지점이다.

당파 싸움의 서술도 보자. 이주홍은 "박문수는 당파싸움 통에 온통 힘을 쓸 수가 없게 되고 말았다. 그러나 반대 당파 사람들에게 눌려서 지내기는 하면서도 날 적부터 마음이 곧고 남에게 아첨할 줄 모르는 박문수는 끝내 자기의 주장을 굽히지 않고 싸울 것을 잊지 않았다."고 서술한다. 박문수가 소론인지 노론인지 안 밝히고 반대당으로 표기한다. 이효성은 "당파 싸움을 일삼고 권력을 거머쥐려는 소론 대신들을 살려주지 않고 탕평책을 썼던 것이다."라고 해 당파싸움의 원인을 소론에 있다고 한다.

영조는 자신이 노론과 손을 잡고 왕으로 등극했기 때문에 당파로부터 자유롭지 못했다. 영조가 편 탕평책은 노론 중심 탕평책이었다. 노론이 정국을 주도하는 상황에서 소수의 소론만 등용했으며 남인 등용은 원천봉쇄되었다. 영조시대에 탕평을 적극 주장한 정치인은 박문수다. 그러나 어린이책에서는 이러한 사실을 안 밝히고 영조가 왕자이면서도 왕자로서 대우받지 못하고, 자신을 죽이려는 소론들까지 골고루 등용하는 훌륭한 임금이라고 쓴다.

신현득은 "박문수는 많은 업적을 남겼습니다. 균역법을 주장하기도 했으며 가난한 백성들의 혼인을 성사시켜주기도 했습니다. 나중에는 호조판서까지 지냈으나 고집이 워낙 센 분이라 그 이상의 벼슬은 얻지 못하였습니다. 그리하여 영조 32년, 서기 1756년에 병으로 세상을 뜨시게 되었습니다."라고 한다. 박문수가 자신이 지닌 능력과 업적에도 불구하고 정승 자리에 오르지 못한 데에는 불같은 성정뿐만이 아니라 노론의 견제와 불의와 타협하지 않는 성격, 옳고 그름에 대한 소신 때문이었다. '나주벽서 사건' 으로 고문 받아 세상을 떠났는데 신현득은 이러한 사실은 서술하지 않은 채, 고집이 세서 호조판서 이상의 벼슬을 얻지 못했다고 한다.

역사 왜곡은 박문수 인물이야기에서 지속적으로 반복되고 있다. 사실 왜곡은 베껴 쓰는 관행에서 비롯되었다. 한 작가가 '역사인물 이야기'를 써 놓으면, 또 다른 작가가 그것을 사실로 확정하고 베껴 쓴다. 사실 여부를 확인해보거나, 다른 관점에서 인물을 바라보지 않고 그대로 쓴다. 한 인물에 대해 처음 쓴 작가가 특정 사관에서 서술하면 지속적으로 잘못 전승한다. 아래 예를 보자. 1989년에 이효성이 쓴 글이다.

> 숙종의 후궁 최씨가 낳은 아들인 영조는 이른바 '서자 임금'이었다. 그 때문에 영조는 왕실의 친척이나 양반 대신들에게 짓눌리며 그늘에서 자라 왕자답게 권위나 호강을 누리지 못하였던 것이다.
> 영조가 세자로 책봉되었을 때는 소론의 대신 몇 사람이 그를 죽여 없애려고까지 하였다. 그 일을 꾀하던 목호룡과 김일경 등은 영조가 임금이 되자 되레 목숨을 잃었다. (중략)
> 1728년 3월에 이인좌의 난이 일어났다. 이인좌는 김일경 일파로서 전부터 영조에 대해 불만을 품고 있었던 사람이다. 그래서 이인좌는 소론파 사람들과 모의하여 영조를 몰아내고 밀풍군 탄을 임금으로 세우기로 하였던 것이다.[16]

이제 김미숙이 1994년에 쓴 글을 보자.

> 숙종의 후궁 최씨가 낳은 아들인 영조는 이른바 '서자 임금'이었다. 그 때문에 영조는 왕실의 친척이나 양반 대신들에게 짓눌리며 그늘에서 자라 왕자로서의 권위나 호강을 누리지 못하였던 것이다.
> 영조가 세자로 책봉되었을 때는 소론의 대신 몇 사람이 그를 죽여 없애려고까지 하였다. 그 일을 꾀하던 목호령과 김일경 등은 영조가 임금이 되자 되레 목숨을 잃었다.

영조는 그 뒤부터 탕평정책을 적극 펴 나갔다.[17]

이효성의 견지사책(1989)과 꿈소담이책(2010) 그리고 김미숙(한아름, 1994)은 조사 몇 개만 다를 뿐 문장도 똑같다. 다른 '역사인물 이야기'도 마찬가지다. 문장은 달라도 노론 시각에서 소론을 '나쁜 당'으로 매도한다. 이러한 서술태도가 가장 먼저 나타난 책이 구활자본 소설 『어ᄉ 박문슈젼』이다. 박문서관본(1921)은 이인좌와 정희량을 '호서의 적'으로 규정한다.

> 화설 영조시대에 박문수 어사는 유명한 남도 어사이라 재학과 덕망이 조야에 충만하더니 이때에 호서적 이인좌와 영남 정희량 등이 군사를 일으키어 난을 지을 새 상여에 병기를 실고 청주에 들어와 병사 이봉상과 영장 남연평을 죽이고 안성 청룡산상에 진을 치거늘 봉조하 최규서가 변을 고하매 영묘조- 대경하사 오명항과 박문수를 명하야 난적을 토멸한 후 오히려 민우를 부찰하사 특별히 박문수를 명하야 팔도 암행어사로 제수하니[18]

저자는 무신난에 대한 배경 설명 없이 호서 적 이인좌와 정희량이 군사를 일으키고 상여에다 병기를 실어서 청주성을 공격했다고 한다. 노론 관점에서 박문수 이야기를 쓴 것이다. 특정한 당 관점으로 서술하는 태도는 1927년 「중외일보」로 이어진다.

1927년 「중외일보」 연재 첫 회 박문수의 과거 급제를 다룬 부분을 보자.

경종 3년 과방이 열렸다.
당시 당국재상으로 권세를 잡고 있는 대제학 조태억의 사랑에는 소론 재상이 사오인 모여 앉아 공론이 분분하니
"여보게 이번 증광에는 우리네 속에서 반은 차지해야 할 터인데 응시자가 너무 많으니 염려인걸."
"수효만 많아서 무엇 하게 일당백사람이면 그만이지."
"그래! 그런 사람이 누구란 말인가?"
"아곡의 생질 박성보가 있지 않은가?"
"그 사람의 재질이 훌륭하다는 말은 나도 많이 들었네."
"그야말로 소문과 실지가 조금도 틀리지 않으니."
"그러면 어째든지 이번에 성보가 빠져서는 안 되겠네."
"과거도 팔자라니 될지 안 될지 알 수 있나."
"팔자니 사주니 해도 당자의 재질이니까 성보만 한 재질이면 염려할 것도 없네."
"그렇다고 관망만 할 것이 아니라 우리의 힘닿는 데까지는 성보의 뒤를 보아주세."
동색선진들이 한 사람도 이의없이 급제감으로 지목받은 박성보라는 선비는 과연 복많은 사람이라 하겠다.[19]

1927년 「중외일보」에 연재된 "어사 박문수"의 1회 내용이다. 권세를 잡은 소론 재상들은 과거시험에서 급제자 반을 소론이 차지해야 한다며 누구를 밀어줄 것인가를 논의한다. 논의 끝에 한 사람 이견도 없이 박문수로 결정한다. 소론 재상들은 과거시험을 보는 박문수를 "힘닿는 데까지" 뒤를 보아주자고 다짐을 한다. 다시 말해 노성산인은 과거 시험을 치기도 전에 박문수 합격이 결정됐다고 한다.

급제감으로 지목받은 박문수는 '복 많은 사람'이라는 작가의 논평은 소론이 자신의 세를 불리려고 부정을 저질렀다는 의미다. 이것은 영조 즉위년에 노론 나학천이 '경종 3년에 치러진 과거는 공도가 문란하다'는 고변을 작가가 그대로 수용한 것이다. 노론 관점 서술은 이은상이 쓴 『한국대표야담집』에도 나타난다.

1975년에 발간된 『한국대표야담집』 "이인좌·정희량의 난"에서 이은상은 무신난 역사적 배경인 숙종 시대와 경종 시대 신임옥사를 다음과 같이 서술한다.

> 경종 즉위원년 8월에 왕제(후일 영조)를 왕세제로 봉하자는 문제를 둘러싸고 노론 소론이 싸웠다.[20]

경종 즉위 후 노론은 후사가 없다며 세제 책봉 문제를 거론한다. 소론 대신은 경종 나이가 창창하므로 세제 책봉은 차후에 거론할 문제라고 한다. 경종 나이는 서른셋이었으며 선의왕후 어씨는 16세였다. 얼마든지 세자를 낳을 수 있는 나이였다. 노론이 서두른 까닭은 영인군(영조)이 세제로 책봉되면 그것을 뒤집기가 어렵고, 세자는 차기 왕이 되기 때문이다. 그런데 왕조 국가에서 세제 책봉을 거론하는 일은 그 자체가 역모 죄에 해당하므로 함부로 거론하지 못한다. 왕세제 책봉 발언은 그만큼 노론 세력이 강하다는 의미다.

1976년에 발간된 『문민질고와 미행렴찰』에는 왕세제 책봉 문제를 다음과 같이 서술하고 있다.

> 三○세에 왕위에 오른 경종은 성격이 온순했으나 병이 잦았고, 색을 좋아하여 많은 비빈을 가까이 하였어도 소생이 없

었다. 이에 일어난 것이 소위 신임사화-임인옥이다. (중략) 김창집은 병이 잦은 왕의 정무를 걱정하여 노론파 대신들과 의논하여 왕제 연잉군을 왕세제로 책봉할 것을 논의하였다.[21]

신임사화의 원인을 경종 탓이라고 한다. 작가는 경종이 색을 좋아해 많은 비빈을 가까이 한다고 서술함으로써 도덕적으로 문제를 제기하는 한편, 병이 잦은 왕을 걱정한 노론 대신들이 경종 동생인 연잉군(영조)을 왕세제로 책봉할 것을 권했다는 것이다. 이은상은 연잉군 대리 청정을 다음과 같이 서술한다.

다음 2년에는 왕세제 대리 청정 문제로 다시 싸우다가 ㉠소론이 승리하여 왕세자가 대리 청정하게 된 것이다. 이때 소론파중 김일경 목호룡 등은 ㉡소론[22]을 아주 없애고자 소위 임인옥 사건을 만들어 노론 4대신을 죽였다. 이때부터 소론파가 득세하였으며, 경종이 승하한 후 영조 초년부터는 박문수 아버지의 내종되는 이광좌가 영의정이 되며 박문수도 이때부터 출세하기 시작한 것이다."[23]

왕세제 대리청정을 주장하는 이들은 노론 대신들이다. 왕조 국가에서 왕이 살아 있는데 왕세제 대리청정을 주장하는 것은 역모나 다름없다. 이은상은 사건 진위 과정을 쓰지 않고 "왕세제 대리 청정 문제로 다시 싸우다가 소론이 승리하여 왕세자가 대리 청정하게 되었다"[24]고 한다. 또 소론이 노론을 없애려고 임인옥 사건을 만들어 노론 4대신을 죽였다고 서술하고 있지만, 여러 정황들을 살필 때, 노론이 경종을 독살한 것이다. 실제로 청나라에서 약을 사와 경종에게 실험한 것으로 실록에 나타난다.

> 조태구趙泰耉가 이르기를,
> "어제 신이 김성절金盛節의 초사招辭를 보고 성궁聖躬에 독약毒藥을 시험하였다는 말에 이르러서는 마음이 흔들리고 뼈가 부스러짐을 깨닫지 못하였습니다. (중략) 의서醫書에 이르기를, '독을 마신 경우 비록 이미 3년이나 오래 되었더라도 다시 발생하는 근심이 있다.'고 하였으니, 해독解毒하는 약제藥劑를 복용服用하지 않을 수 없습니다. 또 듣건대 '경자년(1720) 10월 사이에 성상께서 갑자기 크게 담수痰水를 토하시었는데, 거의 반 대야에 이르렀으며, 색깔이 몹시 좋지 않았다'고 합니다. 그 달에 입직入直한 의관醫官의 일기日記에는 반드시 상고할 만한 것이 있을 것이니, 그 날짜에 당일當日의 수라간水刺間의 나인內人으로 김성金姓이라는 자를 조사하여 낸다면 어찌 알아내지 못할 리가 있겠습니까?"
> (중략)
> 약방일기를 가져다 상고하였더니, 경자년 12월 15일 약방의 계사에, '어제 황수를 토했는데, 거의 한 되 정도에 이르렀으므로, 내어보였다.'는 일이 있으므로[25]

약방의 일지를 보면 경자년(1720년 경종 즉위년) 12월 14일에 경종이 노란물을 쏟았다. 이러한 정황을 서술하지 않고, 소론이 정적인 노론을 제거하기 위해 일부러 임인옥 사건을 만들었다고 전하는 일은 독자로 하여금 많은 오해를 하게 한다. 가해자가 피해자로 둔갑되어 버린 서술이다. 이렇듯 역사 왜곡은 작가들 손에서 나온다.

무신난을 일으킨 소론 강경파들은 경종이 독살되었다고 믿었다. 실제로 임인옥사 옥안에는 영조가 역적의 수괴로 이름이 올랐다. 해서 소론 강경파 처지에서 역적은 경종을 죽인 영조 및 노론이 된다.

어린이들에게 역사를 전달할 때 사실을 전달해야 한다. 그러려면 역사적 기록을 살피고 그 기록이 어떤 관점에서 씌어졌는지도 검토해야 한다. 검토 없이 앞에 써놓은 것을 그대로 전달한 까닭에 박문수 역사인물이야기는 근 100년 가까이 노론 관점으로 왜곡돼 전승되었다.

이런 연유에는 일제강점기라는 특수한 우리 역사와 관련이 있다. 일제 강점기 지식인들과 지배계층들은 여전히 노론이 장악했다. 나라를 판 이완용 외 당시 백작과 후작 등의 직위를 가진 대다수의 사람은 노론이었다. 「조선귀족약력」과 『조선귀족열전』에 나타난 당파 목록은 노론 56명, 소론 6명, 북인 2명, 남인이 0명이었으며, 그들과 그들의 자제들은 일제강점기에 지배계층이었다.[26]

신진 지식인들 또한 일제 식민지 시대에 교육받은 사람들이었다. 그리고 이들은 해방 후에도 교육계에 영향을 미쳤다. 어린이책은 그 특성상 교육 정책과 밀접한 관계를 맺고 있다. 교과서에 수록할 인물의 선정은 교육위원회에서 정책적으로 이루어진다. 조선후기부터 근현대를 지나 근 300년 가까이 노론이 정권을 주도했다는 뜻이다.

어린이책에서 복잡한 당쟁사를 서술하기란 쉽지 않을 터다. 아이들의 눈높이에서 소론과 노론 관계를 서술한다고 하더라도 아이들 이해를 이끌어내기란 여간 어려운 일이 아니다. 그렇다고해서 특정한 사관으로 쓴 책을 아이들에게 전승해도 된다는 말은 아니다. 이런 전승은 하지 않는 것만 못하며 반드시 지양돼야 한다.

개연성을 바탕으로 민중의 정신을 전승했는가?

어린이책 박문수 '역사인물이야기'는 암행어사로서의 활약만 다룬 책도 있지만 전기 형태를 띤 책도 50%가 넘는다. 역사인물이야기는 기록, 창작일화, 설화가 보태진 서술이다. 이러한 서술은 탄생에서부터 어린시절, 수학 과정, 과거 급제, 암행어사로 이어지는 특징이 있다. 박문수 생애에서 탄생, 급제, 그리고 관리로서의 등용까지 서술은 매우 소략하게 기술한다.

어린이책에 그려진 박문수 상은 하나같이 매우 차분하고 조용한 성격을 지닌 학자이자 선비 상이다. 그러나 실제 성격은 매우 급했다. 급한 성격은 『영조실록』에 여러 차례 기록돼 있다. 실제 인물과 만들어진 인물상은 이렇듯 차이가 크다. 그 이유는 어린이책 작가들이 베껴 쓰는 관습을 허용해온 탓이자 작가들의 게으른 탓이다.

박문수 이야기는 두 유형으로 전승된다. 하나는 허문녕 소설이다. 탐정이나 수사관적 면모만을 전승하고 있다. 박문수가 애민사상이라는 자기 소신을 지키고 실천하는 면모는 사라지고 없다. 다른 하나는 박문수 전기적 삶을 전승하는 형태다. 출생과 가계도를 설명하고 성장 과정을 언급한 후 암행어사 활약을 다룬다. 암행어사로서의 활약은 구전설화와 문헌설화 그리고 허문녕 소설을 수용한다. 이럴 때 박문수 면모는 매우 정형화된다.

창작된 일화는 어릴 적부터 암행어사로서 자질을 지닌 매우 영리하고, 논리적이며, 관찰력이 뛰어나고, 도량이 넓으며, 남달리 백성들을 사랑하는 모습만 부각되었다. 또 박문수와 동시대인들 생각을 담은 설화를 전승하는 책은 매우 적다. 전승된 설화도 박문수에 대한 민중 인식을 반영하지 못하고 서사를 왜곡한다. 박문수 역사인물은 이러한 점 때문에 제대로 평가되지 못했다. 온전한 문학도, 온전한 역사 실존인물에 대한 전기도 아닌 애매한 이야기가 되어버렸다.

박문수 역사인물이야기가 안고 있는 문제는 그의 실제 삶과 그를 생각한 옛사람들의 정신을 제대로 전승하지 못한 점이다. 제대로 전승하려면 우선 역사적 사실에 대한 이해가 필요하다. 성실한 자료조사로 인물을 이해하고 난 후, 문학적으로 형상화해야 한다. 역사인물이야기는 역사와 인물에 대한 사실 전달이 기본이다. 그리고 그것을 전달하는 방법도 모색해야한다.

재미가 없으면 주독자인 어린이들이 읽지 않기 때문인데 문학적 형상화 방법을 활용할 수 있을 것이다. 서술방식에서 문학적 기법을 활용하여 독창성을 확보하는 것과 허구를 수용하는 것은 다른 문제다. 문학적 요소를 활용하여 독창성을 확보하는 일은 문학 형식을 취해 서술 다양성을 확보하자는 것이다.

그동안 역사인물이야기는 인물이야기가 지니는 계몽성에 갇혀서 역사 사실을 제대로 전달하지 못했고, 문학 감수성을 기르고 정서적 해방감을 맛보게 하는 문학으로서 기능도 놓쳤다. 박문수는 그 한계를 극복하고 인물이야기 문학성과 교훈성을 같이 전승할 수 있는 인물이다.

민중이 생각하는 박문수는 신령한 존재의 대리인이며 메시아이기도 하지만, 자신의 본능에 충실한 인물이며, 어린이에게 인생의 지혜를 배우기도 한다. 민중은 박문수라는 유명한 정치인이 자신들보다 못한 존재이지만, 자신의 한계를 인정하고 발전하려는 열린 사고를 지닌 인물로 생각했다. 박문수는 사건을 해결하는 수사관과는 다른 정서적 울림을 준다. 그는 탐관오리로부터 수탈당하고 억압받은 민중에게 구원자다. 민중 위에서 군림하던 탐관오리는 암행어사 앞에서 꼼짝을 못하며, 민중은 '암행어사 출두요'라는 한 마디 외침에 수탈과 억압에서 해방된다. 아이들은 탐관오리를 징치하는 박문수를 보면서 정서적 해방감을 맛본다. 이러한 이야기들을 인물이야기로 수용할 때, 교훈성뿐 아니라, 문학성까지 포괄할 수 있을 것이다.

박문수는 300여 편에 가까운 구전설화의 주인공으로 매우 인기 있는 인물이다. 일제강점기 때부터 오늘날까지 박문수를 주인공으로 한 이야기가 지속적으로 생산되고 있는 점이 그것을 증명한다. 업적을 살펴봐도 백성 중심에서 편 행정정책과 군정, 세제 개혁안 등은 아이들에게 전승할 가치가 충분하다. 그러나 인물 인기에 비해 역사 전달과 문학적 가치를 동시에 충족시켜줄 만한 박문수 역사인물이야기는 아직 생산되지 않았다.

지금까지 역사인물이야기는 박문수라는 인물의 사유방식과 자기 성찰, 업적을 이루기까지 겪었을 고뇌와 시대와의 불화, 그리고 백성을 사랑하는 마음 등은 외면한 채 수사관적인 면모만을 부각해서 범인을 색출하는 창작된 이야기만 전승되고 있다. 어린이에게 재미를 주고 흥미를 끌기 위해 탐정소설적 요소를 지닌 허문녕 소설을 수용했겠지만 정형화된 인물상과 교훈위주로의 서술로 아이들에게 재미와 즐거움을 주기란 요원해 보인다. 또 재미와 즐거움만을 강조하다보니 역사적 사실은 실종되었다.

그러나 실제 박문수만큼 재미있고 흥미로운 인물도 없다. 기록에 나타난 박문수는 매우 해학적이고 개성이 넘치는 인물이다. 이러한 본래의 인물상을 살리고, 그의 업적을 전승하면서 아이들에게 흥미와 즐거움을 줄 수 있다. 기록된 박문수의 삶은 극적인 요소가 많다. 암행어사의 활동, 진휼미 착복시비, 과거급제의 부정시비, 조정의 허락을 기다릴 수 없는 상황에서 진휼미를 사용하는 것 등이 그것이다. 이러한 사실을 문학적으로 형상화하면 아이들에게 재미를 주고 흥미를 이끌어낼 수 있다. 박문수가 진휼미를 착복했다는 고발 장면을 도입 부분으로 제시함으로써 독자의 궁금증을 자극하고, 긴장감 있게 사건의 진실을 규명해가는 등 문학적 형상화 방법은 다양하다. 구전설화에 나타난 암행어사로서의 활약을 서술할 수도 있다. 이러한 점들의 수용은 인물 업적과 사상을 제대로 전승하는 길일 뿐 아니라, 아이들에게 문학적 감수성도 길러줄 수 있다.

이제 다시 원점으로 돌아가 보자. 민중은 왜 박문수를 주인공으로 한 이야기를 만들었을까? 다시 말해 왜 그토록 많은 박문수 이야기를 전할까? 이 물음을 우리 시대에 던져보자. 이 시대에 대중의 사랑과 지지를 받는 정치인은 몇 명이나 될까? 정치는 우리 삶과 매우 밀접하다. 대중을 위한 정책을 입안하고 실천하는 정치인지 그들 자신의 이익을 공고히 하기 위한 정책인지 대중은 금방 안다. 정치인들의 행태에 따라 대중이 느끼는 피로도는 달라진다. 대의 민주주의를 위한 정치를 부르짖으면서도 자신의 세가 불리해진다 싶으면 소신과 이념이 다른 정당으로 옮기는 행태도 서슴지 않는다. 대중을 위한 정치가 아니라 자신의 기득권을 기키기 위한 행태인 것이다. 우리는 이러한 예들을 수없이 봐왔다.

해방 후 정치 행태는 기득권을 위해 반공이데올로기를 무기로 삼아 권력을 휘둘렀고, 한국 정치에서 반공이데올로기는 만병 통치약이었다. 현재 정치인들도 불리해지면 색깔론을 들고 나온다. 그러니 진짜 정치, 대중을 위한 정치 모델을 어디에서 보겠는가?

훌륭한 정치인들은 우리 역사에서 많았다. 일제강점기를 거치면서 인물 전승이 단절되거나 왜곡돼서 제대로 전승되지 못했을 뿐이다. 박문수만 하더라도 그가 어떤 신념으로 당대를 살았는지 아무도 모른다. 누구나 다 아는 암행어사이지만, 그가 어떤 삶을 살고, 어떤 정치 철학을 가졌으며, 어떤 업적을 이루었는가에 대해서는 거의 모른다. 어린시절 읽은 역사인물이야기를 흥미 위주로 왜곡해서 전승하기 때문이다. 역할모델이 없으니 정치에 꿈을 가진 아이들이 정치란 어떠해야 하는지 어떤 신념을 가져야 하는지 어찌 알겠는가? 정치에 뜻을 두고 어떤 정치를 펼지 설계 할 수 있겠는가? 그러니 과거에 봐 왔던 정치들의 행태를 반복한 것이다.

박문수는 거대 여당, 거의 유일당이라고 해도 좋을 만한 노론에 맞서 몇 안 되는 소론대신이었다. 그는 끊임없이 노론의 견제를 받으면서도 소신을 굽히지 않았다. 그는 이끌어줄 뒷배경도 없었다. 굳이 뒷배경이라고 한다면 힘없는 민중이 있을 뿐이다. 그의 모든 행동기준은 백성이었다. 자신의 장곡을 푸는 것쯤 아무것도 아니었다. 체면은 개나 주라 했다. 양반이라는 가문의 문을 닫을 수 있는 일도 개의치 않았다. 그의 근심은 백성들이 배를 곯을지도 모른다는 것, 그것 하나였다. 백성들은 그것을 너무나 잘 알았다. 그래서 영조는 '백성이 나라가 있음을 알게 한 단 한사람'이라고 평가했고 민중은 그를 메시아로 여겼다. 그는 민중을 위한 민중의 정치가였다.

광복이 된 지 70여 년이 지났다. 그동안 우리 역사인물이야기는 굴절된 채 제대로 전승되지 못했다. 민중을 위한 정치인들의 삶과 사상의 맥이 끊어진 것은 비단 박문수뿐만 아니다. 우리 역사에서 참다운 정치가들의 역할 모델은 많다. 아이들이 그런 역사인물이야기를 보고 자라면서 민중을 위한 정치를 꿈꿨으면 좋겠다. 그런 아이들이 많았으면 좋겠다. 오늘날 박문수를 호명한 이유다.

한눈으로 보는 박문수 이야기

〈표 1〉 문헌설화 목록

번호	출전	내용	
1	송천필담	사채 독촉하면서 부녀자를 욕보인 중의 징치	1
		가세가 기울어 혼인을 파혼당한 총각 결혼시킨 이야기	2
		심유의 상경력 임명시 사양 관행에 대한 작시 (일화)	3
		필운대 시의 부귀와 기상에 관한 (일화)	4
		도성을 지킬 방비책에 대한 논의 (일화)	5
		단신인 최석정을 놀림	6
2	계압만록	조관빈을 구명한 이야기(일화)	7
		기우제를 지낸 영조에게 우산을 씌움(일화)	8
3	대동기문	조관빈을 구명한 이야기(일화)	9
4	양은천미	천신으로 화하여 무뢰배를 징치	10
5	계산담수	북경에서 일목국 사신을 만남(일화)	11
6	임화필기	유년시절 이종성과의 집안 자랑(일화)	12
7	해동기화	청사신에게 볼에 있는 상처의 유래 설명(일화)	13
		초천에 별장을 살 때의 (일화)	14
8	계서야담	이삼산 태중	15
		소년시절에 만난 진주 급수비를 암행어사가 되어 다시 만남	16
9	청구야담	소년시절에 만난 진주 급수비를 암행어사가 되어 다시 만남	17
		사정이 딱한 소년을 혼사시켜주고 장인이 소년에게 재산 반을 나눠주게 함	18
		학문이 부족한 박문수가 비리로 과거에 급제함	19
10	금계필담	치자물 들인 학으로 박사수를 속여 밀화패영, 준마를 얻음	20
		조현명을 이용하여 가난한 친척을 벼슬하게 함	21

〈표 2〉 소설 목록

번호	작품집	소제목	내용	발행처
1	어ᄉᆞ 박문슈젼/ 암행어사 박문수	신장출도	구천동 천씨 부자가 유노인의 부인과 며느리를 빼앗으려 하자 박문수가 재인들을 데리고 신장으로 과장해 천씨 부자를 징벌한 이야기	박문서관 (1921)/ 불이출판사 (1967)
2	암행어사 박문수/ 한국대표야담전집	포목점 살인사건	포목점 주인의 유산을 둘러싸고 일어난 살인사건 이야기	불이출판사 (1967) /삼희사 (1975)
3	암행어사 박문수/ 한국대표야담전집	밀부에 얽힌 원한	이방이 원님의 심부름으로 밀부를 받아오다가 밀부가 바뀐 이야기	불이출판사 (1967) /삼희사 (1975)
4	암행어사 박문수/ 한국대표야담전집	천리마	의적을 가장한 도둑을 잡는 이야기로 포도청 군관으로 위장한 박문수가 귀머거리 노인으로 변장한 범인을 잡은 이야기	불이출판사 (1967) /삼희사 (1975)
5	암행어사 박문수	원수는 누구냐-(피묻은 쌈지)	무용담을 말하는 자리에서 30년 전에 자신이 박성철을 죽이고 도망하였다고 말한 정수노인이 살인 당한다. 노인의 재산을 노린 살인범을 잡는 이야기	불이출판사 (1967)
6	암행어사 박문수	저주받은 사당	윤대감의 아들을 저주하는 글을 보낸 범인을 잡는 이야기	불이출판사 (1967)
7	암행어사 박문수	황금 거북이	진주부사의 가문에 대대로 내려오는 황금거북이가 사라진다. 잃어버린 황금거북이를 둘러싼 살인사건 이야기	불이출판사 (1967)
8	암행어사 박문수/ 한국대표야담전집	불에 탄 승천도사	법력으로 사람들의 병을 고친다고 속인 가짜 도승이 불에 타 죽은 이야기로 제단의 문을 닫는 범인을 색출한 이야기	불이출판사 (1967) /삼희사 (1975)

번호	작품집	소제목	내용	발행처
9	암행어사 박문수	땅속의 황금 항아리	임진왜란 때 묻어둔 황금을 찾아준다며 굴을 파서 돈을 갈취하고 살인을 저지른 범인을 잡은 이야기	불이출판사 (1967)
10	암행어사 박문수	암행의 탈을 벗다	문경새재의 탐관오리 수령이 아름다운 여인을 보고 여인을 취하기 위해 여인의 남편을 죽인다. 문경의 원을 처단한 이야기	불이출판사 (1967)
11	한국대표야담전집	초립동이 알려준 '낙조'	과거 길에 하룻밤 유숙한 집에서 마주친 중을 쫓아가 그 집 아들을 죽인 범인을 잡는다. 과거 보러 가는 길에 초립동을 만나 초립동이 알려준 '낙조' 시로 급제한 이야기	삼희사 (1975)
12	한국대표야담전집/문민질고와 미행렴찰	요하막비미인	박문수가 동래부사 민응수에게 절영도의 어장을 옹주에게 바친 것에 대해 질타한다. 민응수는 관 소속 미인 기생을 박문수 숙소에 들여보냈다. 아침에 일어나 보니 추녀였다는 이야기	삼희사 (1975)/ 문광당 (1976)
13	한국대표야담전집/문민질고와 미행렴찰	일부 함원 오월 비상	시집간 첫날에 이불에 꽂힌 바늘 때문에 처녀가 아니라는 오해를 받아 소박을 맞고 죽었다. 그 처녀의 억울함을 풀어준 이야기	삼희사 (1975)/ 문광당 (1976)
14	한국대표야담전집/문민질고와 미행렴찰	남장여도	친구인 정생원의 딸을 내쫓고 그의 재산을 가로챈 이생원을 처벌하고 정생원의 딸에게 재산을 되돌려준 이야기	삼희사 (1975) 문광당 (1976)
15	한국대표야담전집/문민질고와 미행렴찰	도깨비불	사람들이 흉년으로 굿을 하지 않자 무당이 굿을 하게 하려고 불을 낸 이야기	삼희사 (1975) 문광당 (1976)
16	문민질고와 미행렴찰	감진어사의 쾌력	장돌배기인 나춘삼의 아내에게 푹빠진 김장자가 나춘삼의 아내를 빼돌리고 여종인 추월이의 목을 잘라 나춘삼이 그의 아내를 죽였다고 누명을 씌운 이야기	문광당 (1976)

번호	작품집	소제목	내용	발행처
17	문민질고와 미행렴찰	데릴사위	박양문이 이진수의 데릴사위로 들어간 집에 소 6마리를 맡겨놓고 군인으로 징병당한다. 돌아오니 이진수는 논을 받고 딸을 김장자의 첩으로 보내기로 했으며 박양문이 맡겨놓은 소는 도둑맞았다고 거짓말한다. 박양문이 고발하자 김장자가 군수와 아전에게 뇌물을 줘서 이진수가 풀려나자 억울한 사연을 들은 박문수가 사건을 해결한 이야기	문광당 (1976)
18	문민질고와 미행렴찰	환곡폐단	두 농부가 환곡으로 사리사욕을 채운 수령을 욕한 것을 듣고 수령을 처벌한 이야기	문광당 (1976)
19	문민질고와 미행렴찰	민도령과 한소저의 결혼	노론과 소론인 민도령과 한소저는 사랑하는 사이나 집안의 반대가 심하자 민도령이 박문수에게 도움을 요청한다. 박문수는 꾀를 내어 둘이 결혼할 수 있도록 해준 이야기	문광당 (1976)

〈표 3〉 박문수 어린이책 발행 목록[1]

번호	발행년도	도서명	출판사	저자	저본	비고
1	1921	어ᄉᆞ 박문슈젼	박문관	작자미상	구활자본 소설	
2	1925	박문수이약이 집행이 하나	개벽	고한승	구전설화	『어린이』에 수록
3	1927	암행어사 박문수	중외일보	노성산인	사실+구전설화+창작소설	8.1~12.31
4	1927	박문수와 신동 (1,2회)	동아일보	구강동부	구전설화	10.20~21
5	1930	어사 박문수(1-3회)	동아일보	이은상	문헌설화	3.7~9

번호	발행년도	도서명	출판사	저자	저본	비고
6	1938	박동과 어사(1,2회)	동아일보	작자미상	문헌설화	6.5, 6.12
7	1962 (1967)	어사 박문수	덕수 (불이)	허문녕	창작소설	
8	1963 (1973)	어사 박문수	정문사	김영일	허문녕 소설	소년소녀 한국기인전
9	1976	암행어사 박문수	대광	엄기원	구활자본 소설	
10	1978	어사 박문수	태창	신현득	구전설화 구활자본 소설 허문녕 소설	
11	1979	암행어사 박문수	한영	황 명	구활자본 소설 허문녕 소설	
12	1982	암행어사 박문수	계림	김영일	허문녕 소설	
13	1985	박문수	보성	윤선량	허문녕 소설	
14	1989	어사 박문수	견지사	이효성	구활자본 소설 허문녕 소설	
15	1990	어사 박문수	교학사	이규희	이은상 야담	
16	1992	어사 박문수	꿈동산	장재훈	구전설화 구활자본 소설 허문녕 소설	
17	초판 1992 3판 2008	암행어사 박문수전	대교	김병규	구전설화 구활자본 소설 허문녕 소설	
18	1992	어사 박문수	삼성당	송명호	구활자본 소설	
19	1993	어사 박문수/ 하늘나라 복숭아	삼성당	송명호·박 승일그림	구활자본 소설	
20	1993	어사 박문수	성서교재간 행사	이주홍	구전설화 구활자본 소설 허문녕 소설	
21	1994	어사 박문수 /임경업전	가정교육사	임구순	구활자본 소설 허문녕 소설	
22	1994	암행어사	새롬	편집부	허문녕 소설	

번호	발행년도	도서명	출판사	저자	저본	비고
23	1994	어사 박문수	한아름	김미숙	허문녕 소설	
24	1995	어사 박문수	지경사	신동일	구전설화 허문녕 소설	
25	1999	어사 박문수	민중	임성빈	구전설화 허문녕 소설	
26	2000	박문수	바른사	송명호	구활자본 소설	
27	2001	돌부처가 준 삼백 냥	한솔교육	김장성	구전설화	
28	2002	암행어사 박문수	한국파스퇴르	박주희	허문녕 소설	
29	2002	어사 박문수	푸른길	정은희	구활자본 소설 허문녕 소설	
30	2007	박문수전	창비	정종목	문헌설화	
31	2007	박문수전	영림카디널	이동렬	구활자본 소설 허문녕 소설	
32	2008	어사 박문수	홍진미디어	공감사	구전설화 허문녕 소설	
33	2009	암행어사 박문수	한겨레	박현숙	구활자본 소설 구전설화	
34	2010	박문수전	꿈소담이	이효성	구활자본 소설 허문녕 소설	
35	2011	조선 최고 암행어사 이야기 박문수전	청년사	박병선	문헌설화 구전설화 허문녕 소설	
36	2013	박문수전	주니어김영사	명지현	구활자본 소설 허문녕 소설	
37	2017	박문수전	웅진주니어	박효미	구전설화 구활자본 소설 허문녕 소설	

〈표 4〉 허문녕의 『어사 박문수』텍스트 내용 분석

번호	소제목	내용	어린이책에 미친 영향
1	신장출도	구천동 천씨 부자가 유노인의 부인과 며느리를 빼앗으려 하자 박문수가 재인들을 데리고 신장으로 과장해 천씨 부자를 징벌한 이야기	13권
2	포목점 살인사건	포목점 주인의 유산을 둘러싸고 일어난 살인사건 이야기	11권
3	밀부에 얽힌 원한	이방이 원님의 심부름으로 밀부를 받아오다가 밀부가 바뀐 이야기	8권
4	천리마	의적을 가장한 도둑을 잡는 이야기로 포도청 군관으로 위장한 박문수가 귀머거리 노인으로 변장한 범인을 잡은 이야기	18권
5	원수는 누구냐-(피묻은 쌈지)	30년 전에 자신이 박성철을 죽이고 도망하였다고 무용담을 말한 정수노인이 살인당한다. 노인의 재산을 노린 살인범을 잡는 이야기	2권
6	저주받은 사당	윤대감의 아들을 저주하는 글을 써 보낸 범인을 잡은 이야기	2권
7	황금 거북이	진주부사의 가문에 대대로 내려오는 황금거북이가 사라진다. 잃어버린 황금거북이를 둘러싼 살인사건 이야기	5권
8	불에 탄 승천도사	법력으로 사람들의 병을 고친다고 속인 가짜 도승이 불에 타 죽은 이야기로 제단의 문을 닫는 범인을 색출한 이야기	11권

번호	소제목	내용	어린이책에 미친 영향
9	땅속의 황금 항아리	임진왜란 때 묻어둔 황금을 찾아준다며 굴을 파서 돈을 갈취하고 살인을 저지른 범인을 잡은 이야기	5권
10	암행의 탈을 벗다	문경새재의 탐관오리 수령이 아름다운 여인을 보고 여인을 취하기 위해 여인의 남편을 죽인다. 문경의 원을 처단한 이야기	8권

〈표 5〉 어린이책 37권에 실린 이야기

번호	이야기	수용된 이야기 내용	출판사	편수	저본 유형
1	회초리 맞은 박문수	깊은 산속에 홀로 사는 여인 집에서 하룻밤 묶은 박문수는 여인을 유혹하다 회초리를 맞는다. 이후 주막에서 여인의 유혹을 받았으나 박문수가 회초리로 여인을 꾸짖어 목숨을 건진 이야기	태창	1권	구전설화
2	간부징치	부인과 그의 간부에 의해 억울하게 죽은 초립동이 박문수에게 과거시험의 시구를 알려준다. 과거에 급제한 박문수가 초립동을 죽인 범인을 잡는 이야기	태창, 성서교재간행사, 한겨레, 웅진주니어	4권	
3	며느리 살인사건	며느리를 살인했다는 누명을 쓴 진사를 구하고 범인인 중을 잡은 이야기	태창, 성서교재간행사, 웅진주니어	3권	
4	영리한 아이	박문수가 길을 가다 쫓기는 사람을 숨겨주었다가 자신의 목숨이 위태로워지자 숨겨준 장소를 알려준다. 이후 박문수는 원님놀이 하고 있는 아이에게 원님이라면 어떻게 하면 되냐고 물었더니 아이는 봉사노릇 하면 되다고 한 이야기	성서교재간행사, 대교, 한겨레, 가정교육사, 홍진미디어, 지경사, 꿈동산, 민중, 푸른길, 웅진주니어	10권	

번호	이야기	수용된 이야기 내용	출판사	편수	저본 유형
5	돌부처가 준 삼백 냥	돌부처가 박문수를 데리고 다니면서 돈을 벌어 그 돈으로 공금 횡령을 한 처녀 아버지를 구하는 이야기	한솔교육	1권	구전설화
1	총각 결혼시킨 이야기	가난 때문에 결혼하지 못한 총각을 박문수가 결혼시킨 이야기	성서교재간행사, 청년사, 대교, 한겨레, 창비	5권	구전 · 문헌설화
2	가짜 당숙	박문수의 삼촌이라고 소문낸 백정을 박문수가 찾아간다. 백정의 사람 됨됨을 알아본 박문수가 백정을 삼촌으로 인정한 이야기	청년사, 대교 한겨레	3권	
1	진주 급수비	박문수가 진주에 있을 때, 진주기생과 통정을 하다 못생긴 급수비와 하룻밤을 보낸다. 몇 년후 박문수가 찾아가자 기생은 박문수를 박대하나 급수비는 박문수를 잘 접대했다는 이야기	성서교재간행사, 대교. 창비	3권	문헌설화
2	조관빈과의 일화	노론인 조관빈을 구해주고 그의 형이 죽자 박문수가 관에 밝힌 쇠 조각을 꺼내준 이야기	홍진미디어, 민중, 가정교육사	3권	
1	오방신장	구천동 천씨 부자가 유노인의 부인과 며느리를 빼앗으려 하자 박문수가 재인들을 데리고 신장으로 가장해 천씨 부자를 징치한 이야기	대광, 삼성당, 삼성당, 바른사, 견지사, 계림, 보성, 민중, 꿈소담이, 가정교육사, 한영, 푸른길, 웅진주니어	13권	소설
2	도깨비불	마을 사람들이 흉년으로 굿을 하지 않자 무당이 굿을 하게 하려고 불을 낸 이야기	태창, 성서교재간행사, 한영, 교학사, 대교, 푸른길	6권	
3	천리마	의적을 가장한 도둑을 잡는 이야기로 포도청 군관으로 위장한 박문수가 귀머거리로 변장한 범인을 잡은 이야기	태창, 견지사, 대교, 꿈소담이, 영림카디널, 지경사, 꿈동산, 민중, 보성, 계림, 한영, 한아름 새롬, 가정교육사, 청년사, 홍진미디어, 푸른길, 웅진주니어	18권	

번호	이야기	수용된 이야기 내용	출판사	편수	저본 유형
4	포목점 살인사건	포목점 주인의 유산을 둘러싸고 일어난 살인사건 이야기	견지사, 대교, 홍진미디어, 지경사, 민중, 보성, 계림, 한영, 한아름, 가정교육사, 웅진주니어	11권	소설
5	밀부에 얽힌 원한	밀부를 바꿔 원한을 갚으려는 오누이 이야기	견지사, 영림카디널, 홍진미디어, 민중, 보성, 계림, 한아름, 가정교육사	8권	소설
6	불에 탄 승천도사	법력으로 사람들의 병을 고친다고 속인 가짜 도승이 불에 타 죽은 이야기	견지사, 영림카디널, 지경사, 민중, 보성, 계림, 한영, 한아름, 가정교육사, 홍진미디어, 푸른길	11권	소설
7	가짜도승	돈의 열배를 만들어 준다고 백성들을 속인 가짜 도사 이야기	견지사 영림카디널 지경사 보성, 계림	4권	소설
8	황금 거북이	군수가 맡긴 잃어버린 황금거북이를 둘러싼 살인사건 이야기	견지사, 영림가디널, 지경사, 보성, 계림	5권	소설
9	친구 재산을 가로챈 이야기	죽마고우인 정생원이 죽으면서 재산과 여식을 부탁했다. 이생원은 재산을 가로채고 친구의 어린 자식을 내쫓은 이야기	성서교재간행사, 대교	2권	소설
10	저주 받은 편지	저주하는 편지를 투서한 범인을 잡는 이야기	영림카디널, 계림	2권	소설
11	봉은동 내력	자신을 돌봐준 주인에게 보은한 개 이야기	홍진미디어, 민중, 가정교육사	3권	소설
12	학마을	소년이 아픈 어머니를 위해 깊은 산속으로 음식을 구하려 가다가 나무에서 떨어진 새끼를 본다. 어미 학이 나뭇잎으로 새끼를 살리는 것을 보고 그 나뭇잎으로 어머니를 살린 이야기	홍진미디어, 민중	2권	소설

번호	이야기	수용된 이야기 내용	출판사	편수	저본 유형
13	탐관오리 척결	문경새재의 원님이 아름다운 여인을 보고 여인을 취하기 위해 여인의 남편을 죽인 탐관오리를 척결하는 이야기	지경사, 꿈동산, 보성, 계림, 바른사, 한영, 한아름, 푸른길	8권	소설
14	미역장수	박문수가 미역장수로 가장해 도둑을 찾아내 처벌한 이야기	지경사, 푸른길	2권	
15	황금 항아리	조상이 묻어둔 황금을 찾아준다며 굴을 파서 돈을 갈취하고 사람을 살인한 범인을 잡은 이야기	지경사, 보성, 계림, 한영, 한아름	5권	
16	쌈지	노인의 재산을 보고 그의 딸과 결혼하려고 청혼했으나 거절당하자 노인을 죽인 범인을 색출한 이야기	지경사, 계림	2권	

주

1부 누구나 알지만 아무도 모르는 박문수 -삶과 정치를 보다

1 『영조실록』 58권, 24년 (1748 무진), 9월 7일.

2 이유원, 김동현·안정 공역, 『국역 임하필기 6』, 민족문화추진위원회, 2000, 53쪽.

3 『현종실록』 권20, 13년(1672 임자), 6월 29일.

4 『숙종실록』 18권, 숙종 13년 3월 17일.

5 『明齋遺稿』 제14권, 答羅顯道, 10월 15일.

6 『明齋遺稿』 제21권, 鄭夏晉益彰, 윤7월 19일.

7 『영조실록』 권45, 13년(1737 정사), 윤 9월 5일.

8 이덕일, 『송시열과 그들의 나라』, 김영사, 2013, 208쪽에서 재인용.

9 위의 책, 209쪽 재인용.

10 『경종실록』 6권, 경종 2년 3월 27일.

11 『경종수정실록』 3권, 경종 2년 9월 21일.

12 『영조실록』 41권, 영조 12년(1736년) 5월 23일.

13 『정조실록』 4권, 정조 1년 9월 18일.

14 『영조실록』 28권, 6년(1730 경술), 12월 8일.

15 『영조실록』 32권, 8년(1732 임자), 12월 18일.

16 『영조실록』 36권, 9년(1733 계축), 12월 19일.

17 『영조실록』 20권, 4년(1728 무신), 11월 1일.

2부 역사에서 허구로 -암행어사에서 탐정으로

1 『영조실록』 권71, 26년(1750 경오), 5월 19일.

2 『영조실록』 권57, 19년(1743 계해), 2월 2일.

3 이 가운데에서 가장 많이 전승된 이야기는 어린아이가 등장하는 '영리한 아이' 이야기로 43편이다. 다음으로는 아버지 혹은 남편이 공금을 횡령하여 죽음의 위기에 처하자 딸 혹은 아내가 신령한 존재에게 기원하여 박문수로 하여금 그들을 구원하게 하는 '공금횡령' 모티프가 있는 '신령의 대리자 박문수 이야기'가 30편이다. 간부를 징치한 '간부징치'이야기는 26편, 효부효자 이야기가 18편, 열녀문 이야기와 시아버지가 살인누명을 쓴 이야기가 각 17편씩이다. 가짜 당숙 이야기는 14편, 결혼문제를 해결해주는 이야기와 무주구천동 이야기가 각각 13편이다. 박문수가 아들 얻는 이야기도 10편이나 되며 인재발굴에 관한 이야기는 7편이다. 그밖에 박문수가 원한 관계에 놓인 이야기가 8편, 젖으로 산 이야기가 3편, 농번기에 길 닦다 당사자인 박문수 앞에서 암행어사 욕을 하다 지략으로 위기를 넘긴 농부 이야기가 3편이다. 각 한 편씩 전해지는 이야기도 41편이나 된다.

4 한국정신문화연구원, 『한국구비문학대계』, 2-5, 고려원, 1988, 832쪽.

5 『대계』 8-9, 『대계』 4-3.

6 『대계』 1-6.

7 노성산인, "어사 박문수", 「중외일보」 3면, 1927. 11.6.~11.14.

8 『대계』 5-2.

9 『대계』, 7-1.

10 『대계』 7-7, 8-9, 5-7, 6-3(2), 6-10.

11 "民衆의 娛樂으로 새로 나온 野談", 「동아일보」 3면, 1928. 1. 31.

12 김진구, "야담출현의 필연성 4회(野談出現의 必然性 4回)", 「동아일보」 3면, 1928. 2. 5.

13 육재용은 송사 소설인 〈삼쾌정〉이 민간에서 박문수 이야기가 널리 구연되는 데에 영향을 미쳤다고 본다. 〈삼쾌정〉은 구활자 소설로 1919년 회동서관에서 초판 발행된 고소설이다. 삼쾌정은 모두 3화로 구성되어 있는데 제 1화가 '간부징치'이야기와 매우 유사하다. 내용은 다음과 같다.

숙종 때 박춘달의 아들 박성수는 과거 보러 가는 도중에 잠시 쉬는데, 교자 탄 여인이 추파를 보낸다. 박성수는 이것을 수상히 여겨 그 교자를 따라가 하룻밤 유숙한다. 집주인은 김진사로 그의 아들이 결혼한 지 삼삭 만에 호환을 당했다고 한다. 한밤중에 뒷간에 간 박성수는 월담하는 사람을 목격하고 김진사의 며느리가 간부인 최철문과 짜고 남편을 죽였을 것이라고 생각한다. 박성수는 과거를 본 후에 이 일을 밝혀내리라 생각하고 과거 길에 오른다. 한참을 가다 한 청년을 만나는데, 청년은 마지막 구가 빠진 낙조라는 시를 전해준다. 박성수는 청년이 들려준 시에다 한 구를 보태어 시를 완성하여 제출하였다. 박성수는 장원으로 뽑혀 한림학사에 제수되었으나 김진사 아들의 원수를 갚아주리라 생각하고 암행어사로 임명해달라는 상소를 올려서 암행어사가 된다. 박성수는 김진사 집에 이르러 모든 사실을 밝혀내고 김진사의 며느리와 최철문을 처단한다. 육재용, "〈삼쾌정〉 연구", 『고소설연구』 Vol.21, 한국고소설학회, 2006 ; 권순긍, 『활자본 고소설의 편폭과 지향』, 보고사, 2000 ; 『삼쾌정』, 세창서관, 1952.

14 『한국구비문학대계』에 수록된 권수는 2-5(840), 7-13(68), 7-16(73), 7-18(322), 7-18(492), 7-2(209), 7-3(201), 9-1(155), 5-5(409), 5-2(755), 3-3(798), 3-4(231), 7-3(594)이다.

15 이은상 저, 이상옥 엮음 『한국대표야담전집』, 삼희사, 1975. 여기에 수록된 야담의 기원을 필자는 밝히지 못했다. 구전설화나 문헌설화에는 나타나지 않고, 1930년대 『야담』잡지에도 수록되어 있지 않다. 문헌설화의 "진주급수비"는 『야담』(1934. 12)에 수록되어 있다.

16 2008년 8월 30일에 3판 18쇄를 찍었다.

17 이은상 저, 이상옥 엮음, 『한국대표야담전집』, 삼희사, 1975, 382쪽.

18 송사 사건은 ①사건 발생(사건조작)의 양상(방식) ②사건 발생의 배경과 동기 ③발생된 사건에 임하는 당사자 및 주변 인물들의 대응방식(행위양식), ④고변과정에 따른 방해, 협박, 고난 등의 모습 ⑤ 사건의 조사와 신문 ⑥범인 색출을 위한 증거 확보, 혐의자의 체포 및 구금 ⑦판결과정에서의 판관 또는 증인의 역할·기능 ⑧판결의 방식 ⑨판결결과에 임하는 당사자의 모습 ⑩가해자와 피해자의 사회적 위치, 판관의 사회적 역할과 신뢰도 등의 항목으로 정리된다. 이헌홍, 『한국송사소설연구』, 삼지원, 1997, 28쪽.

19 한병주, 『어수 박문슈젼』, 박문서관, 1921. 『박문수전』의 초판본은 1915년에 한성서관과 유일서관에서 발행되었고 이후 경성서적조합, 세창, 덕흥, 박문서관 등에서 재발간했다. 계속해서 재출간되었다는 의미는 그만큼 『박문수전』의 인기가 있었다는 뜻이다. 권수긍, 『1910년대 활자본 고소설 연구 그 개작·신작의 역사적 성격』, 성균관대학교 대학원 박사학위 논문, 1990, 157쪽.

20 안자산, 『조선문학사』, 한일관, 1922, 124쪽.

21 이재선 역, 『애국부인전/을지문덕/서사건국지』, 한국일보사, 1975, 177~178쪽.

22 강영주는 이 시기의 역사·전기류 서사물을 세 가지 형태로 나누고 있다. 부국강병책으로 국가 발전을 도모하여 후일에 제국주의화를 가능케 했던 비스마르크·나폴레옹·피터 대제 등의 전기, 외세의 침략에 맞서 조국을 수호하거나 건설하는 데 기여한 잔다르크·빌헬름 텔·마찌니 등 애국지사의 전기, 이민족의 침입을 막아냈던 한민족의 역사적 영웅에 대한 전기로 구분하고 있다. 강영주, "개화기 역사·전기문학(1)-장지연의 "애국부인전"을 중심으로-"『관악어문연』 Vol.8,No.1, 서울대학교 국어국문학과, 1983, 85쪽.

23 주지하다시피 신채호, 박은식, 장지연은 사학자요 언론인이다. 박은식과 신채호는 근대적 민족사학의 초석을 놓은 존재로 평가된 인물이며 장지연은 을사늑약을 규탄한 "시일야방성대곡"을 쓰고 투옥된 인물이다. 박은식과 장지연은 『황성신문 皇城新聞』(1989)의 주필로, 신채호는 『황성신문 皇城新聞』의 논설기자를 거쳐 「대한매일신보」의 논설기자로 활약하면서 애국 계몽적 언론 활동을 전개한다. 단재신채호전집편찬위원회 편, 『단재 신채호 전집』 제5권, 독립기념관, 2008.

24 창작 전기물은 『乙支文德』(신채호, 광학서포, 1908), 『강감찬전』(우기선, 현공렴 발행, 1908), 『李舜臣傳』(신채호, 대한매일신보, 1908.6.11~10.24) 『崔都統傳』(신채호, 대한매일신보, 1909.12.5~1910.5.27), 『泉蓋蘇文傳』(박은식, 1911)등이 있다.

25 신채호, 이재선 역, 『애국부인전/乙支文德/瑞士建國誌』, 한국일보, 1975, 56~58쪽.

26 박은식, 이재선 역, 『애국부인전/乙支文德/瑞士建國誌』, 한국일보, 1975, 105쪽.

27 신채호, 이재선 역, 「을지문덕」, 『애국부인전/乙支文德/瑞士建國誌』, 한국일보, 1975,

56쪽.

28 신채호, 이재선 역, 「을지문덕」, 『애국부인전/乙支文德/瑞士建國誌』, 한국일보, 1975, 56쪽.

29 박은식, 조준희 역, 『대통령이 들려주는 우리역사』, 박문사, 2011, 243~245쪽.

30 『한국구비문학대계』, 8-9.

31 "학생강연회 도처에 해산명령-미숙한 한생의 강연즁에도", 「동아일보」 3면, 1920. 8. 7. 경성학생대회 회원 김윤경(金允經) 이하 네 사람은 그 동안 북선디방 각디에 순회공연을 끗내이고 지난 삼일에 신의주에 도착하야 동일밤 의주야소교회당에서 강연회를 개최하얏는대 개회 벽두에 고한승(高漢承)군은 "먼저 배와라"하는 문뎨로 열변을 토다가 말하는 가운데에 당국의긔휘에 저촉된 바되야 강연중지를 당하얏고 따라서 마츰내 해산명령을 당하얏더라(의주)

32 「중외일보」에서 1927년 8월 1일부터 12월 말까지 박문수 이야기를 연재하고 있으나 9월과 10월, 2개월간의 신문이 분실되었다. 9월과 10월 사이에 이 이야기가 수록되어 있을 가능성이 있다.

33 「동아일보」, 1927.10.20.~21.

34 이은상, "어사 박문수", 「동아일보」 4면, 1931. 3.7~9.

35 위의 책, 90쪽.

36 "어사 박문수", 「동아일보」 4면, 1930. 3. 7

37 이은상 글, 이상범 그림, "어사 박문수", 「동아일보」 4면, 1930. 3. 8.

38 박봉성은 통속성의 하위범주를 ①웃음의 해학성 ②성의 관능성 ③폭력의 선정성 ④몽상의 환상성 ⑤눈물의 감상성으로 분류한다. 박봉성, 앞의 책, 1995.

39 1962년 3월 21일 '암행어사 박문수 21일 촬영완료 이규옹 감독' 경향신문 기사를 시작으로 기사와 광고가 경향신문과 동아일보에 1962년 11월 19일까지 수록되어 있다.

40 1967년에 출간된 허문녕 불이출판사본에도 '신장출도'가 수록되어 있다. 그러나 구활자본이 먼저 발행되었기 때문에 허문녕본의 최초의 수록 목록에서는 제외하였다.

41 허문녕, 『암행어사 박문수』, 불이출판사, 1967, 서문.

42 조태영, 「『고려사』열전의 인물형상과 서술양식 연구」, 서울대학교, 1991, 132쪽.

43 신현득, 『어사 박문수』, 태창, 1978, 18쪽.

44 위의 책, 18쪽.

45 이효성, 『어사 박문수』, 견지사, 1989, 18쪽.

46 위의 책, 34쪽.

47 작가가 이렇게 서술한 데에는 옛이야기 속에서 장원급제한 시가 '신의 시'로 전해진 이야기 때문이 아닌가 싶다.

48 박병선, 『조선 최고의 암행어사 박문수전 이야기』, 청년사, 2011, 14~17쪽.

49 이효성, 앞의 책, 7~9쪽.

50 이효성, 『박문수전』, 꿈소담이, 2010, 16쪽.

51 이효성, 앞의 책, 1989, 13~14쪽.

52 장재훈 글, 정원택 그림, 『어사 박문수』, 꿈동산, 1992, 10~15쪽.

53 위의 책, 15쪽.

54 이효성 글, 앞의 책, 1989, 18~29쪽.

55 위의 책, 27~28쪽.

56 사람이 숨어 있는 곳을 어쩔 수 없이 가르쳐 줬다고 서술한 책은 대교, 꿈동산, 지경사, 새벗, 푸른길, 한겨레출판사 책이다.

57 장재훈 글, 정원택 그림, 앞의 책, 114쪽.

58 임구순 엮, 박정욱 그림, 앞의 책, 157쪽.

59 박병선, 36~39쪽.

60 『대계』 5-2.

61 박현숙, 『암행어사 박문수』, 한겨레아이들, 2009.

62 한병주, 『어ᄉ 박문슈젼』, 박문서관, 1921, 10~11쪽.

63 엄기원 글, 김이중 그림, 『암행어사 박 문수』, 대광, 1976, 29~30쪽.

64 한병주, 1921, 9쪽.

65 송명호, 『어사 박문수』, 삼성당, 1992, 36쪽.

66 이효성, 『어사 박문수』, 견지사, 1989, 59쪽.

67 임성빈, 『어사 박문수』, 민중, 1999, 51쪽.

68 이효성, 『박문수전』, 꿈소담이, 2010, 117쪽.

69 임구순, 『어사 박문수/임경업전』, 가정교육사, 1994, 58쪽.

70 송명호, 『박문수』, 바른사, 2000, 108쪽.

71 윤선량, 『박문수』, 보성, 1985, 108쪽.

72 황명, 『암행어사 박문수』, 한영, 1979, 33~34쪽.

3부 역사인물이야기 어떻게 읽을까? -역사인물이야기 읽는 다섯 가지 방법

1 연구자가 분석한 책의 목록은 만화를 제외한 서사물이다.

2 한병주, 앞의 책, 1~2쪽.

3 장학성, 『문사통의』, 권14, 126쪽. 루샤오펑, 앞의 책에서 재인용.

4 『국역 임하필기 6』, 53쪽.

5 위의 책, 53쪽.

6 장재훈 글, 정원택 그림, 위의 책, 16~17쪽.

7 엄기원 글, 김이중 그림, 앞의 책, 29~30쪽.

8 위의 책, 61쪽.

9 신현득, 앞의 책, 64쪽.

10 위의 책, 68쪽.

11 이효성, 앞의 책, 33~37쪽.

12 이주홍, 앞의 책, 14쪽.

13 김미숙, 앞의 책, 20쪽.

14 이효성, 앞의 책, 44~45쪽.

15 위의 책, 82쪽.

16 이효성, 견지사, 1989.

17 김미숙 엮음, 한아름출판사, 1994.

18 『박문수전』, 박문서관, 1921, 1쪽.

19 노성산인, 1927, 8월 1일자.

20 이은상, 앞의 글, 348쪽.

21 홍은표, 33쪽.

22 밑줄의 ㉠소론은 노론의 오타로 보인다. 노론이 승리하여 영조는 왕세자 책봉을 받았다. ㉡은 문맥상 노론이어야 맞다.

23 이은상, 앞의 책, 348쪽.

24 위의 책, 348쪽.

25 『경종실록』 9권, 2년(1722 임인), 8월 18일.

26 "조선귀족약력"은 『사이토문서』에 포함되어 있으며 『조선귀족열전』은 1910년 일제의 조선연구회에서 발간한 책이다. "조선귀족약력"은 1929년 경에 작성된 것으로 추정된다. 당파의 목록은 친일반민족행위진상규명위원회에서 발간한 『친일진상사료집-제Ⅳ권-부제 조선귀족과 중추원』에도 실려 있다. 소속당파의 명단은 이덕일, 『한국사 그들이 숨긴 진실』, 아침의역사, 2009, 318~321쪽에 자세히 수록되어 있다.

한눈으로 보는 박문수 이야기

1 서정오, 『우리가 알아야할 우리 옛이야기 백가지 2』, 현암사, 1999에 구전설화 '돌부처가 준 삼백냥' 한 편이 실렸다.

참고문헌

Ⅰ. 1차 자료

『국조보감』

『국조인물지』권3.

『동야휘집』 제1권.

『明齋遺稿』 書, 答李光佐尙輔

『明齋遺稿』 제14권, 答羅顯道

『明齋遺稿』 제21권, 鄭夏晉益彰

『明齋遺稿』 제23권, 答李世德伯邵

『明齋遺稿』 제28권, 與子行敎

『조선왕조실록』

이종성, 『梧川集』 권1.

한국정신문화연구원, 『한국구비문학대계』(전85권), 고려원, 1988.

『박문수전』, 세창, 1951.

공감사, 『어사 박문수』, 홍진미디어, 2008.

김동진, 『박문수전』, 덕흥서림, 1933.

김미숙, 『어사 박문수』, 한아름, 1994.

김병규, 『암행어사 박문수전』, 대교, 3판, 2008.

김영일, 『암행어사 박문수』, 계림, 1982.

명지현, 『박문수전』, 주니어김영사, 2013.

박병선, 『조선 최고의 암행어사 박문수전 이야기』, 청년사, 2011.

박주희, 『암행어사 박문수』, 한국파스퇴르, 2002.

박현숙, 『암행어사 박문수』, 한겨레아이들, 2009.

송명호, 『박문수』, 바른사, 2000.

______, 『어사 박문수』, 삼성당, 1992.

______, 박승일 그림, 『어사 박문수/ 하늘나라 복숭아』, 삼성당, 1993.

신동일, 『어사 박문수』, 지경사, 1995.

신현득, 『어사 박문수』, 태창, 1978.

엄기원, 『암행어사 박문수』, 대광, 1976.

윤선량, 『박문수』, 보성, 1985.

이규희, 『어사 박문수』, 교학사, 1990.
이동렬, 『박문수전』, 영림카디널, 2007.
이주홍, 『어사 박문수』, 성서교재간행사, 1993.
이효성, 『박문수전』, 꿈소담이, 2010.
______, 『어사 박문수』, 견지사, 1989.
임구순, 『어사 박문수/임경업전』, 가정교육사, 1994.
임성빈, 『어사 박문수』, 민중, 1999.
장재훈, 『어사 박문수』, 꿈동산, 1992.
정은희, 『어사 박문수』, 푸른길, 2002.
정종목, 『박문수전』, 창비, 2007.
편집부, 『암행어사』새롬, 1994.
허문녕, 『암행어사 박문수』, 불이출판사, 1967.
한병주, 『어ᄉᆞ 박문슈젼』, 박문서관, 1921.
홍순필, 『박문수전』, 경성서적조합, 1926.
황명, 『암행어사 박문수』, 한영, 1979.
「경향신문」
「동아일보」
「중외일보」
『붉은 저고리』(영인본)
『소년』(영인본)
『어린이』(영인본)
『보통학교 수신서』 1930, 1939.
『심상소학수신서』, 第十八課 主婦の務.
『개벽』

II. 단행본

1. 국내도서

강영주, "愛國啓蒙期의 傳記文學", 『전환기의 동아시아 문학』, 창작과비평사, 1985.
교육과학기술부, 『초등학교 교육과정 해설 총론』, (사)한국시각장애인연합회, 2010.
교육인적자원부, 『초등학교 국어 읽기 3-1』, 대한교과서, 2001.
권순긍, 『활자본 고소설의 편폭과 지향』, 보고사, 2000.

김교봉. 설성경, 『근대전환기 소설 연구』, 국학자료원, 1991.
김상욱, 『어린이 문학의 재발견』, 창비, 2006.
김영민, 『한국 근대소설의 형성 과정』, 소명, 2005.
김용덕, 『한국전기문학론』, 민족문화사, 1987.
김자연, 『동화문학 이해와 창작의 실제』, 청동거울, 2003.
김태준, 박희병 역, 『증보조선소설사』, 한길사, 1990.
김환희, 『옛이야기의 발견』, 우리교육, 2007.
단재신채호전집편찬위원회 편, 『단재 신채호 전집』 제5권 신문·잡지, 독립기념관, 2008.
대중서사장르연구회, 『대중서사장르의 모든 것: 3, 추리물』, 이론과실천, 2011.
문화재관리국, 『기은박문수도서목록: 종가소장서목』, 문화재관리국, 1979.
민병수·조동일·이재선, 『개화기의 애국문학』, 신구문화사, 1974.
박봉성, 『대중예술의 미학』, 동연, 1995.
박은식, 이재선 역, "서사건국지", 『애국부인전/乙支文德/瑞士建國誌』, 한국일보, 1975.
박은식, 조준희 역, 『대통령이 들려주는 우리역사』, 박문사, 2011.
서대석 역, "기문총화", 『조선조문헌설화집요』, 집문당, 1992.
손동인, 『한국 전래 동화 연구』, 정음문화사, 1984.
신동흔, 『역사인물 이야기 연구』, 집문당, 2002.
신익철·조융희·김종서·한영규 공역, 『교감 역주 송천필담 1』, 한국학중앙연구원, 2009.
신채호, 이재선 역, "을지문덕", 『애국부인전/乙支文德/瑞士建國誌』, 한국일보, 1975.
안자산, 『朝鮮文學史』, 한일서점, 1922.
원종찬, "한국 현대아동문학사의 쟁점", 『아동문학과 비평정신』, 창작과비평사, 2001.
______, 『한국 아동문학의 쟁점』, 창비, 2010.
유화수·이은숙 역, 『계서야담』, 국학자료원, 2003.
이건창, 이덕일·이준영 공역, 『당의통략』, 자유문고, 1998.
이덕일, 『사도세자가 꿈꾼 나라』, 역사의아침, 2011.
______, 『조선 왕 독살사건 2』, 다산초당, 2005.
______, 『조선왕을 말하다2』, 역사의아침, 2010.
______, 『한국사 그들이 숨긴 진실』, 아침의역사, 2009.
______, 『송시열과 그들의 나라』, 김영사, 2013.
이성무, 『조선시대 당쟁사 2』, 아름다운날, 2007.
이성훈, 『동화의 이해』, 건국대학교출판부, 2003.
이신성, 『천예록연구』, 보고사, 1994.
이영서, 『책과 노니는 집』, 문학동네, 2009.

이영신, 『국어대사전』, 성안당, 개정2판, 2003.
이오덕, 『어린이를 지키는 문학』, 백산서당, 1984.
이우성·임영택 역, 『이조한문단편집 중』, 일조각, 1990.
이원수, 『동시 동화 작법』, 웅진, 1984.
이유원, 김동현·안정 공역, 『국역 임하필기 6』, 민족문화추진위원회, 2000.
이은상, 이상옥 역 『한국대표야담전집』, 삼희사, 1975.
이은순, 『조선후기당쟁사연구』, 일조각, 1995.
이재선 역, 『애국부인전/乙支文德/瑞士建國誌』, 한국일보사, 1975.
이재선, "개화기의 애국소설", 『개화기의 애국문학』, 신국문화사, 1974.
이재철, 『한국현대아동문학사』, 일지사, 1978.
이주영, 『어린이책을 읽는 어른』, 웅진, 1994.
이헌홍, 『한국송사소설연구』, 삼지원, 1997.
임석재, 『한국구전설화집』, Vol.7, 평민사, 1990.
임화, 임규찬·한진일 편, 『임화 신문학사』, 한길사, 1993.
조은숙, 『한국 아동문학의 형성-아동의 발견 그 이후의 문학』, 소명, 2009.
조희웅, 『조선후기문헌설화의 연구』, 형설, 1982.
최운식, "설화에 나타난 암행어사 박문수", 『암행어사란 무엇인가』, 박이정, 1999.
최웅 역, 『주해 청구야담 II』, 국학자료원, 1996.
한국구비문학회 편, 『구비문학의 연행자와 연행양상』, 박이정, 1999
한국문헌연구소 편, 『역사·전기소설』, 아세아문화사, 1979.
현덕, 원종찬 편, "단편소설에 대한 나의 생각", 『현덕전집』, 역락, 2009.
홍은표, 『문민질고와 미행렴찰』, 문광당, 1976.
홍태한, 『인물전설의 현실인식』, 민속원, 2000.

2. 번역서

노에 게이치, 김영주 역, 『이야기의 철학-이야기는 무엇을 기록하는가』, 한국출판마케팅연구소, 2009.
루샤오펑, 조미원·박계화·손수영 공역, 『역사에서 허구로-중국의 서사학』, 길, 2001.
게오르크 루카치, 이영욱 역, 『역사소설론』, 거름, 1999.
로버트 맥키, 고영범 역, 『시나리오 어떻게 쓸 것인가』, 민음사, 2002.
로버트 숄즈·로버트 켈로그·제임스 펠란, 임병권 역, 『서사문학의 본질』, 예림기획, 수정증보판, 2007.
릴리언 H. 스미스, 김요섭 역, 『아동문학론』, 교학연구사, 1998.

마이클 J. 툴란, 김병욱·오연희 공역, 『서사론-비평언어학적 서설』, 형설, 1993.
막스 뤼티, 김경연 역, 『옛날 옛적에』, 천둥거인, 2008.
______, 김홍기 역, 『유럽의 민담』, 보림, 2005.
발터 벤야민, 반성완 편역, 『발터 벤야민의 문예이론』, 민음사, 2005.
브라이언 보이드, 남경태 역, 『이야기의 기원』, 휴머니스트,2013.
브루노 베텔하임, 김성일·강선보 공역, 『이만하면 좋은 부모 A Good Enough Parent』, 창지사, 2006.
시모어 채트먼, 최상규 역, 『원화와 작화』, 예림기획, 1998.
아리스토텔레스 글, 로즐린 뒤퐁록·장 랄로 편역, 김한식 역, 『시학』, 펭귄클래식 코리아, 2010.
웨인C. 부스, 최상규 역, 『소설의 수사학』, 예림기획, 1999.
잭 자이프스, 김정아 역, 『동화의 정체』, 문학동네, 2008.
자크 라캉, 권택역·민승기·이미선 공역, 『욕망이론』, 문예, 1994.
제라르 주네트, 권택영 역, 『서사담론』, 교보문고, 1992.
클라이브 브롬홀, 김승욱 역, 『영원한 어린아이, 인간』, 작가정신 2004.
토니 마이어스 글, 박정수 역, 『누가 슬라보예 지젝을 미워하는가』, 앨피, 2005.

Ⅲ. 논문

1. 학술지

강영주, "개화기 역사·전기문학(1)-장지연의 "애국부인전"을 중심으로-", 『관악어문연』 Vol.8,No.1, 서울대학교 국어국문학과, 1983.
김교봉, "근대문학 이행기의 역사전기소설 연구", 『계명어문학』 Vol.4, 계명어문학회, 1988.
김금희, "위인 그림책 주인공이 어린 독자들에게 전달하고 있는 메시지", 『한국문예비평연구』 Vol.22, 한국현대문예비평학회, 2007.
김명옥·박혜숙, "허난설헌 인물이야기 전승 양상- 어린이책에서의 '인물형상화와 구성'을 중심으로", 『새국어교육』 Vol.93, 한국국어교육학회, 2012.
김상욱, "아동문학의 장르와 용어", 『아동청소년문학연구』 Vol.4, 한국아동청소년문학학회, 2009.
김성우, "조선후기의 신분제", 『연사와 현실』 Vol.48, 한국역사연구회, 2003.
김성배, 「논산과 성화문학-조선 사화집을 중심으로」, 『논산문학연구』, 당현사, 1976.

김순전·장미경, “일제강점기 조선총독부 수신서 연구-『보통학교 수신서』에 묘사된 여성의 역할”, 『한국일본어문학회 학술발표대회논문집』 Vol.2005-10, 한국일본어문학회, 2005.
김종수, “역사소설의 발흥과 그 문법의 탄생-1930년대 신문연재 역사소설을 중심으로”, 『한국어문학연구』 Vol.51, 한국어문학연구학회, 2008.
김찬기, “근대계몽기 ‘역사 위인전’ 연구-양식과 서술 특성을 중심으로”, 『국제어문』 Vol.30, 국제어문학회, 2004.
______, “근대계몽기 전(傳신) 양식의 향방- ‘내면’의 형성과 ‘悖德’의 표출 양상을 중심으로”, 『현대문학이론연구』 Vol.19, 현대문학이론학회, 2003.
______, “근대계몽기 신문 잡지 소재 인물 기사 연구”, 『어문논집』 Vol.50, 민족어문학회, 2004.
______, “근대계몽기 전(傳신) 양식의 근대적 성격- 神斷公案의 제4화와 제7화를 중심으로”, 『상허학보』 Vol.10, 상허학회, 2003.
육재용, “〈박문수전〉의 복합 텍스트성과 형성원리”, 『고소설연구』 Vol.14, 한국고소설학회, 2002, 203쪽.
김환희, “옛이야기 전승과 언어 제국주의 - 강제된 일본어 교육이 〈나무꾼과 선녀〉 전승에 미친 영향”, 『아동청소년문학연구』 Vol. 2, 한국아동청소년문학학회, 2008.
김효정, “1930년대 대중소설의 대중성 연구- 박계주의 『순애보』를 중심으로”, 『한국어문학연구』 Vol.17, 한국어문연구학회, 2006.
나은진, “장보고 소재 서사 텍스트이 양식과 담론”, 『현대소설연구』 Vol.25, 한국현대소설학회, 2005.
노연숙, “20세기 초 동아시아 정치서사에 나타난 ‘애국’의 양상”, 『한국현대문학연구』 Vol.28, 한국현대문학회, 2009.
박금숙·홍창수, “두 작가를 동일인물로 혼동한 문학사적 오류: 아동문학가 고한승과 다다이스트 고한용의 생애 고찰 중심으로”, 『한국아동문학연구』 Vol.51, 한국아동문학학회, 2012.
성현자, “역사적 인물의 허구적 서사구조(1): 신채호의 「일목대왕의 철퇴」, 「박상희」, 「이괄」을 중심으로”, 『비교문학』 Vol.12, 한국비교문학회, 1996.
송기섭, “근대 역사소설의 서사적 조건”, 『어문학』 Vol.85, 한국어문학회, 2004.
송명진, “구성된 민족 개념과 역사·전기소설의 전개”, 『현대문학의 연구』 Vol.46, 한국문학연구학회, 2012.
송인창, “명재 윤증의 실천적 학문관과 현실인식”, 『철학연구』 Vol.83, 대한철학회, 2002.
심재우, “역사 속의 박문수와 암행어사로서의 형상화”, 『역사와실학』 Vol.41, 역사실학회,

2010.
심희기, "국왕의 귀와 눈, 암행어사", 『암행어사란 무엇인가』, 박이정, 1999.
안승대, "이데올로기론에 따른 교육이념의 역사적 변천과정 분석", 『교육문제연구』 Vol.27, 고려대학교 교육문제연구소, 2007.
양정현, "大韓帝國期 '傳'類 歷史書와 그 歷史觀", 『역사교육』 Vol.72, 역사교육연구회, 1999.
오윤선, "『박문수전』에 나타난 '박문수'의 인물형과 고전 서사물에서의 변이양상", 『우리어문연구』 Vol.31, 우리어문학회, 2008.
_____, "〈朴文秀〉의 현대소설·설화로의 변이 양상", 『고소설연구』 Vol.11, 한국고소설학회, 2001.
_____, "〈삼쾌정〉 연구", 『고소설연구』 Vol.21, 한국고소설학회, 2006.
윤석중, "『어린이』잡지 풀이", 『어린이〈영인본〉』 Vol.1, 2010.
윤현민·김현경, "사회 변화에 따른 아동 전기 출판의 경향과 특성", 『아동청소년문학연구』 Vol.2, 한국아동청소년문학회, 2008.
이강옥, "《동야휘집》의 세계관 연구", 『한국문화』 Vol.13, 한국문화연구소, 1992.
이도희·이부영, "무속과 정신치료", 『임상예술: 93년 국제학술심포지움 "무속, 정신치료 그리고 임상예술"』, 한국임상예술학회, 1993.
이병직, "송사소설에 나타난 재물의 기능과 의미", 『한국문학논총』 Vol.62, 한국문학회, 2012.
이승수, "박문수 전승의 역사적 기반 탐색", 『한국문화』 Vol. 42, 서울대학교 규장각 한국학연구원, 2008.
이준형, "19세기 야담 작가의 존재 양상", 『민족문학사연구』 Vol.15, 민족문학사학회, 1999.
이헌홍, "〈박문수전〉의 제재적 근원 연구 ", 『한국민족문화』 Vol.29, 부산대학교 한국민족문화연구소, 2007.
이희환, "이광좌의 정치 활동과 노·소론의 대립", 『조선시대사학보』 Vol. 14, 조선시대사학회, 2000.
조은숙, "식민지시기 '동화회(童話會)' 연구-공동체적 독서에서 독서의 공동체로"『민족문화연구』 Vol.45, 고려대학교 민족문화연구원, 2006.
조　흡, "1960년대 대중문화의 형성과 시민사회로서의 영화", 『영상예술연구』 Vol.13, 영상예술학회, 2008.
천정환, "1920~30년대 소설독자의 형성과 분화과정", 『역사문제연구』 Vol.7, 역사문제연구소, 2001.

최래옥, “박문수 설화의 성격분석”, 『한국민속학』 Vol.18_No.1, 한국민속학회, 1985.
최명표, “고한승의 문학적 행로”, 『한민족어문학』 Vol.60, 한민족어문학회, 2012.
최운식, “설화에 나타난 박문수의 인간상과 민중의 의식”, 『청람어문교육』 Vol.21, 청람어문학회, 1999.
______, “충남 지역 인물 전설의 전승 양상과 활용 방안”, 『한국문속학』 Vol.38, 한국민속학회, 2003, 495~6쪽.

2. 학위논문

고순, 『어린이用 韓國偉人傳에 관한 一硏究 -李舜臣 將軍에 관한 傳記物을 中心으로』, 이화여자대학교 석사학위논문, 1973.
권순긍, 『1910년대 활자본 고소설 연구 그 개작·신작의 역사적 성격』, 성균관대학교 대학원 박사학위 논문, 1990.
김병길, 『한국근대 신문연재 역사소설의 기원과 계보』, 연세대학교 박사학위논문 2006.
김복순, 『〈박문수〉 설화 연구』, 한국교원대학교 대학원 석사학위논문, 1996.
남옥화, 『아동의 창의성 요인과 탐색』, 대구대학교 교육대학원 석사학위논문, 2003
류민주, 『박문수 설화연구: 문제해결 방식을 중심으로』, 홍익대학교 교육대학원 석사학위논문, 2002.
박미경, 『사회변화가 한국출판현상에 미친 영향 연구: 1987-1996년의 출판 현상을 중심으로』, 중앙대학교 신문방송대학원, 석사학위논문, 1997.
박숙경, 『한국 근대 창작동화 형성과정 연구』, 인하대 대학원 석사논문, 1999.
박정현, 『역사적 인물에 대한 인지도 분석』, 청주교육대학교 교육대학원 석사학위논문 2000.
서효진, 『소설 〈암행어사 박문수〉의 박문수 설화 수용 양상』, 아주대학교 교육대학원 석사논문, 2008.
신미란, 『박문수 설화 연구: 민중의 꿈의 실현과 좌절을 중심으로』, 경성대학교 교육대학원 석사논문, 2004.
심은석, 『박문수 설화 연구』, 공주대학교 교육대학원 석사학위논문, 1996.
오선민, 『20세기 초 역사·전기소설 연구』, 이화여자대학교 석사학위논문, 2002.
유정규, 『외환위기 이후 한국 아동전집의 상품 특성 변화에 관한 연구: 아동전집의 6년간(1999-2004년) 경향 분석을 중심으로』, 동국대학교 언론정보대학원 삭사학위논문, 2004.
이승윤, 『한국 근대 역사소설의 형성과 전개』, 연세대학교 대학원 박사학위논문, 2005.
이영애, 『전기문 지도 방안 연구』, 부산교육대학교 교육대학원 석사학위논문, 2005.

이인희, 『초등학생들의 역사 인물에 대한 인식 실태 조사』, 공주교육대학교 교육대학원, 석사학위논문, 2004.
이현택, 『계서 이희평 문학 연구』, 국민대 석사학위논문, 1983.
정복화, 『해방 이후 한국 아동전집 출판에 관한 역사적 고찰: 아동전집 출판기획을 중심으로』, 동국대학교 언론정보대학원 석사논문, 2000.
정선숙, 『역사적 상상력 신장을 위한 초등 사회과 역사 수업 방안』, 한국교원대학교 교육대학원 석사학위논문, 2004.
정현숙, 『박문수 설화 연구』, 영남대학교 대학원 석사학위논문, 1980.
조태영, 『『高麗史』列傳의 人物形象과 敍述樣相 硏究』, 서울대학교, 1991.
차선일, 『한국 근대 탐정소설 연구』, 경희대학교 대학원 박사학위논문, 2012.
최상훈, 『역사적 사고력의 학습 및 평가 방안』, 서울대학교 대학원 박사학위논문, 2002.

3. 세미나 자료

고현하, "근현대 김유신 관련기록에 나타난 역사적 인식 변화", 『한국의 위인 만들기와 그 역사』, 한국역사연구회 공동연구발표회 2009. 9. 26 발표
김대호, "안중근 이미지의 고착화와 아동용 위인전에 반영된 안중근의 모습", 『한국의 위인 만들기와 그 역사』, 한국역사연구회 공동연구발표회, 2009. 9. 26 발표.
김인호, "정몽주 숭배의 변화와 위인상", 『한국의 위인 만들기와 그 역사』, 한국역사연구회 공동연구발표회 2009. 9. 26 발표.
심재우, "역사 속의 박문수와 위인으로의 형상화", 『한국의 위인 만들기와 그 역사』, 한국역사연구회 공동연구발표회 2009. 9. 26 발표.
이신철, "현대 위인전의 형성과 유포", 『한국의 위인 만들기와 그 역사』, 제11회 한국역사연구회 공동연구발표회, 2009년 9월 26일.

4. 신문 및 잡지

"남은잉크", 『어린이』 Vol.1, 2003.
"미국 공립신보 론셜을 등죄홈: 쳥년 동포의게 경고홈이라", 「대한매일신보」, 1908.8.24.
"民衆의 娛樂으로 새로 나온 野談", 「동아일보」 3면, 1928. 1. 31.
"민충공전소전", 『소년』 제1년 제1권, 1909.1.1.
"박동과 어사", 「동아일보」 4면, 1938. 6. 5.
"복고조의 연예계", 「동아일보」 4면, 1962. 2. 15.
"창립기념강연", 「동아일보」 4면, 1925.11.23.
"학생강연회 도처에 해산명령-미숙한 한생의 강연중에도", 「동아일보」, 1920. 8. 7.

"학생강연회 도처에 해산명령-미숙한 한생의 강연즁에도", 「동아일보」 3면, 1920. 8. 7.
고한승, "박문수이약이 집행이 하나" 『어린이』 Vol. 32, 개벽사, 1925. (영인본)
구강동부, "어사가 아희의 원수를 갑하주고 아희는 어사의 은혜를 보답하다", 「동아일보」 3면, 1927.10.20.~21.
김동광, "이상한 나라의 위인전", 『창비어린이』 Vol.12, 창비, 2006.
김성희, "박문수, 백성을 향한 헌신", 『박문수 천안에 잠들다』, 천안박물관, 2012.
김진구, "野談出現의 必然性 1回", 「동아일보」 3면, 1928. 2. 1.
______, "野談出現의 必然性 4回", 「동아일보」 3면, 1928. 2. 5.
김환희, "옛이야기책을 고르는 세 가지 기준", 「책둥이」 Vol.43, 2012. 2. 1.
소파생, "동화작법", 「동아일보」, 1925.1.1.
손진태, "고주몽이약이", 『어린이』 Vol.9, 1923.
이광수, "조선사화집 이은상씨의 근저를 독하고", 「동아일보」 4면, 1931.3.30.
이은상 글, 이상범 그림, "어사 박문수", 「동아일보」 4면 1930. 3. 7.
______, "어사 박문수", 「동아일보」 4면, 1931. 3.7∽9.
이한기, "위인전: 역사 인물 과장 왜곡 많다", 『중등우리교육』 Vol.54, 우리교육, 1994.
조성산, "박문수, 전설적인 암행어사 혹은 뛰어난 소론 경세관료", 『내일을 여는 역사』 Vol.14, 서해문집, 2003.
최남선, "러시아를 중흥식힌 페터(彼得)大帝", 『소년』 제1년 제2권, 1908.12.1.
______, "바보 온달이", 『붉은 저고리』 Vol.2, 신문관, 1913.

Ⅳ. 참고사이트

한국민족문화대백과사전 http://encykorea.aks.ac.kr
조선왕조실록 http://sillok.history.go.kr
한국학중앙연구원 http://yoksa.aks.ac.kr

박문수, 구전과 기록 사이

어린이책 역사인물이야기의 진실을 찾아서

1판 1쇄 펴낸날 2018년 8월 15일

지은이 김명옥

펴낸이 서채윤 펴낸곳 채륜
책만듦이 김승민 책꾸밈이 이한희

등록 2007년 6월 25일(제2009-11호)
주소 서울시 광진구 자양로 214, 2층(구의동)
대표전화 02-465-4650 팩스 02-6080-0707
E-mail book@chaeryun.com Homepage www.chaeryun.com

책값은 뒤표지에 있습니다.
ISBN 979-11-86096-81-9 93800

이 도서의 국립중앙도서관 출판예정도서목록(CIP)은 서지정보유통지원시스템 홈페이지(http://seoji.nl.go.kr)와 국가자료공동목록시스템(http://www.nl.go.kr/kolisnet)에서 이용하실 수 있습니다. (CIP제어번호 : CIP2018023560)

채륜서(인문), 앤길(사회), 띠움(예술)은 채륜(학술)에 뿌리를 두고 자란 가지입니다.
물과 햇빛이 되어주시면 편하게 쉴 수 있는 그늘을 만들어 드리겠습니다.